給我一個理由不愛妳。

Give me a reason

兔子說——著

愛情的開端有多美好，
未來就有多忐忑。
所以，請你也不要愛我，
儘管那會讓我們，
那麼寂寞。

出·版·緣·起

三百六十度全媒體出版

城邦原創創辦人　何飛鵬

當數位變革浪潮風起雲湧之際，做爲一個紙本出版人，我就開始預想會不會有數位原生內容出版社出現？如果會的話，數位原生出版會以什麼樣貌出現？而我又將如何面對這種數位原生出版行爲？

就在這個時候，我看到了大陸的起點網，這個線上創作平台，聚集了無數的寫手，形成數量龐大的創作內容，無數的素人作家在此找到了夢許之地，也成就了一個創作與閱讀的交流平台，而手機付費閱讀的習慣養成，更讓起點網成爲全世界獨一無二、有生意模式的創作閱讀平台。

基於這樣的想像，我們決定在繁體中文世界打造另一個線上創作平台，這就是ＰＯＰＯ原創網誕生的背景。

做爲一個後進者，再加上我們源自紙本出版工作者，因此我們在ＰＯＰＯ上增加了許多的新功能，除了必備的創作機制之外，專業編輯的協助必不可少，因此我們保留了實體出版的編輯角色，讓有心成爲專業作家的人，能夠得到編輯的協助，我們會觀察寫作者的內容、進度，選擇有潛力的創作者，給予意見，並在正式收費出版之前，進行最終的包裝，並適當的加入行銷概念，讓讀者能快速認識作者與作品。

這就是ＰＯＰＯ原創平台，一個集全素人創作、編輯、公開發行、閱讀、收費與互動的一條龍全數位的價值鏈。

經過這些年的實驗之後，POPO已成功的培養出一些線上原創作者，也擁有部分對新生事物好奇的讀者，不過我們也看到其中的不足——我們並未提供紙本出版服務。眞實世界中，仍有許多作家用紙寫作，還有更多讀者習慣紙本閱讀，如果我們只提供線上服務，似乎仍有缺憾。

爲此我們決定拼上最後一塊全媒體出版的拼圖，爲創作者再提供紙本出版的服務，讓所有在線上創作的作家、作品，有機會用紙本媒介與讀者溝通，這是POPO原創紙本出版品的由來。

如果說線上創作是無門檻的出版行爲，而紙本則有門檻的限制，線上世界寫作只要有心，就能上網、就可露出，就有人會閱讀，沒有印刷成本的門檻限制。可是回到紙本，門檻限制依舊在。因此，我們會針對POPO原創網上適合紙本出版的作品，提供紙本出版的服務，我們無法讓所有線上作品都有線下紙本出版品，但我們開啓一種可能，也讓POPO原創網完成了「三百六十度全媒體出版」的完整產業及閱讀鏈。

不過我們的紙本出版服務，與線下出版社仍有不同，我們提供了不同規格的紙本出版服務：（一）符合紙本出版規格的大眾出版品，門檻在三千本以上。（二）印刷規格在五百到二千本之間的試驗型出版品。（三）五百本以下，少量的限量出版品。

我們的宗旨是：「替作者圓夢，替讀者服務」，在作者與讀者之間搭起一座無障礙橋梁。

我們的信念是：「一日出版人，終生出版人」、「內容永有、書本不死、只是轉型、只是改變」。

我們更相信：知識是改變一個人、一個組織、一個社會、一個國家的起點。讓想像實現、讓創意露出、讓經驗傳承、讓知識留存。我手寫我思，我手寫我見，我手寫我知，我手寫我創，變成一本本的書，這是人類持續向前的動力。

我們永遠是「讀書花園的園丁」，不論實體或虛擬、線上或線下、紙本或數位，我們永遠在，城邦、ＰＯＰＯ原創永遠是閱讀世界的一顆螺絲釘。

Chapter. 0

我叫宋青聆。

用故事主角的自我介紹當作開頭，我想是個很合理的決定。

從小到大，常有人說我很自我、有點跩，自我中心、自我主義、本位主義、驕傲、自大、自以爲是……諸如此類的形容詞，時常會出現在我身上，我沒想過要承認，卻也沒想過要否認。

畢竟，就連我媽在我不顧全家人（其實就她和我爸）的反對下，堅持離家北上念大學的那天也這麼對我說：「管妳去死！」

嗯。

而這歸咎於她苦口婆心地勸說了好幾天，試圖說服我留在家鄉，都說到口乾舌燥了，她女兒，也就是我本人卻依然在志願表上登記了她眼中的叛逆選擇。

我可以理解她有多失望的。

冷戰兩天，媽媽還是主動過來敲房門要我下樓吃飯，飯桌間不忘叮嚀我到外地讀書要小心、沒錢就打電話回來、有什麼不開心回家睡幾天就好，千萬別想不開……

這就是我媽。

於是，過了一個頹廢到靡爛的暑假，我拖著行李箱、背著比人還大的背包，一個人坐著火車北上，來到這所學校。

大一生活就如電影、小說描述的一樣精采，或許該說，瞎忙一場——迎新、聯誼、夜唱、夜衝、夜店、永和豆漿、作弊、pass或被當……徹底實現高中生幻想的「大學生生活」，活躍時間永遠是太陽下山之後，把自己當成吸血鬼來經營。

一年就這樣過去。

啊，在這中間還夾著個大學同學幾乎互不聯絡的寒假。回到家鄉，所有人忙著約吃飯、敘舊，忙著抱怨東、抱怨西，忙著哭訴還是高中同學最好了，當然不忘忙著講大學同學的壞話，然後，整個年假不斷狂吃、變胖，接著開學——

「天啊，好想妳喔！」開學第一句話。

唉。

宛如快轉般的一年。

Chapter. 1

新的學年剛開始，妳會發現人際關係默默地大洗牌。官方理由是課選得不一樣，眞正理由是那傢伙是個bitch，我們不要跟她玩了。

呼，人都是這樣的，合則來、不合則去。

我們這群好友倒是沒什麼改變，或許是因爲我們都太懶了，懶得吵架、懶得搞內鬨、懶得鬧分裂、懶得改變，也算是另一種物以類聚吧。

「看看那群！」沛芸指著窗外約莫八人的小團體，宛如半仙似地挑眉，「賭一千，小大一。」

大家有默契地白了她一眼，注意力回到各自的書上，沒人想跟她賭。誰不知道只有小大一才會成群結隊走在路上？更何況她們之間的客套氣息實在太重，讓人想忽略也難。

「欸，幹麼這樣？」沛芸發現沒人理她，氣鼓著嘴，伸手蓋住我正在閱讀的書面，整個人黏了過來，「蜻蜓——」

忘了說，我的綽號叫蜻蜓。

「幹麼？」我像拎臭襪子一樣，把遮住視線的纖纖玉手給移開。

「不要不理我——」

「說到小大一，妳們今年要參加社團嗎？」家榕推推眼鏡，環視我們。

「感覺很麻煩耶……」沛芸見有人開啓話題，馬上就從我身上離開，撐著臉頰跟家榕聊起來，「可是聽說烘焙社還滿好玩的，我有點想去。」

烘焙社？這關鍵字逼得我不得不抬頭，狐疑地盯著沛芸瞧。

「幹麼？」沛芸摸不著頭緒地迎向我的視線。

我搖搖頭，「我只是在想……妳對我們有什麼不滿嗎？」

「嗄？」

「還是對這個學校？」

「呃，還、還好啊……」

「難道是對這個社會？」

「妳到底想說什麼！」

「妳幹麼要出來害人呢？」

沛芸愣了好幾秒才懂我話裡的意思，指著我哇哇大叫：「靠！哪天我變成烘焙王，做出呷胖二十一號，妳哭著求我我也不會給妳吃！」

「呷賽啦，呷胖。」

我才不信天底下眞有哪位大師，能夠把這位連燙青菜都可以把自己的頭髮一起燙進去的天才小廚師給教導成烘焙王。

「妳、妳——」

「欸欸欸欸欸！」一直悶著不說話的于珊突然大叫：「有、帥、哥！」

聞言，我們一齊轉頭，看向落地窗外——

眞的很帥，可是不是我的菜。

他很高，大概一百八十公分上下，腳上的經典款黃靴可能也幫了點忙；黑色的背心外搭一件寬大白T恤，稍稍露出結實的上臂；他沒背背包，只用手拿著兩本課本，一派悠閒地走在路上。

「學長？」沛芸發出疑問。

「不像。」家榕雙手環胸認眞評鑑。

「那不就學弟？」眞騷包，我暗自吐舌。

不過這種款，絕對是于珊的菜。

于珊簡直把眼睛黏在人家身上，一刻也不放過，緊緊地盯著他走過，直到那小小的人影走進遠方的管理大樓，她才一副心滿意足的模樣，悠悠地嘆口氣。

「資管啊……」于珊撥弄經過精緻光療處理的指甲，視線低垂，讓人只看見她濃密睫毛的陰影，嘴邊的笑容卻毫不掩藏地顯示出她的企圖。

家榕嘖聲，打斷于珊心裡喀喀作響的小算盤，「別忘了一堆通識在管理大樓上。」

于珊眨眨細心描繪的大眼，「對呴，我都忘了，那還是去打聽一下比較保險。」

于珊所說的打聽，事實上是媲美人肉搜索的調查。她跨班跨系，甚至跨校的人脈令人嘆爲觀止，這其中包含爲數不少的追求者，而于珊總是有辦法跟他們當「朋友」，不會造成任何麻煩。

反正，這也不關我的事。

「回歸主題，妳們有想去哪個社團嗎？」這次家榕看著我問，她最近爲了學生會籌辦社團招生的事情忙得不可開交。

我咬唇想了想，實在不知道自己對什麼有興趣，要說唯一能吸引我的，或許只有……

「有電影社之類的嗎？」

家榕偏頭思索，「有吧，好像叫電影欣賞還是電影研究社？總之有。」

「那我想去看看。」

鐘響之前，挑三揀四的于珊也決定選擇去電影社，於是我們約好下堂課結束後在系辦集合，一起去位於管理大樓地下室的電影社辦參觀。

好笑的是，社團名字根本不叫電影欣賞社，也不叫電影研究社，而是「觀影社」，活像是賞鳥社的姊妹社。

「坐哪？」觀影社的社辦是一間小型的視聽教室，踩在深藍色的隔音地毯上，一向沒什麼意見的我問身旁的于珊。

她勾著我的手臂走到教室最後面、靠近後門的座位入坐。

「勘查地形的最佳位置。」

「也是撤退的最佳選擇。」我笑著接話，于珊露出一臉還是妳懂我的表情，撒嬌地用肩膀蹭我。

簡單來說，這個位置能讓于珊觀察到所有人的長相——于珊從不掩飾自己是外貌協會的一員，說實話，她根本是協會理事長，她說：「如果我連凝視他一分鐘都無法忍受，那我該怎麼跟他走過下半輩子？」

雖然有人認爲于珊很膚淺，但我覺得這就是她，她坦率地承認自己的想法，沒有欺瞞、僞裝，我不認爲這樣有什麼不好。

「沒帥哥我就走人。」于珊開啓她的雷達，裝作無意，事實上卻非常仔細地觀察這間教室裡的每個雄性動物。

「妳是來看電影還是來找男朋友的啊？」

「跟帥哥一起看電影裡的帥哥，win win。」她雙手比YA，還可愛地聳肩。

只不過，于珊夢想的命運邂逅並沒有出現在這間視聽教室。我們一直等到觀影社社長上台介紹社團，于珊都沒看見足以吸引她的男生出現，她無聊地玩著手機，準備等燈光一暗就從後門溜掉。

妳還要留在這裡嗎？她悄聲問我。

我點點頭，揮揮手要她先離開沒關係。

坐在教室最後頭，燈光暗了下來，社長選了一部有關大學生活的YA電影做爲歡迎新生的影片。這部片我看過很多次，劇情輕鬆好笑卻不失意義，很適合在新學期播放。

在我不知第幾次被同樣的橋段給逗笑時，于珊離開後所留下的空位被一道身影給占據。

下意識地，我轉頭看了來人一眼。

又一眼。

彷彿是想確認什麼似的，又一眼。

是他。

周遭突然同聲響起大笑，電影裡荒謬的劇情就如同荒謬的我，慌亂地想掩飾心煩意亂，無奈卻只是徒勞無功。

「學妹。」

又一次，他的聲音又一次出現在我的生命裡。

我好不容易忘記，爲什麼又要出現？

「邵宇學長。」我笑著，或者，我希望我在笑。

「沒想到會在這裡見到妳。」

「是啊，我也沒想到。」我聽見自己這麼回答。

……別裝了，宋青聆，妳是眞的沒想到嗎？我問自己。

就著投影的光線，在我眼前的他與記憶中的邵宇重疊在一起。

他變了，改變不多，也改變不少。他的臉龐變得堅毅宛如刀鑿，剃得很乾淨卻還是看得見痕跡的鬍渣，他曬黑了，右臉的疤痕變得不明顯，肩膀似乎跟著這幾年的不見而寬闊了一些——

他不再是我高中回憶裡的那個少年，可他不變的溫柔雙眼一再地提醒我，他仍然是我最美好的憧憬。

❧

如果用兩個字形容我的高中生活，我想，就是邵宇。

邵宇。

「咖啡還是奶茶？」

「奶茶，謝謝。」

電影結束後，我和邵宇學長來到行政大樓附近的廣場聊天敘舊，敘著我刻意遺忘的那兩年。

「妳一點都沒變呢。」他拉開易開罐，充斥著砂糖味的咖啡香撲鼻而來，「還是有點跩跩的。」

「我哪裡跩？」順便白他一眼。

邵宇學長像是看見什麼經典畫面似地拍掌大笑，「就是這個！哇，好久沒看妳翻白眼了，還是一樣犀利。」

「原來你是M吶。」

「什麼？」他興致盎然地想知道，我不想解釋。

晚風流動，有好一陣子我們沒人開口說話，任憑安靜緩緩充盈，不知道從什麼時候開始，邵宇學長和我成了不說話也沒關係的那種關係，沒人說破的親暱。

「學妹，妳知道嗎？」學長放下手中的咖啡罐，在石階上發出叩地一聲，「我常常想起我們在練團室的時候，跟現在一樣安靜，可是，一點也不寂寞。」

他說著，我的腦海裡又自動浮現出那些畫面……那些回憶。

體育館樓下的練團室，放學後的寂寥，丟在一旁的書包，彈著吉他、輕聲吟唱的他，抱著小說埋頭啃讀的我，以及散落一地的斜陽……

那曾經是我想獨占的自以爲。

「學長，你不寂寞。」我忽略眼睛周圍的酸澀，笑著說：「有學姊在，學長怎麼會寂寞呢？」

邵宇學長笑了，揚起那抹我很熟悉的笑容，笨拙地抓抓後腦勺，他看著前方空無一物的草地沉靜地想了很久，久到我以爲他不想理會這句問話，可是，他終究還是笑著開口，卻始終沒有轉頭看我。

「對啊，我不該寂寞的。」他說。

是啊，你不該寂寞的。

你寂寞了，那我該怎麼辦？我凝視著邵宇的側臉，無聲地問。我追逐的是你，你是遠在天邊的太陽，我自以爲被你的溫暖環抱，忘了你是我所不能及的想望。

這樣的你，怎麼能寂寞？

「過去這一年，妳跑去哪了？我怎麼從沒在學校遇過妳？」邵宇學長大概是想轉移話題吧？他故作精神的語氣讓我心裡留下問號。

「大一嘛，新生事多，你又不是不知道。」

「喔？我看是有人聯誼夜衝跑不完吧？」他三三八八地用手肘撞我。

「哎唷，不錯嘛，一猜就中。」我沒否認，我去年幾乎是玩過來的。

「怎樣？」

「什麼怎樣？」我挑眉，對上他有點曖昧的目光。

「有沒有認識什麼咖？帶來給學長鑑定一下啊。」

「呵，這倒沒有。」隨便敷衍過去，我不想跟他聊有關大一那年的雜七雜八，「又不是每個人都能像學長一樣，那麼快就找到命中注定的另一半。」

話才出口，我就後悔了。

我不是故意又把話題拉回，可是只要一見到邵宇學長，我滿腦子的回憶就會跟著出現另一道身影。我不敢看他，假裝自己被奶茶罐給吸引，一字一字讀著上頭標記的化學成分，故作鎮定。

一股溫柔的力道往我頭上撫了幾下，心口揪緊，我還是沒辦法抬頭看向他，低垂著視線，我差點哭出來。

「學妹，」看不見邵宇學長的表情，卻清晰聽見他話中的寂寥，「所謂的命中注定，說不定只是一場惡作劇。」

我沒有勇氣問為什麼，也不想問為什麼。

我怕問了，就必須知道很多很多有關於學長和她的事情。他和她所有的回憶，不管是開心的、還是悲傷的，我都不想知道，眞的。

這是我永遠都不想碰觸的傷口。

學長不知何時聊起了他系上的大刀老師，我回過神來只聽見他哀嚎著某堂必修又被擋，暑假說不定得重補修的壞消息。

我和學長已經兩年未見，這段時間說長不長、說短不短，曾經的熟悉似乎成了阻礙，若有似無的客套、淺談即止的話題，逐漸在空氣中累積成壓力，過去的我們從未陷入過這樣的窘境。

於是，這場意外重逢在陌生的尷尬中落幕。

「那，學妹，」邵宇學長陪我走到停車場，他笑著抬起手，「下次社課見。」

點頭，我向他揮手道別。

直到他的身影消失在路的那一端，失去節奏胡亂跳動的心臟才逐漸恢復平穩，深呼吸，或是嘆氣，我搞不清楚，只知道自己眞的累翻了。

跟回憶見面，好累。

「呵呵，我看到了哦。」一回到租屋處，開門就聽見沛芸怪裡怪氣的笑聲。

「什麼？」我甩下包、丟在沙發上，隨手將奶茶空罐投入垃圾桶。

「假仙，妳身上有帥哥的味道喲。」她像隻八卦蜘蛛從房間竄出來。

「什麼帥哥？」好死不死，洗好澡的于珊打開門就聽見關鍵字，「帥哥在哪？」

「哼哼，本小姐從社辦回來的路上行經行政廣場，眼角餘光瞥見一對相依偎的愛情鳥，本想撿起路邊小石打散鴛鴦，可轉念一想，今日花好月圓，本小姐心情也好，就大發慈悲放過你們吧，沒想到一道精光閃過：欸？那隻母的好眼熟……

「什麼母的，太難聽了吧？」而且我跟邵宇哪有相依偎啊，我們起碼隔了……呃，半個人的距離。

「別吵啦！」沛芸毫不留情地撥開我的臉，繼續說：「定睛一瞧，沒想到是我們家的小蜻蜓和長得好帥好帥的大帥哥在談情說愛耶——姊姊要去開香檳慶祝了！嗚呼！」

沒救了，這三八。

我撇撇嘴，無言以對，準備回到自己房裡。

「Wait! 我親愛的小蜻蜓——」于珊漂亮的長指搭上肩頭，我發誓我馬上打冷顫加冒起雞皮疙瘩。「坦白從寬，抗拒從嚴。」

我知道要想逃過于珊的追問是不可能的，猶豫半晌，只好簡單交代一句。

「……高中學長啦。」

大概是聽見我話裡的無奈，沛芸又從另一邊黏了過來。

「怎麼？有故事哦？」

淒美悱惻的愛情故事沒有，癩蛤蟆想吃天鵝肉的故事倒是有。

我就是那隻癩蛤蟆。

沒回答沛芸的問題，用一記白眼躲過她的騷擾，我快步走回房間收拾東西，拿起沐浴用品和換洗衣物就想落跑。

「欸，好歹也跟我們說學長叫什麼名字啊？」還差一步就逃到浴室，沛芸仍鍥而不捨。

「改天再說！」我拉著門把，嘗試關門。

現在眞的不行，我還不想說。

「最後一個問題！」就站在門邊的于珊抓住我的手臂，嬌聲輕問：「那位『改天再說的學長』還不是男朋友吧？」

我簡直嚇壞了，連忙否認，「怎麼可能！」

「很好，下星期三晚上聯誼，穿漂亮點啊！」于珊臉上露出得意的笑容，揮揮手，表示她的問題到此爲止。

我投給她一個無言的白眼。

可是比起被她們緊迫盯人的聯手拷問，區區聯誼算得了什麼？我就這麼胡亂答應下來，連跟誰聯誼也沒問，只爲了換得一絲喘息的機會，逃到浴室洗澡兼胡思亂想。

旋開熱水，將自己沐浴在思緒與蒸氣交雜的小空間，此時此刻，我的腦子裡幾乎全是邵宇學長。

我喜歡他，曾經；我喜歡他，依舊。

我發現我無法從這兩者之間選擇一方，然後理直氣壯地說出口。但必須承認的是，我喜歡他是事實，無論是現在還是以前，我沒辦法假裝這份感情不存在。

雖然，他是我直到現在都無法說出口的單戀。

門外依稀傳來家榕回來的聲響，不敢再霸占浴室陷入無限的記憶迴圈，我加快洗澡的速度，趕緊擦乾身體、換上乾淨衣服出去。

「哇，洗很久哦？」家榕的房間正好在浴室對面，她抱著衣服坐在電腦前等我。

我不好意思地乾笑，「在想事情。」順手打開窗，讓蒸氣散去。

「在浴室想事情很傷腦子的。」她走出房間，拍拍我的肩，「要是暈倒了，妳可是會全身光溜溜的被抬出來喔。」

……這可惡的冷面笑匠，好笑嗎？

不理會家榕的黑色幽默，我拿起櫃子上的吹風機，順口問：「等一下我要去便利商店，妳有沒有要買什麼？」總覺得待在屋裡沒辦法靜下心，我決定找個理由出去走走。

她擺擺手說不用，直接走進浴室。

「誰要去買東西？」沛芸的順風耳根本算是一種絕技。

「我啦。」

抬頭看看牆上的鐘，這兩個女人一定又窩在一起看八點檔。

「喔喔，我跟于珊想要吃爆米花，還有……」

緊接著是一連串的食物清單，要不是我表明她吃完這頓明天臉絕對腫到爸媽認不出來，沛芸還想逼我買巷口阿伯的鹽酥雞。

吹乾頭髮，披上外套，我抓著錢包走出我們四人的甜蜜狗窩。

爲什麼會選擇在校外租屋？事情是這樣的，原本都住學校宿舍的我們，在大一學期末的時候，說好只要一個人沒有抽到宿舍，全部的人都不許住，一起到校外合租房子；沒想到我們太看得起自己的運氣，一群四人根本沒人中獎，只好認命在學校附近找房子住，而通過挑剔鬼于珊嚴格把關的，就是現在這間位於五樓的小公寓。

于珊不愧是于珊，她爲了這間離學校只要十分鐘車程、附近有三家便利商店、五間便當小吃店，還有一間超市和美妝店的公寓，硬是跟房東斡旋了一整個暑假，才讓他用合理的價格租給我們。

感謝于珊與可憐的房東。

只不過現在的我並不想去附近的便利商店，沿著明亮的馬路邊，手插在外套口袋，走著走著，漸漸遠離了我們平常習慣的生活範圍。

走到我覺得可以了，才走進路邊一家擁有寬敞座位區的小七。

「歡迎光臨。」

連鎖商店就是這樣，不管在哪個縣市、哪個轉角，每間分店的商品陳設位置幾乎都差不多，我隨意在店裡晃了一下，就把沛芸要的東西給抱在懷中。

這女人也買太多了吧。

我忍住白眼，努力騰出手抓住一包差點墜樓的餅乾。

「我幫妳拿吧。」

眼前突然出現一雙手，快速卻又不粗魯地接過我懷中所有東西。

抬頭一看，是一張我很確定不知道他是誰的熟悉臉龐。

矛盾吧？我也覺得。

「這樣就好了嗎？」店員笑問，笑容的下緣有兩個小小的梨渦。

輕聲答應，我跟著他走到櫃台結帳。隨著他熟練地刷過商品條碼，我盯著收銀機螢幕不斷跳出的品項金額，一邊在心裡嘀咕沛芸專挑貴的買。

「爆米花需要微波嗎？」

「喔，好。」

將爆米花放進微波爐，設定好時間，店員轉身繼續處理未完的結帳項目。

「這樣一共是五百六十元。」

在我打開錢包的那一剎那，我只有一個念頭——

糗了。

錢包裡居然一毛錢也沒有，甚至連提款卡都不在裡面。

我這才突然想起昨天在家附近的便利商店領了網拍包裹，順便繳清電話費，而我買的網拍商品就是等了好久終於到貨的新皮夾，一拿到手，我就興沖沖地把所有鈔票、卡片移到新皮夾裡，卻在今晚拿著舊錢包出門——

糗了。

我看著空空如也的舊錢包，全身僵硬，不知如何是好。

「同學？」

「……我忘記帶錢了。」我深吸口氣，勇於認錯。

他愣了一下，我看見他笑容下緣的梨渦差點消失，可是，沒有。

他的笑容終究沒有消失。

「這樣啊，那這些我請妳好了。」

Seriously?

這堆只會堆積熱量、沒半點營養的食物超過你半天的薪水耶！你是哪根筋不對要幫我付錢？同學你是不是以爲這世界上沒壞人？要是我到處去跟別人講這裡有一個會隨便請客的店員，同學你就破產了你知不知道啊！

當然，這些話我不可能說出口。

「不用，我等一下會再過來拿錢給你。」我用我最理性的語氣說道，儘管我眞的糗到家，此刻的臉一定也紅到不行，還是得維持該有的冷靜。

他居然露出爲難的表情。

「可是……妳回去拿錢再回來，應該就找不到我了。」

「爲什麼？」

「我只是暫時幫我朋友代班而已，待會兒還要去另一個地方上班。」店員說……呃，他不是店員。

「那我把錢交給你朋友就好啦。」完全沒有衝突，不是嗎？

他還是一臉苦惱，眉頭鎖得死緊，「不，事情是這樣的，我朋友他跟我打了個賭……」

我眞的差點翻白眼，在這個陌生人面前。

你跟別人打賭關我什麼事？我只想一手交錢一手交貨，趕快回家躺著耍廢啊，雖然是我的過失，但我眞的打從心底覺得這個人怪怪的。

「待會兒他回來的時候，會跟今晚所有女客人要電話。」他認眞地看著我，甚至愼重地點點頭，「我說眞的，妳應該不想遇到這種狀況吧？」

……我可以客訴嗎？要是半夜來買零食給孫子吃的王奶奶被你們嚇到了該怎麼辦？你們有沒有想過王奶奶的心情？

我還是沒把這些話說出口。

「可是我眞的不想欠別人錢。」還有人情。

這時爆米花好了，他轉身從微波爐取出鼓起的紙袋，在開口處用釘書機釘上餐巾紙後放在桌上，然後繼續與我兩相對望，無語。

就在我們之間只剩下店內循環播放的廣告聲音時，他突然拍掌大叫。

「啊，妳是C大的學生嗎？」

「嗯。」我疑惑地頷首。

他重新漾起笑容，梨渦又出現在頰邊，「我也是。」

「所以……？」

他拿出一張紙，寫上一串數字，然後交給我。

「這是我的手機號碼，妳之後要還錢的話再打給我。」他笑著說。

我這才發現他長得很好看，然而那股不知道在哪裡見過他的熟悉感依然揮之不去。

「我知道了，我再打給你。」

反正我也想不到其他辦法，只想趕快離開。

「啊，對了。」

我皺眉向他看去，不曉得又怎麼了。

「請問需要袋子嗎？」

……可惡。

「好，謝謝。」

於是，我總共欠他五百六十一元。

「您撥的電話將轉進語音信箱，如不留言……」

不耐地放下手機，我瞪著螢幕上那十個數字，想著這大概是我第兩百次打電話給他，手機號碼我都會背了，他卻沒有一次接起。

「誰又惹妳不高興？」沛芸吃著我那晚買回來的餅乾，一屁股就往我床上坐。

「講得好像我很愛生氣一樣。」

「妳是滿愛生氣的啊。」她完全不否認，還扳著手指細數我的罪狀，「看到有人丟垃圾不回收，妳生氣；看到有人不讓座，妳生氣；看到有人按老婆婆喇叭，妳氣到不行……」

「等等，妳是在稱讚我嗎？」

沛芸聳聳肩，又往嘴裡塞了片餅乾，「我是啊。」

失笑，我有說過我很愛她們嗎？

眞的很愛。

看她一片接一片吃著巧克力脆片，我話鋒一轉，「欸，妳幹麼一直吃？等一下不是要去聯誼？」

「墊墊胃嘛，待會兒才不會失控。」

誰都想在異性面前展現最好的一面，尤其是期待在這場聯誼活動中找到另一半者，貪吃如沛芸，自然不想在餐廳大吃嚇壞她的理想對象……如果今天有這個人的話。

眼看聯誼約定的時間將近，我催促沛芸回房間化妝更衣，自己也換上外出服，往臉上輕掃腮紅，爲向來蒼白的臉頰補上氣色，之後便騎摩托車載著沛芸到校門口跟大家會合。

「今天抽搭檔的方式很特別，大家先到我這裡拿一張『藏寶圖』，每個人都不一樣，藏寶圖上面有線索提示，它會帶領妳們找到今天的搭檔，找到搭檔之後，他們則會帶妳們到下一個地點，這樣清楚了嗎？」

科技發展日新月異，沒想到就連聯誼方式也是如此。我傻眼地看著大家一窩蜂衝到公關面前拿藏寶圖，到底是哪個天才想出這種奇葩的抽搭檔方法？

「蜻蜓妳不拿喔？」下午有課的于珊直接從教室前來會合，她的藏寶圖是一綑被黃色緞帶綁住的紙卷。

聞言，我努努下巴，指著正往我們這兒走來的沛芸，她手上也拿著分別綁著一紅一藍緞帶的兩卷藏寶圖。

「紅色？藍色？」她問。

「藍色。」

女生們吱吱喳喳地討論著藏寶圖上標示的地點，感覺既期待又怕受傷害，于珊、沛芸也緊張兮兮地看著自己的紙卷內容，我隨手拉開緞帶，攤平紙卷，裡面是一張校園簡易地圖。一個紅色的大圈，圈起了體育館。

「體育館？」我喃喃出聲。

「我是管理二樓。」沛芸說。

于珊跟著亮出地圖，「設計三樓。」

我們面面相覷，好吧，我開始有點緊張了。

「大家都拿到藏寶圖了嗎？」公關大聲問著，一邊高舉著手指向校門，「知道地點在哪裡後，就可以開始找搭檔了，記得圖的右下方有提示，如果找不到的話再打給我！」

「噁，怎麼會有人穿系服外套來聯誼？」于珊看著圖上有關搭檔的線索，露出一臉嫌惡，「我該不會抽到籤王吧？」

我這才細看藏寶圖右下角的一行小字：穿著牛仔襯衫……這下可好了，體育館附近穿著牛仔襯衫的男生全都是我的目標。

等到公關再次催促大家往校門內移動，我們才懷抱著不安的心情各自前往藏寶圖提示的地點。其他人的目的地似乎都是各學院大樓，只有我朝著體育館的方向前進，莫名地覺得有些孤單，那份懸吊未明的緊張感更加重了。

下午的體育館附近有不少人，慶幸的是他們大多數穿著運動服，畢竟這裡是體育館，不來運動來幹麼呢？他們絕對想不到這裡有個人正在參加聯誼。

我站在體育館前的廣場，視野良好，偶爾有穿牛仔襯衫的男生經過，但他們都沒有多作停留，我有點擔心地頻頻看錶，不知道這時間還找不到搭檔算不算在正常範圍內。

約莫二十分鐘過後，公關的電話就打來了。

「蜻蜓妳在哪？大家都出發了喔。」

「我還在體育館，他好像不在這裡耶……」我四處張望，仍然沒看到疑似人選出現。

「怎麼會這樣？妳等一下。」公關也很訝異，掩住話筒跟對方公關討論。

這時，我看見一道深藍色的人影從對面走來，沒有多想，直覺就認爲來人是我的搭檔。

「啊，我好像看到他了，待會兒見。」連忙掛掉手機，快步朝那人的方向前進。

越走越近，越覺得那人的身影有些熟悉，等我和他的距離僅剩十步不到，我才終於確定他就是那個不是店員的店員、我的債權人、不接電話的傢伙，此時此刻，那人正穿著深藍色的牛仔襯衫站在我面前。

他是我的聯誼搭檔？

「怎麼是你？」我傻眼。

他看起來也很驚訝，「什麼東西是我？」

「——爲什麼都不接電話？」我想起那幾百通的未接電話，忍不住抱怨。

他張著嘴，愣了半秒後回神，馬上從口袋裡拿出手機，在螢幕上點了幾下，震驚地瞪大眼，緩緩放下手機，好像也被自己給嚇到般，滿臉不好意思。

「我設定成拒接未在連絡人內的號碼了……」

無言。

「妳、妳怎麼還在學校？」他不好意思地搔頭，一邊抬起手腕看錶，「待會兒還有課？」

「沒有，我在聯誼。」我有些煩躁，沒想到這世界這麼小，連參加聯誼都會遇到認識的人。

他左右張望一陣，換上困惑的神情，「……一個人？」

跟鬼嗎？

「不就是你？」我打量著他今天的穿著，深色牛仔襯衫內搭白T恤，黑色九分褲配上帆船鞋，加上他那張得天獨厚的臉龐……想到于珊和她旗下龐大的外貌協會成員，其他男生今晚的處境大概不會很好。

沒想到，他仍是疑惑，「我？」

「聯誼……」我話還沒說完，手機鈴聲便響了起來，我迅速接起。

「蜻蜓，妳現在還在體育館嗎？」是公關打來的。

「妳們都到了嗎？不好意思我馬上過……」

公關連忙打斷我，焦急的聲音帶著歉意，「妳的搭檔臨時不來了。」

什麼？

那他……我看向他，他也回望著我，的確是一副搞不清楚狀況的樣子。

「我知道了……不用不用、不用請人來接我，我不去沒關係……嗯，拜拜。」我婉拒公關的提議，掛上電話，然後，轉頭面對他。

爲什麼我總是在他面前出糗呢？

「……我被放鴿子了。」

「噢，哇——」他歪歪嘴，不知道該做何反應。

「抱歉，我以爲你是我聯誼的搭檔，還拉著你講這麼久……」我側過身，打算從包包裡掏出皮夾還錢，「既然剛好遇到，我……」

他上前一步，按住我的手，阻止我的動作。

「所以妳現在沒事？」他問，梨渦又出現在他臉上。

我應聲，手還維持著拿取皮夾的姿勢。

「那一起去吃飯吧，我好餓喔。」

「可是我沒有跟陌生人吃飯的習慣。」我撥開他的手，不帶情緒地拒絕。

儘管如此，他也沒有露出一絲不悅。

「聯誼的人妳都認識？」他笑著反問。

「這是兩回事。」

「在我看來是同一回事。」

可是，關我屁事？

我逕自拿出皮夾，從裡面取出我早就準備好的五百六十一塊，不多不少，完全不用找零，直接抓起他的手，放入掌中再替他闔起。

「錢，我還你了。」我不顧他此刻的表情有些錯愕，轉身走人，「再見。」

走沒幾步，就聽見他從後方追上，跟在我旁邊，維持一個人身的距離，也不說話，就只是走著。等我走到校門外的停車場，看到我車上有兩頂安全帽時，我才想起晚點還要來接沛芸回家。

現在回家的話，待會兒一定不想出門……于珊又不會載人，而且她應該也沒有備用的安全帽——

可惡。

我嘆口氣，轉身看向一直站在我身後的他。

「你車停哪？一起吃飯吧。」

結果我們又走回校內體育館附近的停車場，原來他剛剛是要牽車回家，好死不死被我碰上，浪費這麼多時間，想想我也滿對不起他的。

在坐上他的機車之前，我突然發現有個很重要的問題忘了問他。

「嗯？」

「怎麼了嗎？」他拿著黑色全罩安全帽，疑惑地看著我。

「雖然現在問有點奇怪……」我閉了閉眼，真覺得自己是個白痴。

「……你叫什麼名字？」

終於。

我不想再一直他他他了，他到底叫什麼名字？

他愣了愣，我只好故作鎮定地盯著他手中的安全帽，默數數字，等待這莫名尷尬的時刻過去。

幸好，他的回答很快地傳入我的耳中。

「我叫陸以南，朋友都叫我陸。」他接著又說：「妳可以叫我以南。」

……什麼？

「再說一次？」

「我叫陸以南，朋友都叫我陸。妳可以叫我以南。」我總覺得這時的他笑得很奸詐，好像在期待我會有什麼反應似的。

然而我只是想著，他這招不曉得對幾個女生用過。

「這樣啊，很高興認識你。」我瞇起眼睛假笑，「陸、以、南。」

就這樣，我坐上陸、以、南的機車，前往市區吃晚餐。

陸以南載著我來到學校附近的夜市，距離人潮湧入的時間還早，不曉得陸以南想吃什麼，他對路邊的小吃攤看都沒看一眼，步伐輕鬆地走在燈光初上的小路，至於我，我對吃的沒什麼意見，所以放任自己跟著他走，況且他好像也沒要問我的意思。

走了一陣子，我們已經快要走到夜市街尾，陸以南終於在一個我經過幾千次也不會注意到的小巷口停住，帶著我轉了進去。

幾乎只能容納一人的小徑，路面因爲旁邊屋子滴落的冷氣水而有些潮濕，但很乾淨，沒有垃圾，應該有人每天打掃整理。走在陸以南身後，看著他的背影，明明才第二次見面而已，我怎麼會跟著他來到這裡？

這麼一想，突然覺得此情此景有些不現實，好像踩在夢裡一樣。

「到了。」

想得太過認眞，差點撞上他的背。

陸以南扶住我的肩，「小心。」

我只能尷尬地退開。一退，我才看清了我們竟停在一間日式家庭料理店門口，木造的門牆掛上寫著日文的布條，微黃的小招牌亮著燈，映照在周圍的小盆景上，我怎麼也想不到，會有滿滿的溫馨藏在不曾經過的小巷弄內。

じっか，実家，是這家店的名字，中文意思是老家、故鄉。

在我們進去之前，陸以南簡單地為我說明。

拉開木門，馬上就聞到食物的香氣，原本還不怎麼餓的我，現在只想趕快找個位子坐下來點餐，於此同時，一道興奮的女聲也隨之響起。

「陸——My deer——」

Dear?

正當我蹙眉看向後方那名面色緋紅的女孩時，她頭上突然出現一隻大掌，絲毫不留情面、惡狠狠地往她後腦勺巴下去。

「陳恩，你會把尹璇打笨的。」說是這麼說，陸以南的笑容咧得可大了。

嗯，現在是什麼狀況？

「笨到家了，看能不能打聰明一點。」名喚陳恩的男生甩甩手，不難想像他剛剛打得有多大力，他略帶清冷的目光掃向我，「她是？」

「她——」陸以南話說到一半頓時卡住，他遲疑地轉向我，「我也忘記問妳叫什麼名字了……」

我指指那桌，問他是不是要跟他朋友一起坐，陸以南愣愣地點頭，我們便走過去與那對男女同桌。

「宋青聆，你們叫我——」

「蜻蜓？」沒弄錯的話，她的名字應該叫尹璇，她驚喜地大叫：「妳的名字好可愛喔，蜻蜓！」

陳恩冷冷地瞪她，「抱歉，她喝醉了。」

我看見桌上擺著幾罐日本啤酒。

「蜻蜓、Deer……都是動物耶呵呵。」

原來她說是Deer，不是Dear。

「簡尹璇，」陳恩指指她，又指自己，「陳承恩，叫我陳恩就好，我們都是大二。」

「我也是。」

「只有我是大一。」就在我以爲在場的人都是大二生的時候，一旁的陸以南默默開口。

不得不說，我有點驚訝。不管我們承不承認，我們處在大一的時候都會散發出一股非常濃厚的菜味，就算覺得自己的打扮有多麼「大學生」，其實不過就是個剛升上大學的「高中生」。然而，陸以南完全沒有這段過渡期。

可惜不管外表如何，陸以南就是個學弟。

一個被大二學長姊們呼來喚去的學弟。

「欸學弟，點餐。」陳恩發號施令，明顯就是在逗他。

「學弟——去幫我倒茶。」尹璇趴在桌上敲著杯子。

見著這情景，我忍不住也想開他玩笑，「學弟，我想吃串燒。」

「學弟。」

「學弟。」

「學弟……」

此起彼落的學弟，終於讓陸以南受不了。

「學、姊！」他生氣地叫停，我挑起眉，打算看他想怎樣，結果他的氣勢瞬間又弱了下來，「……我覺得這裡的鮭魚茶泡飯很好吃……」

後來的時間，我們一邊談笑一邊享用老家美味的食物。老家，陸以南說他們都這麼喊這間店，有點像是暗號，他們總是說「要不要回老家吃飯？」或是「我在老家啊，要不要回來？」聽起來就像一家人，讓人覺得很溫暖。

儘管陳恩給人的第一眼印象有些冷漠，但他其實是個很貼心的人，他總是會注意到飯桌間誰的餐巾紙快用完了，不著痕跡地補上，尤其對待有些脫線、傻氣可愛的尹璇更是如此。陳恩喜歡尹璇，從眼神就看得出來。不過，那個喝醉的女孩似乎尚未察覺這分情愫。

至於陸以南，或許這次用餐才讓我眞正看清楚他，稍微的。要是讓之前的我回想陸以南，我會說他有一個燦爛的笑容，但，現在的我知道錯了。

陸以南的笑容，是一種壞。

「什麼啊，我是壞人嗎？」在校門口附近，他坐在機車上，陪我等聯誼的沛芸回來的時候，我把這個發現告訴他。

我搖搖頭，「這算是一種稱讚。」

「怎麼說？」

「很吸引人吶，有種特殊的魅力。」我努力想形容那難以名狀的感覺，「大概就像港片裡的反派帥哥吧……」

眞是糟透了，這形容。

陸以南好像也聽不太懂，但他還是笑了。

「反正是帥哥，對吧？」

他摸摸自己的臉蛋，騷包地笑著，我只好以白眼回敬他。

我們不著邊際地聊了一陣，直到遠方出現大量機車照明，一看就知道是聯誼的隊伍回來了，我才跟他揮手道別。

「嘿，學姊。」

學姊。

我回頭，他拿著手機對著我，閃光燈瞬時閃了一下。

「……學弟，這樣很沒禮貌。」

陸以南呵呵笑著，一點反省的意思也沒有。

「給我妳的電話，」他說，梨渦又在笑容下緣出現，「這次我不會再漏接了，我保證。」

保證。

微怔，我不知道該怎麼回應，只能隨口敷衍，「諒你也不敢。」

接過他的手機，在螢幕上輸入屬於我的十個數字後，把手機還給他，他立刻將剛剛拍的影像設爲連絡人照片，滿意地笑了。

「那我走了，再見。」

「學姊再見。」

我瞪他，「路上小心，陸、以、南、學、弟。」

Chapter 2.

回到家洗好澡後，時間已經很晚了，我窩在床上準備就寢，一手往包包裡摸索，準備拿出手機充當鬧鐘，注意到閃爍的訊息提醒，待瞄見發訊人是誰後，差點害我把手機丟出去。

「今天怎麼沒來社課？」

來自邵宇學長的訊息，讓我睡意全消，坐起身，死盯著螢幕上短短幾個字，要是沒這則簡訊，我早就忘了觀影社的社課時間是星期三。

手指停在觸控鍵盤上，我猶豫著要怎麼回訊，打三個字刪除兩個字，遲遲無法完成的訊息，讓我知道我永遠不可能以平常心面對學長，就連透過文字也沒辦法坦然。

深怕一不小心，我埋藏已久的暗戀就會在字裡行間被他發現。

最後，我只傳了非常隨便的回覆：臨時有事。

沒有人知道我爲了寫出這四個字，猶豫了好幾個小時才有勇氣傳送出去。

「妳是睡神附身喔？睡睡睡，睡到老師都在看妳了還不醒來。」翌日早晨的課間休息時間，沛芸蹙眉抨擊我的上課不專心。

「所以拜託小姐行行好，安靜個五分鐘讓我睡吧……」

「妳、還、要、睡？」每講一個字眼睛就瞪大一些，沛芸的人體極限眞是不可限量，「妳昨天又沒有去聯誼是在累哪椿……」

我實在睏斃了，就連沛芸劈哩啪啦的叨念聲都能是催眠曲，聽著聽著，我的眼皮又不自覺地合攏——無奈，手機的震動打斷我原本該有的好眠。

還震了兩次。

撐著頭，我擤擤鼻，懶洋洋地點開螢幕，這一點開，精神都來了。

「下午有空嗎？請妳喝咖啡。」是邵宇學長。

文字鮮明地顯示在螢幕上，我怔怔地拿著手機發呆，說不準是不安還是逃避，默默地退出畫面，心跳加速，好像自己做了什麼虧心事似的，有些心虛地點開另一則訊息。

「早安，在上課嗎？我上課遲到了……猜猜爲什麼。」

文末，還附上一張滿頭大汗的圖片，腦海馬上浮現他慌慌張張在校園奔走的畫面。省去思考的時間，我的指尖在觸控鍵盤上快速移動。

「猜對有獎品嗎？」傳送。

幾秒過後，手機再度震動。

「請妳來我打工的地方玩。」

這算什麼獎品？我疑惑地皺起眉，「這獎品有點糟。」

休息時間即將結束，走廊上聊天的同學陸續回到教室，原本安靜的教室頓時充滿交談聲，在偌大的空間裡嗡嗡迴盪。

我看著手機，等候對方的回覆。

在老師踏上講台的那一剎那，收到下一則訊息。

「這不是獎品，是邀請。」

不知道爲什麼，我想起陸以南那抹壞笑。

「再看看吧。」教室關起燈，明亮的手機螢幕就像最明顯的標靶，我迅速按著鍵盤，

「BTW，你遲到是為了扶老太太過馬路嗎？」

按下傳送鍵的同時，身旁的沛芸輕輕推我。

「什麼東西這麼好笑？」她好奇地低聲問道，我還來不及回答，老師又提出幾項必考重點，轉移了她的注意力。

要不是沛芸的提醒，我眞不知道自己的嘴角微微上揚。

回完陸以南的訊息，不知哪來的衝動，我返回剛才令我不知所措——屬於邵宇學長的訊息畫面，原先的不安消失，取而代之的，是我原先躊躇、現在很確定的答案，按下傳送。

「倒數第五排從右邊數過來第三個同學，手機交過來。」

Shit.

認識邵宇學長那天，我第一次在學校掉眼淚。

或許是因爲初上高中的不適應，不擅長人際相處的我，舉步維艱地過著慘淡的高一生活。我太冷、不愛笑，長得又很有距離感，剛開始可能沒什麼，但是時間久了，小事情的逐漸累積就讓人覺得我「到底是在跩什麼」。

說穿了，被人討厭其實不需要原因，我想。

當初的我沒這麼豁達。我困惑、哀怨、難過、傷心，當然也恨，恨她們、也恨自己爲什麼不能像其他人一樣好好地跟班上同學相處，我到底哪裡有問題、爲什麼她們要討厭我？種種的不平衡在我心裡形成巨大的壓力源，隨著同學們的惡意舉止、隨著她們的無視壓迫……

然後，我翹課了。

在無人的體育館裡，哭了。

或許是我哭得太認眞，沒發現有腳步聲朝我的方向走來，只聽見頭頂突然傳來一聲驚呼──

「嚇，這裡怎麼有人！」

抬起臉，背光的走廊讓我看不清來人的臉，只知道他彎下身貼近我，不想被陌生人看見哭得滿臉鼻涕眼淚的自己，我又迅速地把臉藏在膝間。

「妳在哭喔？」他問。

我沒理他。

「發生什麼事了嗎？」他的語氣並不特別溫和，好像在說下一堂課是國文課的那種輕鬆語氣，「像是……作業忘記寫啊、早上沒買到限量的肉鬆草莓三明治，還是說昨天玩的遊戲紀錄被弟妹刪掉了？」

他連續講了幾個哭泣的理由，我只覺得他這人是不是有病。

「妳是不是覺得這樣就哭很蠢？」他說。

我感覺到他在我身邊坐了下來，於是我往右邊移動了一下，不想跟他靠太近。

「可是我眞的哭過耶，爲了這些理由。」

……這有什麼好哭的？臉埋在膝蓋裡的我偷偷吐槽。

「尤其是遊戲紀錄被刪掉那次，我哭到吐，誇張吧？」他講完之後自己笑了，「不過這是國中時候的事了啦。」

國中也很大了好不好。

「嘿，妳要不要告訴我妳為什麼哭啊？說出來可能會好一點。」他說。

我實在搞不懂他幹麼不走開，我只是一個陌生人啊，他何必坐在這裡安慰我。

「不過如果原因很蠢，我也是會笑妳那有什麼好哭的啦。」

再蠢也沒有你的原因蠢。

「……考慮得怎樣？要不要說？」他居然還推我一把，我皺起眉。

「不要碰我。」

感覺到身旁的他頓了一下，「說話了耶！」

這是什麼充滿驚喜的語氣，我不會說話還比較可怕好不好？

「好好好，我不碰妳，那妳幹麼哭啊？」

「關你屁事。」

「的確是不關我的事。」他的語氣帶笑，「可是我這人天性善良，看到有可愛少女在路邊哭泣總是要關心一下啊。」

可愛少女……

「我就是不可愛才會在這裡哭。」一陣鬱悶又壓在胸口，呼吸困難。

他很浮誇地發出「嗯——」的聲音，接著用毫不在乎的語氣說：「所以妳被排擠了嗎？」

「關你屁事啊！」被戳到痛處，我氣惱地口不擇言。

他繼續白目發言：「妳沒有朋友喔？」

「關你屁事。」

「很寂寞喔？」

「關你屁事。」

「很孤單喔？」

「關你屁事。」

「很想要有人陪喔？」

「關你屁事。」

「我來當妳的朋友吧。」

「關——」什麼？

猛地抬頭，撞進我此生見過最溫柔的雙眼。

「我說，我來當妳的朋友吧。」

他，就是邵宇。

不可諱言，認識他之後，我在班上的情況改善了很多，也慢慢交到談得來的朋友。並不是說他直接幫了我什麼，而是在與他的相處中，我學到了該怎麼表示友好，不再只是被動地等待別人對我好。

交到朋友之前的我，資訊封閉，對校園內流傳的熱門話題、八卦什麼的一點也不了解，所以，我是在很久以後才發現我的這位朋友來歷不凡，不僅是熱音社的副社長、樂團吉他手，腦袋聰明，人緣又好，還是全校眾多女生的愛慕對象。

畢竟，他在我眼中只是一個雞婆又白目到有剩的「學長」。

「喏，拿去。」我一股腦兒地將大量信件倒在桌上。

邵宇學長停下撥弦的手，瞪著桌上那堆東西發問：「這什麼？恐嚇信嗎？」

「白痴喔。」我走近一旁的椅子坐下，拿出還沒看完的小說，「當然是情書啊，別說你第一次看到這種東西。」

學長深深嘆口氣，放下暱稱「裘莉」的電吉他，走到桌前。

「邵宇學長，你好，我是一年二班的陳——」

「停停停！」我驚恐地打斷他，「你幹麼唸出來！」

他故作無辜地眨眨眼，搖了搖手上白色的信紙，「不行嗎？」

「當然不行！」我不知道學長爲什麼要這麼做，他明明就不是這樣的人。

「那她們爲什麼要請妳轉交呢？」學長將信紙對摺，態度轉爲認眞，「我的朋友不該被要求做這種事情，她們敢請妳轉交，就必須承擔這種風險……」

「她們是因爲不好意思……」

「請別人轉交這件事就夠丟臉的了。」其實邵宇學長的語氣沒有很凶，但平淡的讓人害怕，「如果喜歡我是件不好意思讓我知道的事，那我好像也不需要在意她的感受。」

——反正我永遠不知道誰喜歡我，而我又傷害了誰。

學長這段話，在我心底烙下了痕跡。

「喂，回神喔。」

我抬眸對上坐在對面的他，大學三年級的他，已經不再是那個青澀的高中少年。

「在想什麼？」邵宇學長笑著問我，放下冒著蒸氣的馬克杯。

「想起你以前的樣子。」換我拿起咖啡，啜飲一口苦甜，「你曾經說過『喜歡我就必須來我面前說清楚』這種話，你記得嗎？」

他聽了哈哈大笑，爽朗的笑聲如昔。

「當然記得，我那時候眞的很不知好歹，一點也不知感恩，這下好了，現在行情有夠差。」學長笑得眼睛都瞇起來了，「要是有時光機，我一定會回去揍那個不知天高地厚的屁孩，囂張沒有落魄的久啦。」

不經意地，我看見玻璃窗上映著的我正淺淺笑著。

午後的星巴克，一人一杯熱那提，我與學長逐漸找回過往的輕鬆自在，隨便聊聊、講點垃圾話也開心，我不會再像上次那樣白目地去觸碰我壓根不敢聽的話題，只要這樣就好，只要我們還能笑著聊天就好。

「裘莉怎麼樣了？」裘莉就是學長那把電吉他。

對於學長，我唯一意外的是他沒有加入熱音社，畢竟在高中的時候，他就連去合作社買個東西也會背著裘莉，現在想想，他那時候還眞的挺招搖的，雖然本人可能沒有自覺。

「在家裡洗衣煮飯等我啊。」學長笑著說。

「你有把它帶來？」

「當然。」他挑眉，大爺似的往後一躺，「我在它身上花這麼多錢，當然要帶它出來闖蕩闖蕩啊。」

這話的意思是……

我疑惑的表情大概很明顯，學長大笑，伸手往我頭上亂揉。

「我現在有在駐唱喔，下次記得帶肯德基來探班。」

「老闆年紀很大了嗎？」

「不會啊。」他啜飲一口咖啡，搖搖頭，「爲什麼這樣問？」

「喔……我想說他是不是耳背才會聘請你。」

「宋、青、聆！」

我們沉浸在笑語與咖啡香混合的氣氛中，虛擲了整個下午的時光，沒有人在意時間的流逝，好像回到了最初，那個被夕陽餘暉籠罩的練團室。

我刻意忽略心底的不安，放任自己偷得幾小時的愉悅，其餘的，等學長離開再說吧……我不停地這麼說服自己，只爲了多看學長的笑容幾眼，不讓罪惡感逼迫我提早離席。

直到店內點上暈黃的燈光，我們才放下早已見底的杯子，走出店外。

「妳等一下要去哪裡？沒事的話，要不要一起吃飯？」學長拿出車鑰匙問我，我考慮著他的邀請，我的笑容還沒退去，學長也是。

我想，我們都有點意猶未盡，對於這失而復得的過往時刻。

但是……

「啊，我跟室友約好了。」我說謊，現在回家只有滿室黑暗在等我，可是，這樣已經夠了，不能再得寸進尺了。

學長毫不掩飾他的失望，有些掃興地撇撇嘴。我眞的很想答應他，儘管我清楚地知道，這只代表他的不捨很純粹，只存在於朋友之間的不捨。

跟我不單純的感情完全不同。

「那好吧，下次也找妳的室友出來，我請客。」

「這麼大方。」我挑眉，看來他的駐唱事業挺成功的。

「謝謝她們照顧我們家妹妹啊。」他笑著，大手不安份地又往我頭上亂揉。

妹妹。

不可否認地，心微微一抽。

「誰是你妹啊……」我扯著笑，拍開他的手，「我才不要這麼蠢的哥哥。」

「好過分喔……」學長捧著心口，裝出一副受傷的樣子，「長大了就不理葛格了——噢噢噢很痛！」

拿起安全帽，我拼命「幫」他戴上，好不容易把他的頭塞進帽子裡，順手再拍拍他的頭，發出清脆的啪啪聲。

「好啦，拜拜，路上小心。」

「妳就不能溫柔點嗎……」學長可憐的低語埋沒在全罩式安全帽裡，「妳也是，騎車小心點。」

他發動機車，我往後退了一步，拉開距離，直到他的身影消失在路的盡頭，我才移開步伐，坐到機車上，看著來往的車流發呆，終於有勇氣去面對整個下午不停湧現的質問。

這樣好嗎？我問自己。

與學長相處很開心，眞的。不管是以前、還是現在，所以我才會得寸進尺地想要更多，就連不屬於我的東西都想要，甚至想成爲學長心中不可或缺的存在，可是我不敢說，不敢開口爭取。

不甘於學妹、朋友的定位，卻沒有勇氣跨出那一條線，因爲我會害怕，怕我的告白會摧毀一切，明明就能在他身邊享受特殊待遇，以爲總有一天他會屬於我，既然這樣，爲什麼還要去賭、去冒險？但是，我忘了——

朋友只能喜歡，不能愛。

妳眞是膽小鬼啊，宋青聆……雙手摀住落魄的臉，我在心底罵著自己。妳到底想怎樣？眼巴巴地等待別人發現自己，眞的很可悲，想愛就愛，不敢愛也要乾淨俐落地放下，優柔寡斷的樣子看了眞的很噁心……

過了很久，我想應該很久，至少前方路口的紅綠燈已經變換不下三十次的燈號、送走不下三十批的路人，我還待在星巴克門口的機車上，不動。

精疲力盡，放空的視線變得模糊，我必須用盡全力告訴自己，不要以爲錯過的時光會再倒流，就算再怎麼相似，所有的事情也已經都不一樣了。

晚餐時間的街道人來人往，沒人多看我一眼，大家有著自己的心事煩惱、也有著自己的快樂幸福，各自過著屬於自己的生活，我只是一個坐在機車上發呆的陌生人，沒人會來問我「妳怎麼了嗎？」、「妳在幹麼？」

因爲，不重要。

這對他們來說，一點也不重要。

「學姊，妳怎麼了？」說話的人一手搭上我的肩膀，「妳在幹麼？」

「陸以南？」我回頭，果然是他。

陸以南蹙著眉頭，擔心地握住我的肩膀，稍稍用了點力，但還算在溫柔的範圍內。我望著他看了好久，心裡還在疑惑他幹麼不講話，後來才發現他是在等我的回答。

他的出現喚回我的理智與冷靜，我不著痕跡地趕走壓在心口上的沉重。

「沒事。」我瞥見他不相信的眼神，又補上一句：「突然有點不想動而已。」

「不想動？」陸以南嘴角失守。

「嗯，就像冬天不想出被窩的那種不想動。」我一派認眞地胡扯，就算他的嘴角已經從微笑咧成大笑，我還是必須保持鎭定，「你懂嗎？不想動。」

「不是很懂。」他還是在笑，放下搭在我肩上的手，「那學姊現在想動了嗎？」

「大概吧。」我聳聳肩，爲了不讓他繼續深究，話題一轉，「你吃過了嗎？」

「剛從老家出來。」

「是喔。」我應著，只想趕快離開，「那我先走嘍，我還沒吃。」

正要戴上安全帽，陸以南一把抓住我的手臂，阻止我的動作。

「我陪學姊去吃吧。」

說眞的，我並不是一個怕孤單的人。上課、逛街、看電影、吃飯，我都可以一個人，甚至很享受一個人，有時候還很希望我是一個人，不管怎麼說，每個人都會有不想被別人打擾的時候，不是嗎？現在就是這種時候。

所以，我非常不需要陸以南陪我吃晚餐。

可是，問題就在於，我拒絕不了他，更正確來說，我阻止不了他。

我說了幾百次的「不用，謝謝」、「你趕快回家，不要管我」，陸以南都當成耳邊風，像尊不達目的死不罷休的機器人，我不答應就不會離開我身邊一步。雖然有想過直接騎車揚長而去，但是他一手緊緊拉著我機車的後扶把，只要一起步，陸以南絕對會被我拖著跑。

好一招苦肉計。

「你一向都這麼纏人嗎？」人聲鼎沸的麵店裡，我終於忍不住賞他白眼。

陸以南痞痞一笑，沒有回答。

很快地，我的肉羹麵就送上來了。陸以南雖然剛在老家吃飽，但怕白占人家位子，也點了碗湯來陪吃。有好一陣子，我們沒人出聲。

「學姊。」熱氣氤氳之後，是陸以南單手支頰、笑著看我的畫面。

看了他一眼，繼續將注意力轉回我的晚餐上，「幹麼？」

「學姊妳啊……」

我忙著將麵條放上湯匙，呼氣吹涼。

「跟我的第一印象完全不一樣耶。」

「是喔。」第一印象？沒興趣。

「妳不問我是哪裡不一樣嗎？」

「隨便。」聳聳肩，我一向不是很在意別人的想法。

陸以南大概很喜歡這種話題，就算我沒搭理他，他還是自顧自地講得很開心，完全不在意唯一的聽眾赤裸裸地表現出肉羹麵遠比他還重要。

「我第一次看見妳是在小七對吧？就是妳沒帶錢那次，哈哈。」他居然還敢笑，我抽空瞪他一眼，「那時候覺得妳看起來好冷漠，面無表情，看起來很精明，還有點凶。」說著，陸以南兩手在眼角處往上一拉，模仿我稍微上揚的眼角。

「可是……」他語氣突然停頓，拉長了沉默。

「怎樣？」剩下幾口湯，我用鐵湯匙慢慢喝著。

陸以南不知道想起什麼，失笑。

這一笑，害我覺得他有點帥。可惜，陸以南這種型，不是我的菜。

他很快接下去說了：「其實學姊妳……傻傻的。」

傻？我從來沒被人這樣說過，頓時間有點傻了。

陸以南好整以暇地看著我，似乎在等我問出那句「爲什麼」。

莫名的慌亂使我低下頭，繼續喝著此時已不帶滋味的湯，「……你今天不用打工？」

「要啊，晚一點。」他語氣裡有著無法錯認的愉悅，「學姊要是以為這樣就能轉移我的注意力，未免也太小看我了吧？」

唉。

剩不到三口的湯硬是讓我花了三分鐘才喝完，直到碗裡一滴不剩，乾淨得像洗過，我才在心底無聲地嘆口氣，抬頭迎向前方的他。

「好吧，為什麼？」我還是問了，被迫的。

「哈哈，幹麼一副從容就義的樣子？我又不會說學姊妳的壞話。」

陸以南的笑容絲毫影響不了我，我只能無力地擺擺手，要他別說廢話，要講什麼就快點講吧。

頭一次聽見有人說我傻，而且還是個學弟……感覺，有些奇妙。

「其實也沒什麼，就是覺得學姊不像外表看起來那麼冷漠。」陸以南說著，收斂了嘴角，維持淺笑，「雖然不知道是不是偶然，但在我面前的妳總是犯著一些無傷大雅的小錯，說著有點無厘頭的話，臉上永遠帶著很認真的表情，真的很有趣——」

聽到一半，我已經無法再與他對視。從認識到現在為止，我在他面前似乎永遠都在出糗，這也難怪他會用那個詞來形容我。

我假裝不經意地撥動頭髮，希望他不要發現我泛紅的耳朵。

「啊，還有，妳不好意思的時候，臉都會紅紅的，就像現在一樣。」我幾乎可以想像他笑容下方的梨渦正張揚著，「我想，就是這樣的妳，讓我覺得……傻傻的。」

這要我如何回應？

不知道陸以南現在是什麼表情，我只知道我的臉燙得可以煎蛋，我抓過椅背上的包包埋頭大動作地翻找待會兒結帳需要的皮夾。

「學姊。」

「……怎樣？」我嚇了一跳，希望他沒有發現。

「妳在害羞嗎？」

僵住。

我放慢手上的速度，「我幹麼害羞？」

「那妳幹麼不看我？」他話中帶笑的聲音眞的很討厭。

「我在找皮夾。」可惡，怎麼找不到……

「學姊。」

奇怪……我蹙眉撥開其他的雜物，就是沒看見皮夾的蹤影。

「等一下，我好像把它弄——」

「在桌上。」

什麼？

我停下翻找的動作，視線仍落在黑漆漆的包包深處。

他剛剛說什麼？

「皮夾，在妳桌上。」陸以南放緩語調，一個字一個字地說得很清楚。

我暗罵了聲不雅的字句，我到底在幹麼？才剛被別人說傻，現在又——我眞的會被自己氣死。

不敢看陸以南，我故作鎮定地伸手取回放在桌上的皮夾，起身。

「走吧，結帳。」

陸以南跟上我的步伐，來到櫃台前，「我請客。」

「才六十塊，我付就好。」我推開他正欲掏錢的手。

「對啊，才六十塊，我付就好。」他反過來推開我，害我往旁邊退了一大步，只能眼睜睜看著他拿出一張紅色的鈔票，沒能再繼續阻攔他付錢的舉動。

平白無故被請了一頓，心情並不會因此變好。我們走出店外，我一手抓著四個十元硬幣，一手拉住陸以南的手掌，就像上次還他錢那樣，放入、闔起。

「兩不相欠。」

「還沒。」陸以南握著手中四枚銅板，笑著搖搖頭。

「什麼東西還沒？」我疑惑地問。

一碗肉羹麵是四十元沒錯啊，我探頭又往店裡的價目表張望。沒想到，一雙大手按住我的肩膀將我的注意力拉回，背光之下，只見他嘴角隱約泛起的笑容。

「剛才的話題還沒結束，」陸以南伸直了雙手，放在我的肩上，一派輕鬆地說：「所以，妳還欠我一個回應。」

蛤？

「怎麼樣？我剛剛說了那麼多，妳不會連一點想法也沒有吧？」陸以南用身高優勢壓制住我，我能感受到屬於他的重量從兩手之間傳遞過來。

深呼吸，差點嘆氣，我輕點他的手臂，「放開。」

他噙著笑，微一偏頭，僅此而已。

「……你要我說什麼呢？難不成要跟你說謝謝？」我不喜歡無謂的僵持，對於陸以南講述的那些——有關我的個性其實如何這件事，老實說我一點意見也沒有，他要怎麼看我，那是他的事。

我只是不習慣被人從這個角度看待罷了。

「唔，不然，換妳說說對我的第一印象好了。」陸以南隨口換了另一個問題來交換我的答案。

他眞的很喜歡這類型的話題，我默默在心裡驗證了之前的猜測。這樣看來，他一定也很喜歡星座、血型，還有心理測驗，說不定連前世今生都在他的涉獵範圍內。

我無奈地看著他，「你眞的想知道？」

「當然。」

「就算不是好話也沒關係？」

陸以南笑著頷首。

沒好氣地頹下肩膀，我開始回想第一次見到陸以南的情形。他幫我接手滿懷的餅乾時，我對他的印象還是模糊不清的，直到我們在結帳櫃台展開對話，也就是從我發現自己忘了帶錢的那一刻開始，陸以南的臉逐漸有了輪廓。

接著，就是他和店員朋友的那個無聊打賭。

「……。」我不敢說得太大聲，只能在嘴裡咕噥。

陸以南滿心期待地湊近，「什麼什麼？我沒聽到。」

我猶豫地問：「你確定要聽？」

我不想說謊，也不想害他不高興，最好的方法就是讓他不要知道比較好。

「我都說沒關係了，到底是什麼？」

既然是他自己要聽的，我只好說了，了結他的一樁心願。至於聽完之後的感想如何，就不是我能夠控制的了。

「……噁心。」我放輕語調，試圖讓殺傷力降低。

他頓了一下，笑容轉爲僵硬。

「……我好像聽錯了，妳再說一次。」

我深吸口氣，用清楚卻不大的音量說出這兩個字：「噁、心。」

陸以南定格了。

肩上的手失去力道，我輕易地從他的禁錮中脫逃。他看起來很震驚，害我有點不好意思，擔心地連忙補上後續。

「可是，後來我很快就改觀了啦，眞的。」我解釋著，眼前的陸以南還是一動也不動，「還不是因爲你跟朋友打賭的關係……這也不能怪我啊……」

誰會跟朋友打賭要每一個女客人的電話啊，這不是變態是什麼？話雖如此，陸以南卻好像受到了很大的打擊，明明是他自己說壞話也沒關係的……沒想到這麼不堪一擊。

忽然，他像是活過來一樣，瞪大眼問我：「那現在呢？妳說妳改觀了，那現在呢？」

差點沒被他嚇死。

「呃，就……很煩？」糟糕，我差點笑出來。

陸以南臉都歪了。

「從噁心變成很煩，這算哪門子的改觀？」

我往後退了幾步，將雙手擋在身前，「我說的煩是好的那種啦。」好的那種煩。

陸以南一定被搞得很崩潰，他露出不可置信的神情、微張著嘴定定地看著我，像是要問我什麼叫做「好的那種煩」，卻又因爲各種衝擊而問不出口。

於是我好心地解釋：「簡單來說，噁心就是不好的那種煩。很煩呢，就是……」

好吧，好像沒有比較好。

「我受傷了。」陸以南搖搖頭，用拳頭敲著心口，再強調一次，「我受傷了。」

白痴。

我笑著看他裝出一副落寞樣，不知道這個形容詞有沒有比較好？

「好啦，我說完了，現在你可以放我回家了吧？」

他倏地抬起頭，「這麼快？」

「你待會兒不是還要打工？」我失笑，不然呢？吃完飯各自閃人，多好。

「時間又還沒到——」

我雙手環胸，等著看陸以南還想掰歪多少道理。

然而，一道意想不到的人影出現在他的身後，轉移了我的注意力，我不想一直盯著那人，但突如其來的驚訝卻阻止不了我的眼睛，就像是回應我的注視般，我和她對上眼。

驚喜的笑容，只在她臉上出現。

「青聆？」

「甄眞學姊……」我吶吶低語，不敢相信本該在國外求學的她，此時此刻竟會出現在台灣的街道上，並且，出現在兩年不見的我的眼前。

她剪短了我以爲她這一輩子都會維持的長髮，長度及肩的內彎髮型卻更適合她；她身上穿著的不再是那件海軍藍的針織外套，她的膚色卻被酒紅色襯托得更加白皙。兩年不見，她變得不太一樣，卻毫無違和地與我的記憶重疊。

或許是因爲，那抹微笑。

她不變的，那抹溫和的微笑。

「是青聆沒錯吧？好巧喔。」甄眞學姊朝我走近，臉上的驚喜笑容還沒退去，就看見站在我旁邊的陸以南，自然地向他打招呼，「你好，我是青聆的高中學姊，我叫何甄眞。」

青聆。全世界只有甄眞學姊會好好地叫我的名字。

這麼好聽的名字當然要好好說清楚啊。記憶中的她穿著整齊的制服、紮著公主頭，在我們初次見面的練團室裡，認眞地這麼說著。

夕陽西下，三個人的練團室。

「……學長呢？」我的疑問打斷了學姊和陸以南的相談甚歡，「他怎麼沒跟妳在一起？」

我以爲是我的錯覺，有那麼一瞬間，我好像看見學姊的笑容染上了悲傷，一閃而過。是我看錯了嗎？

「他說他晚上有事，所以我只好自己出來逛逛嘍。」她蹙眉微笑，無奈地簡單說明，接著很快轉移了話題，「陸說他是妳的學弟，是眞的嗎？不可能，應該是男朋友吧？」

學姊促狹地開著玩笑，我卻一點也笑不出來。

「我眼光才沒這麼差呢……」我努力擠出笑容。

「我哪裡差——」陸以南不服，我淡淡地掃過他一眼，他大概是看懂了現在的我並不想與他鬥嘴，便收回本來想說出口的話。

甄眞學姊饒富興致地觀察我們的眼神交流，「學弟，是吧？」

假裝聽不懂她話中的揶揄，學姊的出現已經夠讓我無措了，腦袋轟然的思緒交錯，卻胡亂交織成一片空白。

「學姊……」我艱澀地開口：「怎麼回國了？」

「辦點事。」學姊沒說是什麼事非得讓她特地回台灣一趟，只是笑著提起她連回南部老家的時間也沒有，爸媽一氣之下反而提著行李來找她，就是要和女兒共度難得的時光。

不管是現在還是以前，我們之間總是她說、我聽。不擅長找話題的我、跟任何人都可以聊得很開心的她，還是一點也沒有變。

我始終沒辦法變得跟她一樣。

只不過……任憑學姊擦著淺色唇膏的嘴唇開合著，我的心思卻無法專注，只能嗯嗯啊啊地附和回應。由於我的心不在焉，很快地，反倒是陸以南跟學姊聊得很熱絡。

過往一幕幕的畫面閃過，明明刻意遺忘，卻總特別清晰。我看著甄眞學姊，腦海出現的卻是高中時期的她，噙著溫柔笑意的邵宇學長陪伴在她身邊，又一次，狠狠剮著我的心。

兩年，拼命逃跑的這兩年，我究竟跑了多遠？而我眞正在逃避的又是什麼？

我不知道。

我眞的，不知道。

忽然，一道暖烘烘的溫度覆蓋住我發冷的手腕。

「甄眞學姊，抱歉我們得先走了。」陸以南將出神的我拉回現實，「我們快遲到了。」

遲到？

我的臉一定跟學姊一樣困惑。

陸以南注視著我，輕輕搖晃我們相連的手，「電影，我們要去看電影，記得嗎？」

有、有嗎……突如其來的發展，讓我只能隨著陸以南的話點頭。

「咦，眞的？哪一部——」學姊忽然摀住嘴，打住問話，「對不起，我念電影系的老毛病又犯了，既然這樣，就不打擾你們了，下次見面再好好聊，青聆的手機號碼沒換吧？」

我應聲，確認彼此的聯絡方式後，便跟學姊道別。我怔怔看著她的身影轉過街角，半晌，才眞正從恍惚中找回理智，去拼湊學姊佯裝鎭定的謊話。

邵宇學長大概不知道學姊回國，要是他知道，他就不可能在傍晚我們分開的那時候還約我一起用晚餐，也不可能在整個下午的閒聊裡絕口不提。

可是，爲什麼呢？學姊回來爲什麼要隱瞞學長？

無力的手按上隱隱作痛的太陽穴，我不該繼續想下去了。不管他們之間發生什麼事，最不該插手的就是我，我必須把今晚的巧遇當成一段普通的插曲，睡一覺就忘記。

就算我知道這根本不可能。

毫無心理準備就跟甄眞學姊見面，我眞的慌了。面對一向待我溫柔的她，罪惡的心虛更是讓我心臟狂跳，就連簡單的閒聊，從我口中說出卻像是謊言，一字一句，都是謊言。

我很害怕，怕她從我的眼睛就能看出我的不誠實——

我喜歡邵宇……

「學姊。」

陸以南忽然拉住我，我這才發現他溫暖的溫度一直沒有離開，只見他輕淺一笑。

「到嘍。」不知何時，我們已經回到星巴克點著暈黃燈光的騎樓下，陸以南放開我的手、拍拍一旁的機車椅墊，沐浴在這樣的光線下，他顯得好不眞實。

「陸以南——」我突然有股衝動，想抓住現在的他。

我不想，就連他也消失……

「嗯？」他看著我，用略微上揚的單音回應。

面對這樣的他，我想也不想地脫口而出：「謝謝你……」

陸以南的淺笑依舊，他凝視著我，不語。

我知道他看見了什麼，卻選擇什麼也不問。

「……不會。」他平靜地對待我的失常，只是爲我拿起腳踏墊上的安全帽、遞給我。

我本想用笑容來表示沒事，一牽動嘴角卻沉重得連自己都覺得疼痛。

「謝謝……」他爲我保留了不說的空間，除了道謝我不知道該說什麼。

「第二次。」他佯怒止住我的道謝，手故意伸過來，「不過是拿個安全帽而已，謝什麼？不然我幫妳戴好了，這樣妳謝得比較划算。」

他終究還是逗笑我。

我微微勾起嘴角、拍掉他的手，不想再讓話題圍繞在我身上，「你不是要打工嗎？」

聞言，陸以南停格半秒，「妳幹麼一直趕我走，我眞的那麼煩喔？」

「我不是那個意思——」

「好啦好啦，我開玩笑的啦，可是時間明明就還……」陸以南重新揚起笑容，抬手看錶，卻在下一刻瞪大雙眼，「Shit，我眞的快遲到了！」

他急得跳腳，我被他嚇了一跳，連忙要他趕快離開。陸以南慌亂地點點頭，左看右看，好像忘記自己把車停在哪裡，在原地思考一陣，才焦急地往街道左邊跑去。

我看著他慌張的身影在人群中穿梭，就像黑白世界裡唯一的光點，我的目光追逐著他，他變得越來越小、逐漸跑出我的視線範圍，然後，不見。

那一瞬間，只覺得周圍變得好安靜。

忽然安靜下來的感覺，很寂寞。

垂下頭，不想再去搜尋誰的存在，戴上安全帽，想隔絕一股腦湧上來的思緒，卻是徒勞無功，反而將它們與我困在同一個小空間，聽不見車來人往的聲音，只剩它們放肆地叫囂。

「學姊。」

熟悉的聲音再次響起。

遲疑地循著聲音抬起頭，只見陸以南停在我前方的道路上，一雙長腿穩健地撐著機車，他拉開擋風鏡，露出他澄澈的雙眼。

我掩不住驚訝，「你怎麼還在這裡？」

「我想跟妳確認一件事。」

什麼？

他的突然出現，害我有點反應不過來，只能望著他發愣。

「妳有我的手機號碼吧？」

我慢了半拍，點頭，沒告訴他，托之前他不接電話的福，我早就已經把他的號碼給背下來了，現在就算想忘也忘不了。

「那妳記得我之前說的嗎？」因爲戴著安全帽的關係，他的嗓音稍微悶著。

蹙眉，還沒來得及想起他之前說了什麼，陸以南直接爲我解答。

「我絕對不會漏接妳的電話，我保證。」

我……

好像有什麼話想說，卻找不到適當的詞彙。

我和他隔著無法觸碰的距離，對望。

半晌，陸以南揚起了笑，半瞇起的笑眼很溫柔，他沒有說再見、只是抬起了手道別。紅色的尾燈匯入車河，我盯著那光點，直到它在我眼中暈染成一朵輪廓模糊的花，才終於收回視線。

謝謝。

我在心中無聲地說著。

家榕和沛芸先我一步回到家，我無法形容我有多感激，因為當我打開門時，迎接我的不是寂靜無聲的黑暗，而是溫暖的燈光和一室笑聲。

「妳回來啦。」沛芸大剌剌地橫躺在沙發上看電視。

「嗯。」我放下包，癱進家榕身邊的座位。

家榕順手接過我的包包放到小茶几上，讓我有更多空間舒展身體。

「妳今天早上睡成那樣，我以為妳會乖乖待在家補眠，怎麼又跑出去了？」沛芸提起早上的事情，我居然覺得像好幾天前那般遙遠。

邵宇學長、陸以南、甄眞學姊……然後，又是陸以南……

我忍住嘆氣，輕哼了聲帶過，不曉得該從哪裡說起，也不知道該不該說，於是只好保持沉默。幸好沛芸也不是認眞想問，畢竟她現在全身心都在關注電視劇裡男女主角究竟能不能在一起，正用盡念力希望他們破鏡重圓。

如果每個人的人生都有劇本，我想我的劇本肯定荒腔走板。

「要不要先去洗澡睡覺？」家榕見我疲倦的樣子，溫軟的手掌貼上我的額頭，擔心我是不是感冒發燒。

我搖搖頭，想跟她們多待一會兒。躺在沙發上，放空地聽著電視劇裡的對話，偶爾還有沛芸大罵壞心女配的怒吼，可再怎麼努力克制，總不自覺地又想起邵宇學長和甄眞學姊。

我不是聖人，我當然想知道他們兩個怎麼了，是不是吵架？如果是的話，有多嚴重？如果學姊連回國都不跟學長說，是不是代表他們之間的關係岌岌可危？

可是，我更不想當壞人。我突然搞不清楚不跟學長提起學姊的事情是不是對的了？我只想著不要介入他們之間，可要是我心裡眞正想的其實是更壞、更討人厭的念頭呢？

比如說，學長發現學姊欺騙他，一氣之下分手……我甚至不知道如果這件事眞的發生了，我的反應會是什麼——

我不敢想。

「蜻蜓？」于珊不知道什麼時候回來了，她搖搖我，拉高另一手拎著的提袋，「我買了妳最喜歡的雞蛋糕喔。」

原來放空會連嗅覺也一起當機，回過神，我才聞見甜甜的雞蛋香氣。

于珊回來之後家裡更熱鬧了。沛芸平常的八點檔夥伴就是于珊，兩人一起討論劇情，音量更加肆無忌憚，家榕向來是我們之中比較安靜的那個，但不代表她沒有想法，我們總打趣說要是學校裡被放了炸彈，一定是家榕策劃的。

歡騰的談話聲在片尾曲播放過後間歇，沒想到現在的八點檔居然一路播到十點半，少少幾顆雞蛋糕根本不夠配。我撐著頭，懶洋洋地聽著那兩個女人高聲討論今天的劇情。

「啊，對了，妳們還記得開學不久看見的那個帥哥嗎？」于珊開啓了新話題。

除了我之外，沛芸和家榕似乎都記得那個人。見我一臉疑惑，她們爭相要幫我找回記憶。

「就穿著白T恤、高高的啊。」沛芸有講跟沒講一樣。

「很帥那個。」于珊眞的夠了。

家榕想了一下，「我們在圖書館看書，他那時候正要走去管理大樓，記得嗎？」

這才叫提示嘛，我對另外兩個女人翻白眼。多虧了家榕，我印象中好像確實有這麼一個人……只不過，想不起他清晰的模樣。

「腦袋有洞的女人還敢嫌棄我們。」沛芸舉起拳頭想揍我。

我不好意思地擺擺手，要于珊繼續講。

「唉，我爲了得到他的資料，所做出的種種努力就先別提了，重點是——我終於知道他是誰了！」

「妳努力這麼久才知道他是誰喔？」家榕講出我的心聲。

這也太弱了吧，完全不符合平常于珊的行動力。

于珊不服氣地抗議：「欸，線索那麼少眞的很難找耶，而且當然不是只知道他的名字啊！我連他的生日、血型、打工的地方、平常去的健身房都知道了好嗎！」

「所以妳接下來要怎麼做……」

關於于珊的追男計畫，我只聽見沛芸興致沖沖地發問，還沒聽見于珊怎麼回答，我就沉沉地睡著了。

Chapter 3.

我做了一個夢，一個長達兩年的夢。

夢中的我，回到了已不可及的高中時期。

我們學校的社團活動並不算興盛，要不是社團參與占了每學期兩學分的必修，我想大家寧願選擇在星期四的社課時間提早放學回家。

但再怎麼不興盛，熱音社、吉他社、熱舞社這種熱門社團仍受到許多充滿表演欲的學生歡迎，算是少數認眞經營的社團。而能在這些動輒數十名社員的大型社團中擔任要角者，通常在校的名氣也相當響亮，走廊上隨便抓個同學抽問，沒看過對方也聽過名字的那種響亮。

邵宇學長就是這種人。

體育館地下室的練團室是我熟門熟路的老地方。我從來沒有加入過熱音社，事實上，我加入的是幾乎沒在運作的書法社。可這並沒有影響我天天往練團室報到的衝動，熱音社的人久了也就見怪不怪，甚至把我當成社團的一份子，這都是因爲我是他們副社長天天嘴裡念叨著的「學妹」。

「喏。」

一天放學傍晚，邵宇學長從書包裡拿出一把舊舊的鑰匙遞給我。

「這什麼？」我問，一邊伸手接過。

邵宇學長走回他的老位子，拿起裘莉靠在他率性翹起的腿上調音。他撥著弦，聲音在音箱中共振傳出，填滿了只有我們兩人的練團室。

「鑰匙啊。」他頭也不抬，仔細地旋著鈕。

也不管他有沒有看到，我馬上翻了個白眼，我當然知道這是鑰匙。

重點是哪裡的鑰匙？

「當然是練團室的鑰匙，不然呢？」邵宇學長學不來我獨門的白眼，半翻不翻的樣子很像吊死鬼，每次看到都讓我很想笑。

「是喔。」坐在一旁的椅子上，夕陽反射著我手上不停翻轉的金屬光芒，「要我幫你保管嗎？沒想到你的老人痴呆已經嚴重成這樣啦……」

「對啊，妳幫我買的銀杏一點屁用也沒有呢，唉……」

「那你可能是腦殘吧。」

他大笑，爽朗的笑聲在空氣中振動。

「邵宇先生，所以你是痴呆還是腦殘才需要我幫你保管鑰匙呢？」我拿起鑰匙遮住右眼，透過上方的孔洞看著笑意不止的他。

他趴在裘莉身上，不停聳動肩膀，對我隨口說出的笑梗非常捧場。有時我眞不知道是我講的話太好笑，還是學長的笑點太低。

可能，兩者皆是吧。

「呼，少了妳的生活一定會少了很多樂趣。」好不容易止住笑，學長直起身子揩揩眼角的淚。

聽見這句話，我心裡揚起了笑，莫名地滿足。

「快點說，幹麼給我鑰匙？」就算心裡在笑，我仍故作不耐地催促他。

一頓，他突然有些彆扭支吾，眼神遊移地不敢看我。

「就是，放學妳不是都比我早到練團室嗎？」

所以？我挑眉，用眼神問他。

學長被我無言地盯著瞧，臉皮厚得子彈打不穿的他，耳朵居然奇蹟似地開始脹紅。

「呃……我就是覺得有點——」

「怎樣？」看他閃爍其詞的樣子，我開始擔心他想講的不是什麼好話，「如果你是覺得我很煩的話，那我會減少來這裡的次數……」

「妳不要亂講、不是啦！」學長急忙打斷我的話。

不然呢？

他大聲嘆氣，笨拙地搔搔後腦，「我覺得很心疼啦，每次看妳縮成一團在練團室前面等我……」

接下來的話，我一個字也沒聽清楚。只覺得心口好熱、好暖，而且嘴角壓抑不住地想上揚。我看著學長不好意思的表情，耳朵紅通通的，覺得好可愛。

不知道爲什麼，就是很想偷笑。

「啊，但是要保密喔。」學長突然壓低聲音，儘管這裡只有我們兩個人，一點也不用擔心被別人聽見，但他傻呼呼的樣子讓我移不開視線。「妳那把是我的，我又去打了一把新的，其他人都不知道，這是我們的祕密。」

我們的祕密。

學長認眞叮嚀完後，鬆了一口氣似地綻出笑容，一隻大手直接往我頭髮上亂揉。

這在我們之間明明是很平常的舉動，但不知爲何，我突然臉色一熱，嚇得別開視線，原本平穩的心跳節奏也在此時亂了節拍，心跳聲大得連我自己都聽得見。

怎麼會這樣？

那時的我，對這股莫名的悸動仍一無所知。

「嗨，學妹。」

就算是在人來人往的福利社前面，邵宇學長的手還是很不安份地往我頭上招呼，他對我那熟稔的親暱，給周遭投來的視線留下無限的想像空間。

控制不了臉上的熱度，氣沖沖地轉頭想瞪他，卻只見他背著裘莉的背影囂張地離去。

「蜻蜓，妳跟邵宇學長眞的沒有在一起嗎？」

在我對著麵包挑三揀四時，朋友冷不防地問我，我的反應是嚇到直接往後撞上冰箱。

我痛得摀住腰，「才、才沒有……」

「是嗎？」朋友非常沒有道義地追問：「那妳呢？妳不喜歡學長嗎？」

……喜歡嗎？我遲疑了，不曉得該怎麼回答這個問題。

我連喜歡是什麼都還搞不清楚，怎麼喜歡一個人呢？

「不知道。」我悶悶地隨便拿了巧克力麵包，走進排隊結帳的人龍。

朋友跑去拿了兩罐牛奶後，跟了上來，排在我後面繼續碎碎念，大多是在質疑我怎麼可能不知道自己喜不喜歡學長、學長眞的很多人喜歡、他對我眞的很特別……

「說不定學長喜歡妳。」

心裡一緊，連忙否認，「不要亂講。」

是嗎？有可能嗎？

從旁人看來，我們兩個的關係眞的很像情侶嗎？

儘管我還搞不清楚喜歡這件事是怎麼回事，可是好像就是這麼回事。不只是班上的同學，越來越多人跑來問我和邵宇學長是什麼關係，就算我嘴上不停駁斥各種說法，大家還是只相信他們所相信的，認爲學長和我絕對有在偷偷交往。

面對眾人的猜測，不習慣受到注目的我，的確感受到了負擔，可是卻從未因爲這些言論而感到困擾煩躁，相反的，我甚至有些開心。

那段日子，我像是活在粉紅色泡泡裡，享受著各式各樣的羨慕忌妒，心裡滿滿是優越感，默默認同他人的說法，自以爲在學長心中是特別的存在。

「學妹，妳有沒有喜歡的人？」

音樂聲不知道什麼時候停了下來，當我聽見學長的問句，從小說中抬起頭時，他早已抱著裘莉凝視著我許久。

我有點慌亂，卻還是假裝鎭定，「沒有，問這個幹麼？」

邵宇學長撇撇嘴，「沒有的話倒是還好。」

蛤？

見我一臉疑惑，他接著說：「最近無聊的謠言不是很多嗎？妳知道的，關於我和妳。」

我和妳。

每當他用這種詞彙將我們繫在一塊，我都會忍不住想偷笑。

「噢……你很在意？」就算緊張，我還是很輕易地能夠裝作若無其事。

他蹙起眉，「沒有啊，愛講隨他們去講，我是怕妳被這些瞎起鬨的謠言影響。」

學長認眞爲我擔心的神情在我心中注入暖流，他不會知道我有多努力隱藏那不受控制的上揚嘴角，我垂下頭不讓他發現我的開心，只用單音哼了聲帶過。

「學長。」好不容易能夠正常講話，我看向又開始撥動琴弦的他。

他專注地壓著和弦，「嗯？」

深呼吸，我在心中倒數三、二、一。

「那你呢？你有喜歡的人嗎？」

就算做了再多心理準備，話問出口的同時，我還是不敢看他。等待答案的時間好久，時間被緊張拉得好長，一秒像是一世紀，壓迫著我的呼吸。

我握緊拳，等待。

「……沒有吧。」

他說沒有。

那一瞬間，巨大的愉悅淹沒了我，我的心中燃起絢麗的煙火，與我興奮的心跳聲合而爲一，我開心地什麼也沒辦法思考，好像聽見這十五年來最棒的消息，只想站起來歡呼。

這是不是表示我還有機會？還有可能成爲他喜歡的那個人？如果是我，我一定、一定會好好牽著他的手，而他，是不是也會用同樣的方式牽緊我……

我好想成爲那個人。

或許是因爲我蒙蔽雙眼的貪心，也或許是因爲我沒來由的自信，導致我完全沒發現學長語氣裡的——

不確定。

就在高一上學期接近學期尾聲的某個午後，大家沉浸在午休的餘韻，不想清醒面對下午第一節、宛如催眠魔咒的化學課，個個懶洋洋地趴在桌上保持睡姿。

反正現在醒了等一下還不是會睡著。我相信大家都是這樣想的。

一陣腳步聲走進教室、站上講台，化學老師平常是個堅持打鐘後十分鐘才姍姍來遲的Drama Queen，今天怎麼特別早到？我蒙著頭，就算心底困惑也不想直起身查看。

「咳，一年七班的學弟妹們午安。」清新柔和的嗓音略帶緊張，她不可能是向來語調平緩得能黏死眾人眼皮的化學老師。

我因著好奇抬頭，座位四周的同學也是，低低的詢問聲頓時充滿教室。

講台上的她，穿著海軍藍的針織外套搭配潔白的制服，深栗色的及肩長髮簡單紮成公主頭，手拿一疊淺黃色的紙張，小鹿般的圓眼透露出有點不安的情緒，但依然堅強。

「我是二年三班的何甄眞。」學姊先是自我介紹，再說明她此次前來的原因，「爲了在下學期成立電影欣賞社，我正在蒐集三百位同學的簽名聯署，如果學弟妹們願意幫助我的話，學期末前可以到二年三班找我簽名。」

她走下講台，一排排發送手上的傳單。

傳單上生動的Q版人物吶喊著：「我要看電影！」右下方寫著學姊的聯絡方式，其中更包括手機號碼，我一點也不意外地發現班上的男生不懷好意地竊竊私語。

我喜歡看電影，但我從沒想過要創立電影欣賞社。我想，這位學姊應該非常喜歡電影吧？不過是一個星期只有兩堂的社團課，若不是擁有滿腔熱情，如此大費周章的事情恐怕沒幾個人願意做。

學姊仔細回答台下同學的提問，語調親和，我著迷似地盯著她看，不只因爲她很漂亮，還因爲她好像有一種魅力，讓人不自覺地想聽她說話。

「啊，如果有同學下學期想加入電影欣賞社，也歡迎來班上找我報名。」長相秀麗的學姊笑起來很甜，「雖然社團還沒正式創立，但我已經跟老師借到視聽教室，我們可以在放學後一起看電影，嗯，就這樣！」

學姊一走出教室，班上立刻群起轟然討論，過沒幾分鐘後踏進教室的化學老師花了好一陣子才讓同學們安靜下來，然後，睡成一片。

我盯著傳單，心裡有股衝動想要一下課就去找學姊報名。有一部分原因是想加入自己眞正有興趣的社團，另一部分——甚至可以說是最主要的原因，是因爲那位何甄眞學姊。

不知道爲什麼，我就是被她吸引了。她的氣質清新，像早晨的空氣，就算緊張也絕不退縮的大方態度，還有爲了某件想做的事情而全力以赴的衝勁，一切一切，都很吸引我。

我想要成爲她那種人。

「妳不覺得剛剛那位學姊很棒嗎？」下課，我拉著朋友來到二年級的教室走廊，打算加入聯署，順便加入電影社。

朋友毫不客氣地送我一個白眼，「她是何甄眞啊。」

「嗯，我知道，她有說。」二年級的走廊有種可怕的感覺，身邊來往走過的都是不認識的學長姊，讓我有點害怕。

「拜託，我不是那個意思，甄眞學姊很有名，跟妳家邵宇學長差不多等級的有名，懂？」

懂個屁啊懂。被當成白痴的我只能偷偷在心裡回嘴。

聽朋友說，甄眞學姊家境富裕，父母是電視公司的大股東，栽培孩子不遺餘力，學姊也很爭氣，不僅次次考試拿全校第一，更是藝術美展的常勝軍，在學校幾乎是無人不知。

嗯，除了我以外。

繞過轉角，看見二年三班的教室門外，已經有許多人排隊等著簽名聯署。

不愧是甄眞學姊。

正當我這麼讚歎的同時，一抹熟悉的身影從三班教室內走出來。

邵宇學長笑得很開心，因爲角度的關係，看不見他在跟誰打鬧，但是他看起來非常非常開心，而且……我愣在原地，看著他有些害羞地紅了臉。

就算距離不近，我還是能看見學長眼中無法錯認的寵溺。

放學後，我踱著沉重腳步來到練團室門口，緊握在手心中的鑰匙透著薄汗。邵宇學長比我早到練團室的次數近乎爲零，然而，正當我準備用他的鑰匙旋開門鎖時，談笑聲卻從門縫傳了出來，心狠狠一擰，我居然畏懼開啓這扇門。

除了邵宇學長，還有……誰？

「學妹妳來啦！」

鼓起勇氣旋開門把，耳邊傳來學長的招呼，視線卻停留在那位初次出現在練團室的人身上，無法移開。

「何甄眞學姊……？」我不可置信地喃喃自語，怎麼也想不到會是她。

學姊有些驚訝地眨眨眼，頰邊笑意仍在，「妳認識我嗎？啊，因爲我今天去一年級宣傳對不對？」

點了點頭，腦子一片混亂，眼前浮現的是下午學長在三班教室與人打鬧的笑顏……不可能的吧？我強壓下胡思亂想，告訴自己不可能那麼湊巧，他們只是很單純、很單純的朋友而已——就算我看見她說話時，學長明顯專注的神情也一樣。

接下來，他們聊起了期末考與寒假計畫，我聽著、偶爾附和，甄眞學姊總是適時地詢問我的想法，體貼地不讓我覺得被晾在一旁。可是，她卻不知道我寧願當個路人甲，如此一來，我就不必假裝平靜，假裝自己的心臟沒有因爲學長看她的眼神而扭緊。

很痛。

我悄然退回自己的老位子，從書包裡拿出小說，手指微顫地翻開書頁，不停閱讀同一行文字，卻無法眞正看進眼底，他們談天的聲音像是被某種裝置給放大了似的，耳邊充斥著的盡是他倆的笑聲。

「對了，學妹，」學長突然喚我，我反射性地回望，「有人看到妳下午有來二年級的教室耶，來找我嗎？我怎麼不知道？」

你當然不會知道，早在你發現之前，我轉身就跑，頭也不敢回，朋友嚇得以爲我發生了什麼事，卻沒料想到我只是懦弱得不敢去證實學長喜歡的人可能不是我。

回想起來，我眞是自以爲是的可笑。

「我……」喉嚨乾澀地緊縮。

「……宋青聆？」

愣住，轉頭看見學姊拿著一張電影社的傳單，上頭寫著我的名字。

在入社意願的欄位上。

「妳想加入電影社嗎？」甄眞學姊驚喜地看著我，我根本說不出話。

它怎麼會……我馬上就想到這張被我塞到書包底部的傳單，大概是我拿小說時不小心順道夾帶出來，然後，出賣了我。

「該不會妳其實不是來找我，而是要去找甄眞入社吧？」

甄眞。

他叫她甄眞。

「你家小學妹想要投靠我不行嗎、羨慕還忌妒啊？」學姊親暱地戳著他的左肩，學長努著嘴抗議，藏不住的笑容裡卻是顯而易見的疼寵。

怎麼辦……我到底該怎麼辦？

「青聆？」猛一回神，學姊彎下身子、輕碰我的肩膀，關心地端詳坐在椅子上的我，「妳臉色好差，是不是身體不舒服？」

我搖搖頭，「我沒事，只是有點累而已。」

「那就好，那我可以跟妳確認入社的事情嗎？」她坐到我身邊，臉上勾著輕淺的笑。柔和動聽的嗓音介紹著電影社日後的走向、社團教室所在位置，談到創社的原因，她只是笑著說因爲自己實在太愛電影了，希望有人能陪她一起看電影，如此而已。

我知道並不只是這樣。

可是，我不想問。

「那，以後我叫妳青聆可以嗎？」

「嗯……」

一旁的邵宇學長突然插話，「妳可以也叫她蜻蜓啊，多親切啊。」

「那怎麼行？」學姊拒絕了學長的提議，一臉認眞，「這麼好聽的名字當然要好好說清楚啊。」

「那妳幹麼不叫我宇？」

「……白痴喔。」

夠了。

我倏地起身，看見學長疑惑的眼神帶著些許訝異。

「……我想先回家了。」語畢，我很快地走到角落收拾書包，我能猜到他們兩個此時正用眼神互問對方：她怎麼了？這個想法讓我的心跳掉了一拍。

「學妹？」邵宇學長擔憂地喚著我。

學妹。

對啊，我本來就是學妹。

「學長、學姊，不好意思我先走了。」

不顧他倆挽留的驚呼聲，我頭也不回地走出練團室。當門一關上，席捲而來的寂寞沉重地壓上我的心口，於是我開始逃。

不能停。

我拼命地逃。

這一逃，就逃了兩年。

「他們在高二下學期、快要放暑假的時候才真正開始交往。」我捧著馬克杯汲取一點溫暖，眼神望向窗外，感覺到坐在對面的他很認真地聆聽。「在那之前，我想了數百次要不要去告白，可是我終究沒有勇氣。」

「……就這樣結束了嗎？」他問，不是好奇，像是不解。

大概是不懂我爲什麼什麼都沒做吧。

我只能苦笑，「能怎樣呢？」

一年半，我看著他們交往的那一年半，他們就像是相缺的拼圖找到了對方，一舉一動全都契合得完美無瑕，看向對方的眼神永遠帶著笑意，做任何決定也總是爲對方著想。他們不像其他情侶總是黏在一起，他們各自獨立、各自活出自己的精彩，然而，當他們牽著手的時候，卻又成爲彼此最好的後盾。

那樣的他們，這樣的我，能怎樣呢？

陸以南神色複雜地看了我一眼，雙手抱胸，往後躺進紅色的沙發椅，嘆一大口氣，搖搖頭，視線轉向窗外仍點著街燈、天色濛亮的街道。

現在時間是清晨六點，我與陸以南在二十四小時營業的簡餐店聊著我的過去。一個半小時前，也就是凌晨四點半，我用一通電話約了陸以南。

他果眞沒有漏接。

他像是用手掩住話筒、壓低音量說他再過半小時下班，要我告訴他地址、他來接我，我拒絕了。結束通話，我披上外套、拿著錢包，悄悄開了家門，緩步走在天色未明的路上，呼吸還沒被車水馬龍汙染的空氣，用了半小時來到這間簡餐店。

不到十分鐘，陸以南也到了，進店裡時還用跑的，有點慌張地在我對面坐下，喘著氣、擔心地看著我。這也難怪，凌晨四點半的邀約，眞的很奇怪，就連我自己都覺得怪。

我習慣性地點了一杯熱拿鐵，把菜單推給他，他說他不喝咖啡，仔細瀏覽飲料品項，我以爲他會喝冰的，結果他選擇了熱柚茶。

我果然不了解他。

服務生送上飲料之後，我沒有任何鋪陳，直接了當地告訴他，我做了一個夢。

一個長達兩年的夢。

過程中，我有時看著窗外，有時看著桌墊下的特價訊息，或者看著店內其他人，就是不看陸以南。而他也只是聽，不發問、不打斷、不批評，只是聽。

爲什麼是陸以南？

爲什麼不是于珊、沛芸、家榕，而是陸以南？

或許是因爲，我們沒有那麼熟。他活在我的生活圈以外，是我平凡生活中的一場意外，面對幾乎是半個陌生人的陸以南，我把從未告訴過任何人的祕密全數傾吐，我卻一點也不擔心他會把這當成茶餘飯後的話題胡亂八卦，因爲他也是我半個熟悉的人。

半陌生、半熟悉。

我與陸以南，大概處在像這樣的關係。

「昨晚……」他看向窗外，「是他們畢業之後，妳第一次見到甄眞學姊嗎？」

我嗯了聲，拇指不自覺地來回撫弄杯緣。

這一場長達兩年的夢，從認識學長開始、也以學長的畢業做爲告終。我曾經以爲只要看不見他們，我就能重新開始我的生活，沒有他們的生活。

可是，我錯了。

等我察覺的時候，我早已不顧媽媽反對，塡上這所離家很遠的大學，只因爲邵宇學長在這裡；等我察覺的時候，我爲了擺脫邵宇學長的影子，竟選擇渾渾噩噩地度過大一生活；等我察覺的時候，我又不由自主地加入電影社，並再次與邵宇學長相遇……

我以為我醒了，卻只是另一場夢的開始。

這一場醒不來的夢，何時才能結束？

陸以南喝下最後一口早已冷卻的柚茶，終於抬眸看向我。

「學姊，我們翹課吧。」

去哪？

我本來想這麼問，可是一回過神，就發現自己已經坐在前往高雄的長途客運上，而我的右手邊，則是坐著早已呼呼大睡的陸以南。

二十分鐘前，陸以南不顧他的機車還停在簡餐店，拉著我搭上捷運，抵達台北車站。穿梭在大包小包的旅客之間，更顯得我們兩手空空的突兀，沒有多思考，我們隨便買了最近一班發車的車票，跳上車、前往高雄，一氣呵成。

他把靠窗的座位讓給我，沒多久就睡著了，他一定累壞了吧？明明清晨五點才下班，被我一通電話約出來、還聽了一大堆莫名其妙的話……我側過頭看著他平穩起伏的胸膛，輕緩的鼻息述說著眼前人此刻的熟眠。

老實說，我沒有期望陸以南陪我到這種地步；然而，我怎麼也想不到，陸以南居然會陪我到這種地步，這趟單程五小時的車程，不只是他一句「我們翹課吧」這麼簡單。

陸以南，你到底在想什麼？

外套口袋裡忽然傳來的震動打斷我的注視，我慌張地從口袋掏出手機，按下通話鍵，下意識地往陸以南的方向看了一眼，確定他沒被我的動作驚動。

「喂？」掩住話筒，深怕吵醒身邊的他。

于珊先是打了個呵欠，「妳在哪裡？買早餐喔？」

我猛地愣住，這才想到被我遺忘在台北的室友們，聽見背景傳來沛芸胡亂點餐的聲音，我尷尬地不曉得該怎麼解釋現在的情況。

「喂？蜻蜓、聽得到嗎？」

「啊、呃……」我差點咬到舌頭，「于珊——」

抬頭看了看客運的電子鐘，這時間她們才剛起床，我幾乎能看見她們三個穿著睡衣在房間、客廳、浴室來回走動的畫面，我彎著腰、半個身子趴在膝蓋上，拿著手機，腦袋一片混亂。

「妳在麥味登還是美芝城？我想吃……許沛芸閉嘴！」

怎麼辦、怎麼辦……

我手足無措地摀住額頭，低聲說：「于珊，妳聽我說——」

「等等、等一下啦！」于珊終於止住沛芸的大叫，她的聲音再次靠近話筒：「喂，蜻蜓？妳要說什麼？」

「那個，我不在早餐店。」深吸一口氣，準備坦白。

「蛤？不然咧？妳在學……」

我連忙打斷她，「我也不在學校。」

那端傳來無言的沉默，我猜她一定在想：早上七點，這個時間難道還有百貨公司可以逛嗎？不在早餐店、不在學校，不然我還能去哪裡？

「……OK，妳有點嚇到我了，」于珊的聲音蒙上一層疑惑，我能想像她蹙眉的神情，「妳現在到底在哪裡？」

「我在……」我嚥下堵在喉頭的猶豫，「回高雄的車上。」

回高雄，沒錯，「回」。

「……高雄？」于珊緩慢地重複，彷彿第一次聽到高雄這個地名，「妳說，高雄？」

「嗯，高雄。」

閉上眼，我知道下一秒迎接我的會是——

「高雄！」于珊不可置信地大叫，連珠炮似的質問朝我轟來，「妳知道今天星期幾嗎？妳不上課回高雄幹麼？又沒放假妳幹麼回高雄？妳自己一個人嗎？妳幹麼突然回高雄？蛤？爲什麼要回高雄——她說她、要、回、高、雄、啦！」

最後一句不是說給我聽的，可于珊忘記掩住話筒，尖銳高亢的聲音穿過手機、大聲到出現分岔，我嚇得把手機拿得遠遠的，保護我脆弱的耳膜。

手機那端傳來兵荒馬亂的討論聲，大部分是沛芸和于珊的聲音，偶爾能聽見家榕要她們安靜一點別吵到鄰居的喝叱聲，我不好意思地咬唇，等待她們接受這突如其來的展開。

終於，嘈雜聲漸止。

于珊清清喉嚨：「蜻蜓？」

我應聲，不知爲何，我覺得我好像又把事情搞砸了。

「發生什麼事了嗎？爲什麼突然要回高雄？」

她不能理解，在她的認知裡，除非必要，我一學期回家不會超過兩次，怎麼會一聲不吭就跑回高雄？這一切對她來說太莫名。我難受地貼著手機，于珊的聲音聽起來好溫柔，好像深怕我會因爲她的問句而碎掉似的。

「沒事啦……」不知道爲什麼，我突然有點鼻酸，「只是，突然有點想回家……」

于珊沒有說話，只有她輕微的呼吸聲告訴我她還在。

「于珊……？」

「我知道了。」她再次嘆息，語氣充滿無奈，「難得回去，記得好好休息。」

握著手機，明知她看不見，我還是點了點頭。我知道她們一定很困惑，可是她們選擇讓我獨自安靜。

「回來再說。」這是于珊結束通話前的最後一句話。

回來。

我的家不只在高雄，還有那個屬於我們四個人的小窩。

我凝視著暗下螢幕的手機許久，才默默地把手機收回口袋。

「原來學姊住高雄？」陸以南不知何時醒來，他半瞇著眼笑問，看起來仍舊睡意濃厚。

我不好意思地蹙起眉，「抱歉，吵醒你了嗎？」

他搖搖頭，又閉上眼睛，「真好，我還擔心要是到高雄以後，不曉得有什麼好吃的該怎麼辦呢……」聲音漸歇，陸以南說著說著竟然又睡著了。

我半是好笑、半是歉疚地看著他迅速入睡的側臉。

大概是早班車的緣故，交通狀況一切良好，路程沒有塞車，一夜未眠的疲憊終於襲上眼皮，我不知不覺也跟著睡著，等我醒來，客運剛過楠梓不久，很快就要抵達高雄總站。

通常這時候我會開始檢查身邊的行李、準備下車，可是這次……我看著連包包都沒有、拿著手機錢包就搭上車的我們，那種像是在夢裡的感覺又出現了。

跟陸以南在一起，我老是有這種感覺。

陸以南在客運駛下陸橋的時候醒來，他挺起腰背舒展身子，我甚至聽見他扭轉肩膀脖子時的喀喀聲，不小心笑了出來還被他發現，換得他一記裝可憐的眼神。

早秋的高雄艷陽依舊高掛，時已中午，我們決定先在車站附近的速食店填飽肚子，再討論待會兒要去哪裡。

「你很餓喔？」

陸以南抓著漢堡，疑惑地回：「還好啊。」

我看著他桌上一份漢堡餐、一份炸雞餐，額外單點小雞塊和蘋果派，原來這叫還好？他偏頭不解，還在等我繼續話題，我啃著薯條搖搖頭，不打算繼續深究。

我沒告訴他，他在我心底已經多了個大胃王的稱號。

「你有想去哪裡玩嗎？」吃完薯條，我拿起紙巾擦淨沾滿鹽巴的手。

他停下動作，思索一陣，「海邊怎麼樣？」

我沒意見，他說去哪裡就去哪裡，畢竟身爲在地人實在很難想得出好玩的景點，倒不如由外地人自己指定去處要來得好。

或許是沒吃早餐的關係，我們很快解決眼前的食物，陸以南的兩份餐點跟我差不多時間吃完，沒想到這傢伙不僅吃得多，還吃得很快，而且似乎還不怎麼長肉。

站在捷運車廂內，我第一次仔細端詳陸以南。

他的確長得很好看，大概就是高中會瘋傳照片給外校同學炫耀的那種好看。恰到好處的雙眼皮，高挺的鼻子，還有據說很薄情的薄唇，他的五官並不算深邃，但很協調，一切剛剛好。

陸以南一直給我一種印象，他笑起來很親和，小小的梨渦增添幾許調皮，可是不笑的時候——我看向倚著背板、望著車窗外發呆的他——似乎，有點凶，就像我之前說的，有種反派角色的感覺。

那種沒辦法真心討厭他的反派角色。

要是這樣跟他說，他一定又會露出困惑的表情吧？想起他皺眉努力想知道自己到底哪裡像壞人的模樣，我忍不住笑了。

奇怪的是，陸以南竟然也悄悄勾起嘴角。

他笑什麼？

我轉頭看向窗外，想從快速掠過的景色找出他的笑點，卻什麼也沒有發現。移回視線，他似乎發現我的疑問，曲起手指敲敲車窗——

玻璃投射的倒影，一模一樣的陸以南正對著我笑。

「妳盯著我看也盯得太久了吧？」玻璃上的他挑眉，不懷好意地笑問：「還滿意嗎？」

如果地上有洞，我一定馬上鑽進去，然後繼續挖到地心，永遠不回頭……

「學姊？」

「……嗯。」快到下一站了，眼角餘光發現陸以南仍維持著討厭的笑容看著我，我死盯著窗外，假裝自己在看風景，不自然地換了站姿。

「妳臉又紅了。」

關你屁事。

我真的很希望我有足夠的瀟灑能轉頭跟他這麼說，可是我沒有。

「……你看錯了。」僵硬地撥動頭髮，期待這樣能遮掩出賣我的熱燙雙頰。

他壓低的笑聲在我們之間迴盪。

我始終無法轉頭看向身畔的他，藉著倒影觀察他，他倚著背板的姿態很輕鬆，就像他給人的感覺，總是游刃有餘、從容不迫，他擁有一種誰也學不來的自信，是天生的嗎？我不知道。

可是，那讓人覺得……很安心。

列車靠站，瞥見門外站著一群背著登山背包的旅客，我正想往內移動、讓出足夠的空間，沒想到慢了一步，車門很快地往兩側滑開。

瞬間，人群魚貫湧入，視線全被龐大的背包給占滿，推擠的人潮讓我根本連站也站不穩，只能被逼得胡亂退了幾步，就在我好不容易摸索到車廂中央的鐵桿，列車啓動的力道又將我拋向另外一個方向。

我無力地閉上眼，等待迎接此生最糗的時刻——

「Safe.」

陸以南帶笑的嗓音在我頭上響起，我最先感受到的，是陸以南身上的味道。

很男生。

他身上沒有人工的香味，而是……我不知道，感覺像是混合了洗衣精、陽光，還有一種無法形容的味道……總之，是一種很乾淨的氣息。

直到……我慢半拍地聽見他沉穩的心跳聲在我耳邊響起，一聲又一聲告訴我，我們兩個有多靠近，近得幾乎沒了距離，我才從差點出糗的震撼中回神。

我很盡力地假裝自己沒有嗅覺，也很努力地將自己的身體從他懷中拉遠，無奈身後隨著列車行進而擺動的人群卻讓這些都化爲徒勞，陸以南有力的大手撐著我的背部，我能感受到他試圖將我圍在一個安全的範圍內——

他的懷中。

「還有幾站吶……」

「不要講話！」陸以南探頭想看門上的跑馬燈，卻被我突然的低喊給制止。

懊惱地用力閉上眼睛，氣自己怎麼如此沉不住氣。可是如果不制止他，只要他一講話，他胸口就會轟隆隆地震動、傳到我貼近的耳中，那感覺……很奇怪啊……

我從來沒有跟一個人、一個男生這麼接近過……

這樣的掙扎過了兩站，我們終於到達目的地，西子灣。車門才剛開，我迅速跳離陸以南胸膛的環繞，急急衝下車，讓微涼的空氣沖淡我所有的不自在。

「走、走吧。」眼角餘光瞥見他走近，沒等陸以南開口，我搶先堵住他的話。

下午的氣溫依舊居高不下，儘管非假日時間，來自各地的觀光客照樣不畏艷陽地在領事館前的海岸公園觀景拍照。我們沿著路走，聽著浪濤、看著人群嬉鬧，原本以爲陸以南提議來海邊，是因爲他想下水玩玩，但當我問起時，他卻搖頭否認。

「心情不好，不是就該來海邊嗎？」

「誰說的？」我抬眸想看身旁的他，卻因爲陽光的刺眼而急急收回目光。

他低低笑了幾聲，害我想起剛才在捷運上的事，有點不知所措。

「電視、電影都這樣演啊。」風很大，他跟著加大了音量，「而且，學姊不覺得看著大海就有種感覺，好像所有的煩惱、以及所有的一切都變得微不足道嗎？」

「或許吧。」我給了模糊的答案。

或許吧，大海或許能夠容納悲傷、煩惱，以及所有的是是非非，可是，那些並不會消失，不是嗎？它們終究會隨著海浪拍上岸邊，回到我們身邊。

那些事，是不會因爲誰的包容、誰的傾聽而消失的。

「陸以南，說說你的事吧。」

「我？」

我點點頭，他略微苦惱地沉吟。海風吹亂我的長髮，只好攏至一邊，有點後悔沒紮起來，這下肯定都打結了。

感覺陸以南面目表情有些僵硬，我忍不住笑了。

「不要緊張嘛。」

他居高臨下地蹙眉瞥我一眼，好像在怪我出這什麼爛主意，還敢笑。收回視線，他清清喉嚨，沉默幾秒後，用他沉穩的中音混著尷尬，緩緩地起了頭。

「嗯，其實我沒什麼故事，是個很平凡的人。」陸以南說，他的聲音逐漸變得放鬆，我輕應了聲，讓他繼續說下去。

「我叫陸以南，朋友都叫我陸，妳可以叫我以南——」熟悉的開場白，讓我抬頭望進他帶笑的眼底，「雖然直到現在，妳還是叫我——」

陸以南。

他說出口的同時，我在心底跟著複誦。

「要從哪裡開始說起……」陸以南不知所措地搔頭，又咳了一聲，「嗯，我是台北人，土生土長，今年十八歲。」

他真的開始自我介紹，不知道爲什麼，我一直想笑。

「喜歡吃的食物是老家的茶泡飯，畢竟我從高中……不行，我覺得這樣太不公平了！」

「蛤？」

「我覺得這樣很不公平。」陸以南再次表示抗議，但一見到我帶有不悅的困惑神情，馬上識相地解釋：「我的意思是，這樣我都不知道學姊的事啊，不是很不公平嗎？」

「我又沒什麼好說的。」公平個頭，你不想說就不要說。

不理他，我繼續往前走。

他跟了上來，「不是啊，學姊，我想知道的，就只是一些小事……無關緊要的那種。」

什麼事？難道是我高中數學考幾分這種早就塞到垃圾桶處理掉的無聊小事嗎？這種事知道了也是浪費腦容量。

「既然無關緊要，就不需要知道。」

海風很大，我瞇著眼睛抵禦陽光，只顧著埋頭前行，眼角餘光瞥見他輕而易舉地跨開大步，跟上我的步伐，來到我身邊。

「因爲跟學姊有關，所以我想知道。」

他眞的好煩。

「我不要。」無語半晌，我還是拒絕。

陸以南聞言大喊不公平，像是得不到玩具的孩子般，頭一撇、手一環，要賴地立定在原地不走，只差沒躺在地上扭動身軀哭喊了。

我才不吃這套，白他一眼，雙手插著口袋，我沿著蓮海路往中山大學的方向走，海上波光粼粼的風景很美，要是沒有身後那一聲聲吵死人的哀嚎就更完美了。

「妳就這樣走掉喔？」

沒過多久，那個幼稚程度跟身高成正比的大孩子，一點志氣也沒有地追上來，可憐兮兮地蹙眉抱怨。

「懶得跟你耗。」

「不然我們用交換的。」

「交換？」他腦袋裡不知道又在打什麼鬼主意。

陸以南哼聲，繼續說：「一個問題、一個答案，彼此交換。」

簡單來說就是你問我答。

要是不答應，這傢伙不知道還會想出多少點子來煩人。我在百般無奈、別無選擇的情況下，只能嘆口氣當作答應，擺手要他先開始。

「OK, first question is……」陸以南故作思索，讓我有種翻白眼的衝動，「學姊的生日是幾月幾號？」

題目挺正常的嘛，我瞥他一眼。

原本以為他說的「小事」，只是某種逼迫我答應的話術，沒想到還真的是小事。

「十二月二十四日。」

「平安夜！」他用發現新大陸的口吻驚呼，梨渦又跑出來招搖，「原來學姊是摩羯座。」

看吧，我早說他一定有在研究星座，一般男生哪會知道什麼星座的？

「呃，換我？」他投來閃亮亮的眼神，我瞬間起雞皮疙瘩，連忙隨口扯了個問題：「……你喜歡什麼動物？」

陸以南想了一下，「狗，大型狗。」

我以為他會說鹿呢，畢竟他的綽號同音就是鹿。

也是，雖然我叫蜻蜓，我也不可能因此對長得長長的、還有一對大眼睛的昆蟲產生好感。沒辦法，我對四隻腳以上的生物一概沒轍。

輪到陸以南發問，見他噙著大大的微笑，讓我聯想到搖著尾巴的大狗狗，黃金獵犬那型，有點呆呆傻傻的。

「學姊平常的興趣是什麼？」

嗯……我低頭看著腳下的步伐一邊思索，人行道的紅磚不知混合了什麼材料，在陽光的照射下透著閃閃的晶瑩。

「看書、看電影，靜態類的吧。」認眞說來，我不是很喜歡會流汗的活動。

陸以南好像很意外，「我還以爲學姊很會跑步耶。」

「怎麼，我的臉上有寫跑很快三個字嗎？」

他居然點頭，煞有其事的樣子害我不自覺地摸摸臉，想知道那三個字被誰偷偷寫在哪邊。

「可能是因爲學姊瘦瘦的，手腳又很長的關係吧？」陸以南還說要是我綁馬尾的話，說不定還會被誤認爲全運會的冠軍。

誇張。

這個遊戲持續了很久，我們走進中山大學校區，一路上都在進行你來我往的問答。要是這世界上有一本問題大全，我大概已經把喜歡什麼東西這類存在於第一章節的基本問題都給問完了，詞窮如我，最後老是用陸以南的問題反問回去。

一來一往問了數十個問題後，我才慢半拍地驚覺，他該不會是想逼我變成一本陸以南小百科吧？我連他高中交往過的女生叫什麼名字都知道了，再繼續下去，他連爸媽叫什麼名字都會告訴我。

我們來到中山大學某處的觀海景點，並肩坐在長椅上。原本湛藍無雲的天空逐漸染成暖黃，越到深處還帶了幾抹紫紅，夕陽倒映在微微起伏的大海，波光點點像是有無數的星星落入海中，我好像已經很久沒來這裡了。

「陸以南，你覺得喜歡是怎麼回事？」我來不及細想自己的問題就脫口而出。

或許是因爲，我突然想起上次來的時候，身邊坐著的是一大堆熱音社、電影社社員——當然，也包括邵宇學長和甄眞學姊。

海濤聲塡滿陸以南思考時的沉默，他想了很久，我遙望漸漸落入海中的夕陽，等待他的回答，同時，也拿同樣的問題問我自己——喜歡，到底是怎麼回事？

曾經，我以爲喜歡是甜的、是暖的，是一種光想起就會泛起微笑的祕密；後來，我發現喜歡是痛的、是苦的，因爲它是明知不可爲而爲之的失控。

我討厭這種感覺。

「喜歡……」陸以南開口，語氣帶點溫柔，「就是心情完全被另一個人所有。」

他看見了我的困惑，勾起笑容。

「……不覺得這種感情，很失控嗎？」我問，我不懂他眸中的笑。

「不失控，就不是喜歡了吧？」他說。他看我的眼神好……我不知道，於是我移開目光，聽見他繼續說：「妳永遠不知道自己會喜歡上誰。」

我不懂。

「最後一個問題，妳還喜歡他嗎？」

我花了好一會兒才理解陸以南的問題。對上他的視線，他看起來很沉穩，好像終於找到機會問我這句話。

其實我早發現，陸以南一直都不是他表現出來的那般幼稚。

「拐了這麼多彎，就是想問我這個問題吧？」

他不否認，只是看著我。

原本我以爲我會生氣——就像之前的任何時候，只要一感覺被刺探、窺探，我就會豎起身上所有的刺，躲在尖銳之下攻擊任何靠近我的人。

可是，我笑了。

笑得疲憊，笑得無力。

「我也想知道。」我看著夕陽將他的頭髮染上橘紅，「這個問題的答案，我也想知道。」

「是嗎？」

「懷疑？」

「不敢。」他又勾起單邊嘴角，很壞的笑，「只是覺得沒那麼難。」

「……你又不是我。」

「嗯，我一向把事情想得很簡單。」

而我，一向把事情弄得很複雜，弄得一團糟。

弄亂的毛線循著線，終究會找到解開的方法，那我呢？

「……打結了。」喃喃低語，我懷疑自己的心被打了死結。

「就剪掉吧。」

什麼？

沒來得及出聲詢問，他已經伸手爲我輕輕梳開被海風吹亂的髮——陸以南專注的表情害我怔忡了好幾秒，猛然回神，慌亂地往旁邊坐遠，試圖阻止他過於接近的親暱。

被他摸過的頭髮像是有了生命，熱熱地發燙。

「解不開，就剪掉吧。」陸以南的聲音好近，近到我好想跳起來跑走。「總比一直為它煩惱、為它難過來得好。」

我忽然搞不懂他是在說頭髮、還是學長……事情真有這麼簡單嗎？可是，如果可以、如果真的能像陸以南說的那樣……

我願意剪掉這一頭長髮。

「反正，妳還是妳。」

我還是我……

我望著陸以南，不發一語，他澄淨的眼眸透著海的寧靜，淺淺的梨渦悄悄地透露他的心情，有點輕鬆、有點不那麼當一回事。

這就是陸以南。

我想。

海天一線，翻騰的浪花捲上岸邊，艷橘的夕陽渲紅整片大海，下一刻，深藍的夜色替代了眼前的絢麗，長椅旁亮起輕暖的燈光，照亮我們並肩的身影。

「要回家嗎？」

「台北？」我恍惚地問，只見他噙著笑，搖了搖頭。

不然呢？

半秒後，我突然理解陸以南所指的家是哪裡——

我家。

不出所料，我媽非常喜歡陸以南，非常。

大概是因爲陸以南的外貌氣質很符合她的標準，某個只存在於媽媽心中的莫名標準。整個晚餐時間，她一直保持少女般的嬌羞笑靨，不停地噓寒問暖，手中的筷子則像是在挑戰極限一樣，在他早已堆疊得像座小山的飯上努力添菜。

看著陸以南用無聊的冷笑話逗得我媽花枝亂顫，我默默吃飯，順便懷疑自己是不是她的親生女兒……這時，碗裡忽然多了塊香腸，轉頭只見一臉無奈的爸爸撇撇嘴要我多吃點。

好吧，至少我爸是親生的。

對於我一聲不吭、身邊還跟著一個男生突然出現在家門口，爸媽的反應只是放下遙控器、安靜三秒，互相交換一個我看了十九年還是看不懂的眼神，然後又進廚房多炒了兩盤菜，如此而已。

這就是我家。

晚餐過後，陸以南很有禮貌地表明要幫忙洗碗，媽媽當然是樂意接受，兩人有說有笑地前進廚房。

我趁著這段時間，到浴室洗了澡。出來的時候，只剩陸以南一個人坐在客廳看HBO。

只消一眼，我就知道現在播出的是哪部電影——女人怔怔地看著影片中自己的一顰一笑，從沒想過自己的婚禮影片竟是一個男人默默愛戀的無聲告白，那個男人，不是新郎……

她的笑，不是爲他。

他卻將所有心動安靜收藏，只因爲她不會屬於他。

老實說，這不是我最愛的電影，卻有我念念不忘的場景。我站在原地看了好一陣子，直到鏡頭轉往另一段故事，才走近沙發坐在單人座上。

「Love Actually.」

陸以南頷首，「那一段不管看幾次一樣震撼。」

「嗯。」我抱起抱枕，盤腿靠上沙發，繼續看著劇情發展。

不擅長言語，也不奢望她的愛，只因爲是聖誕節，只因爲聖誕節要說實話，男人用一張張的卡片道出他埋藏許久的感情。

他最終換來一個吻與她感動的笑容。

Enough.

電影只說到這裡，故事還在繼續。沒人知道他們最後會不會在一起，沒人知道眞正的結局是什麼……Enough，到此爲止，就好。

「……陸以南，回台北之前，能陪我去一個地方嗎？」

他只是遞給我一笑。

❧

我從沒想過我會是在這種狀況下回來……或者，更正確地說，我從沒想過我還會回來，回到這個早就不是我和邵宇學長兩個人的練團室。

「妳還留著那把鑰匙？」

陸以南的聲音突兀地在背後響起，在無人的走廊撞擊出巨大的迴音，我發涼的手不禁一震，差點拿不穩沒有幾克重的它。

微怔過後，我苦澀一笑。

「……所以我們這樣應該不算非法入侵吧？」重新握緊手中的鑰匙，旋開門鎖，推開門，我轉身看向他背光的身影。

陸以南靜靜地看著我，唇角揚起幾不可見的弧度，當他越過我、走進練團室時，輕輕拍了拍我的肩膀，我不懂這個舉動代表什麼，我只知道他的力道很溫柔，溫柔到一點也不值得爲我。

我不値得。

睽違兩年，再次回到這裡的感覺既熟悉又陌生，總覺得有哪裡不一樣了，卻又說不出明顯的改變，我只能駐足在門口，重新回憶起那已不能復返的高中時期，彷彿又看見，夕照斜落，我和邵宇學長各據一方，他認眞玩他的音樂、我埋頭讀我的小說，好長一段時間的沉默，只要不經意的相視而笑，就能塡滿所有寧靜。

那種感覺，一點也不寂寞……

「你知道我爲什麼來這裡嗎？」

原本在練團室內好奇遊走的陸以南腳步一頓，手還停留在貝斯弦上，他看向我，目光中盛滿思慮。最終，陸以南只是勾起一抹笑，輕輕帶過我的問題。

「學姊沒說，我怎麼會知道呢？」

不知道爲什麼，我覺得他多少有猜到一些。

環顧室內，原以爲回憶會像狂風巨浪，毫不留情地摧毀我在心中好不容易築起的防禦高牆，可是，當我眞正回到這裡，才發現回憶不過是清淺的小溪，和徐平緩地流過心間。

往日畫面一幕幕在我腦海裡上演，以爲很清晰深刻，其實卻只是輕撩而過的浮光掠影，這讓我很困惑，卻又頓時明白了些什麼……

對於學長的這份感情，一切來得太快，發現的同時，也是失去的開始。我一個人的執著，從來就沒有傳達到學長心中。

這幾年，我守著的早就不是當初的喜歡，而是面對的恐懼。我以爲我逃避的是被拒絕的痛苦，其實不然，我只是不想承認自己的不勇敢，不敢承認，早已失戀的初戀……

「我可能……是來道別的吧。」

用力撫過學長給我的鑰匙，像是要用痛覺記住它的模樣，半鈍的尖角劃著指尖，一遍又一遍。

有點痛，還能忍受。

或許道別就像這樣，有點痛，還能忍受……

「道別？」

「好聽的說法叫道別。」我更用力握緊手中的鑰匙，感受到它的尖角掐進肌膚，勉強擠出一絲笑意，「充其量不過就是物歸原主罷了。」

練團室的鑰匙從來就不該屬於我，卻成了學長給我的第一份心動。我擅自爲這份單純的信任加上特別的意義，以爲不放手就能得到什麼。

「這算是最後一個問題的答案嗎？」

最後一個問題……我茫然地望著他，想不起來最後一個問題是什麼。

或許是陸以南的表情太過認眞，明明他站得離我並不近，我卻能感受到他強烈的存在……他是從什麼時候開始卸下他的笑容的？

「妳不喜歡他了？」

「我不知道。」一如昨日，我只能這麼回答，陸以南眉頭一皺，正要開口，我搖搖頭，請他讓我繼續說完。「可是，不放下這些，我是找不到答案的。」

對於邵宇學長，我學不會爲這份感情塡上正確的時態。當我以爲他早已是過去式時，他的出現卻依然令我心慌，更別說我有多麼想念與他在一起的時光——我分不清，我喜歡的究竟是邵宇學長、還是那些回憶……

我不知道。

沉默半晌，一聲長嘆，只見陸以南沒轍地笑了笑。

「妳眞的把事情弄得好複雜。」

他的語氣裡沒有指責，反倒像是剛剛踏進練團室時，他輕拍我肩膀的那股溫柔。

對此，我只能微笑，帶著無奈與歉疚。

攤平掌心，仔細凝視這把光澤盡退的鋁製鑰匙，指尖最後一次撫過它上頭所有的刻痕，走近角落的鑰匙櫃，將它與其他相似的鑰匙擺在一起，不知道再過多久，我才能忘記它的模樣，不會一眼就認出它的與眾不同。

櫃門輕輕扣上，或許，暫時就這樣了吧。

Chapter 4.

從高雄回來的那日晚上，租屋處的氣氛非常不自然，于珊她們小心翼翼地觀察我的表情，時不時就會問我想不想吃點什麼或是口渴不渴，講話聊天的語調是我從未聽過的溫柔淑女，就連走路的腳步也放輕許多，好像我一不小心就會突然崩潰大哭似的。

我想她們大概私下說好誰也不准問我任何有關回高雄的事，同時又擬定了各種作戰策略，準備視情況施行Plan A或Plan B。

幸好，我還是過得挺不錯的，沒發生她們想像中的藉酒澆愁、行屍走肉、醉生夢死、一哭二鬧三上吊……諸如此類的情節，照樣過得好好、吃得飽飽、睡到上課前一秒，整個人看起來精神非常好，甚至比之前還要好，她們才終於放下心，也放鬆了對我的警戒。

「……今天就上到這裡，沒點到名的現在過來補點。」

老師一宣布下課，教室馬上響起哄然的喧鬧聲，趕著補點名的、問問題的、講手機約出去玩的，哪裡還有三秒鐘前的一片死寂？

「蜻蜓妳真的不跟我們一起去吃飯嗎？」坐在隔壁的沛芸收拾好東西，站起來問我。

「還是不了，妳們烹飪社的聚會我湊什麼熱鬧？」雖然很感激沛芸的好意，可是我實在沒辦法和一大群陌生人一起吃飯，光想像就覺得消化不良。

「去了就認識啦！」她偏著頭，一副理所當然的樣子。

「我又不是妳。」我笑著搖頭，拿起桌上的手機，發現有一則新訊息，滑開一看，是這陣子時常出現在我手機螢幕上的簡短文字。

「晚上一起吃飯？」

不用怎麼思考，我很快在鍵盤上敲打回覆。

「可是我覺得妳最近變了耶？」

手上動作一滯，我抬頭看向沛芸，「變了？」

「嗯，變得比較……亮？」她不確定地說，見我一臉疑惑，急忙解釋，「哎呀，這好難說喔，因爲以前的妳老是悶悶的嘛，笑也是微笑，很少見妳大笑，雖然沒有心情不好，但看起來就是灰藍灰藍的……」

灰藍？我馬上聯想到下雨前的天空，灰藍色的，陰沉沉的憂鬱，每一口呼吸都充滿了沉重的濕氣。

「可是現在——應該說從高雄回來以後……」講到這裡，沛芸不好意思地笑了笑，「我就覺得妳整個人感覺亮了起來，好像所有的壓力都不見了一樣……妳到底跑去高雄幹麼？該不會妳其實不是我們家的小蜻蜓吧？」

「白痴。」我被她緊張兮兮的模樣給逗笑，忍不住賞她白眼，稱讚她豐富的想像力。

「欸，外星人，妳把我們家蜻蜓帶去哪裡啦？雖然她臉很臭又很愛生氣，講話又很毒，還常常翻白眼罵我不丟垃圾……」

「欸！」我笑著揍她一拳，沒想到我在她心裡是這個樣子。

「可是我還是愛她啊，快點把她還回來——」這小瘋子居然開始搖我的肩膀，說是要把我的靈魂給搖回外太空，我看她根本趁機報上次我罰她洗浴室的仇……誰叫這骯髒鬼五天沒倒垃圾，房間都傳出屁臭味了才緊急呼叫救援。

「好了啦。」我拍掉她的手，兩個人玩得氣喘吁吁，「不是要去吃飯？妳快遲到了。」沛芸看看時間，轉頭又問了我一次，「眞的不一起？」

「嗯，有事。」

「不是爲了打發我才這麼說的吧？」

「眞的。」我愼重地點了兩下頭，「快去吧。」

等到沛芸走出教室，我才繼續把那封未完成的訊息給打完，送出。過沒幾秒，我人都還沒從座位上起身，下一則訊息緊接著來了。

「老家見。」陸以南的笑容似乎隨著訊息一起傳來。

自從意外的高雄兩天一夜之行結束以後，我和陸以南的關係跟著起了變化。不是什麼特別的改變，我們並不會刻意聯絡對方、講電話聊天什麼的，只是像這樣約吃飯的訊息變得很平常，他不會每天約我，而我也不是每次都去，總之很隨興，沒有任何約束的壓迫感，我很喜歡這樣的聯繫，很簡單、很自然。

推開老家的店門，還沒看到陸以南的身影，就先聽見尹璇開朗的招呼聲，一眼望去，見她與陳恩坐在四人桌的老位子上對我招手。

「陸以南還沒來？」才坐下，陳恩馬上拿過一旁的杯子爲我斟滿熱麥茶。

「嗯，不要管他，我們先點。」尹璇興致勃勃地研究菜單，沒發現陳恩沒好氣地覷她一眼，這兩人的互動還是一樣有趣。

託陸以南的福，這段時間跟他們吃了不少次飯，每次都聊到忘記時間、意猶未盡，偶爾還會再到另一家餐廳續攤，久而久之，我和尹璇、陳恩也變成不錯的朋友。

我攤開菜單，晚餐不想吃冷食，視線直接跳過生魚片、壽司，來到丼飯、定食的區塊——親子丼、炸豬排、炸天婦羅……幾根骨節分明的手指忽然橫在菜單上——

「妳要吃什麼？」

「嚇我一跳！」

「這麼膽小？」陸以南好笑地看我一眼，一手搭在我的椅背，拉開左側的椅子坐了下來，「要吃什麼？豬排丼？」

「炸蝦定食。」我把菜單讓給他，拿過桌上的點菜單劃上記號。

陸以南思考半晌，選了唐揚雞咖哩定食。身為最後抵達的人，他很認命地負責收錢、找錢，然後起身到櫃台點餐結帳。

等待餐點的同時，尹璇聊起即將到來的期中考。我們幾個都不怎麼討厭考試，一致認為這比起千篇一律的上下課更有吸引力，尤其考完試的輕鬆感更是讓人全身舒暢，恨不得多考幾次。這種話讓其他同學聽見肯定以為我們都是變態。

「對了！不是有連假嗎？」尹璇拍掌大叫，閃亮亮的眼神掃向我們，「要不要趁這個機會一起出去玩？」

期中考前一週正逢國定假日，不多不少有四天連假，前幾日才和于珊她們聊到這件事，于珊、家榕已經訂好火車票一起回台中，週末都會返回新北市家中的沛芸當然也不例外，只剩下我獨守小窩。

「妳以為每個人都跟妳一樣閒？」陳恩撇嘴，剛好尹璇的餐點送來，他邊說邊為她張羅餐具，「只想著玩就好，不用念書也不用做報告？」

「這樣喔……」她很順手地接過湯匙、筷子，任憑他幫她打開熱氣蒸騰的味噌湯蓋，表情掩不住失望，側頭看向我們。

雖然對尹璇很不好意思，可是陳恩講的沒錯，除了紙筆考試需要準備以外，光是一個小組報告、三個個人報告就足夠填滿我連假的空閒時間。

「不介意的話，可以一起念書啊？」見尹璇如此沮喪，我連忙提議。

「蜻蜓。」清冷的聲音涼涼響起。

難得聽見陳恩喚我的名，不自覺背脊一僵，循聲看向他，只見他像個冷靜的策士，慢條斯理地往杯中注入熱茶。

「不要寵壞她。」

我還來不及回應，尹璇彷彿被踩到尾巴，馬上跳起來激烈地反擊，與陳恩展開第N場你來我往的精彩鬥嘴，我拿起杯子啜飲熱茶，壓驚兼看戲。

別看他們現在感情好，聽說兩人的初次見面堪稱災難，是彼此人生中亟欲抹去的小汙點，沒想到幾次不打不相識，個性一冷一熱兩極端的他們，居然會成為好朋友。

所謂的際遇，大概就是這麼奇妙吧？

「不好意思，小心燙喔——」

店員陸續送上其他餐點，桌間一時安靜下來，我從餐具盒內取出兩雙筷子、湯匙，把其中一副餐具遞給旁邊的陸以南，他輕聲道謝。

我們一邊吃飯，一邊另起話題，從各自系上的作業要求，聊到最近流行的排隊餐廳、熱門電影，瞎聊到最後，當我們喝完隨餐附贈的紅豆湯時，話題不知怎麼地轉到了暗戀這件事情上。

陳恩和尹璇之間的氣氛突然變得有些奇怪，原本一來一往的對話，逐漸轉為陳恩對尹璇單方面的出言諷刺。

我偷偷看了陸以南一眼，他接收到我的疑惑，不著痕跡地搖搖頭，表示現在不是解釋的時機。一直到我們散會、離開老家，尹璇都沒再露出笑容。

餐後，我和陸以南來到附近的便利商店，各自買了杯飲料，繼續坐下閒聊，提到晚餐不歡而散的原因，他晃了晃手中的奶茶，梨渦若隱若現。

「陳恩喜歡尹璇。」

我點頭，這件事我很早就發現了，雖然她本人似乎尚未察覺。

「可是，尹璇喜歡的人不是陳恩。」

「那也不能……」想起陳恩剛才句句刺骨的話，忍不住想爲尹璇叫屈。

「這是他們兩個之間的地雷，我們這些局外人也不好說些什麼。」陸以南搖頭，他的語氣並沒有太多擔心，「陳恩就是那樣，遇上尹璇，該有的冷靜、理智，全被他拋到腦後，偏偏他一講完又會後悔，現在大概正急著安撫尹璇吧。」

聽陸以南說，陳恩氣的不是尹璇不喜歡他，而是她根本搞不清楚狀況就喜歡上對方……他甚至還幫她追那位神龍見首不見尾的神祕學長，只爲了避免尹璇做出些丟臉的傻事。

「……陳恩不愧是陳恩。」

陸以南低笑出聲：「是吧？這種事不是每個人都做得到的。」

「你呢？」

「什麼？」他沒反應過來。

「要是你，你會和陳恩一樣嗎？」

陸以南一怔，隨即綻開笑容，他低頭盯著手中的奶茶，思索了很久，可能是在置換情境吧，如果他是陳恩，他會像陳恩一樣幫助喜歡的女生追求另一位男生嗎？

「學姊。」許久，他總算出聲。

「嗯？」

「被妳說中了。」陸以南收斂起笑容，「我當不成英雄。」

意思是……不會嗎？

勾著若有似無的笑，他喝完最後一口奶茶，起身將紙杯丟到不遠處的垃圾桶內，我拿出手機看時間，他也差不多該準備去工作了。

「說到期中考——」回到停車場，陸以南重啓話題。

我穿上風衣外套，隨口應聲，「怎樣？」

「不介意的話，一起念書吧？」

「嗯。」拿起安全帽，我答應得很乾脆，「時間地點決定之後再告訴我。」

他笑著點頭。

時間過得比想像中快得多，連假一眨眼就到來了。昨晚，于珊興高采烈地高唱回家樂，一手提著行李、一手勾著家榕，兩個人開開心心地回台中度假。期中考？當然是回來再說。

「于珊有跟妳說她那位帥哥的事嗎？」沛芸盤腿坐在沙發上，捧著熱騰騰的泡麵，呼呼地大口吹氣，「他們好像進展得還不錯。」

「是噢？」隨口應道，將電視從談話節目轉到實境秀，「怎麼個不錯法？」

「唔，好像是他都會請她喝調酒吧？然後陪她聊聊天什麼的……」沛芸皺著眉回想，揮揮她手上的筷子，「反正于珊是這樣說的。」

「他們一起去酒吧啊？」

沛芸發出否認的聲音，「那男生好像就是在酒吧工作。」

難怪于珊最近回家的時間總是鄰近午夜。我不禁想像起于珊褐色的長捲髮梳攏到一邊、露出白皙的肩頭，臉上掛著淺淺微笑的嬌俏模樣——說實話，于珊手指一勾，多少男生前仆後繼地爲她而來？如今她居然甘願每天到那男生工作的地方，只爲了看他幾眼、講幾句話……

她從未爲誰做到這種地步，原本對這件事沒什麼興趣的我，多少起了點好奇。

電視播出的實境秀準時在下午一點結束，我抬頭看了看牆上的時鐘，手一拋，將遙控器丟到沛芸旁邊，背起裝著課本的雙肩背包。

「我差不多要出門了。」

接手搖控器，沛芸開始無止盡地轉台，「好，我吃完午餐就要回家喔。」

「記得洗碗、還要鎖門。」站在門邊，我忍不住叮嚀：「房間垃圾有沒有倒？我前幾天好像看到妳在房間吃滷味——」

不知道是不是我眼花，我好像看見沛芸身形一僵，眼神瞬間心虛。

「妳有沒有在聽……」

「啊啊啊——啦啦啦啦啦——」

這傢伙。

我忍住衝上前揍她的欲望，按捺下蠢蠢欲動的火氣，勉強自己只送她一記大白眼。

「家裡要是有蟑螂妳就死定了！」

「五一五啊啊——」

懶得理妳。

關上家門，我成功阻絕了噪音汙染。

陸以南和我約在一家位置隱密的咖啡廳，隱密到連Google Map都無法載明它所隱身的小巷弄。不知道他是怎麼發現這些店的？不管是老家、還是這間咖啡廳，都不是平常人隨便在網路上搜尋食記就能找得到的店家。

想著想著，竟有點無法專注。

從課本中抬頭，窗邊灑落的陽光正好，店內輕緩的西洋音樂流瀉，我看著坐在對面的他，總覺得這一幕好像是從哪部電影裡擷取出來似的，明明是現實、卻又不怎麼眞切……

「學姊？」

一回神，發現陸以南的手在我眼前上下揮動。

「……咦？」

「咦什麼咦？」他忽地笑開，「累了嗎？」

「沒有……只是在想一些事。」

看向店外，品聞著滿室的咖啡香氣，窗外吹起初秋的涼風，幾株不知名的小花隨風搖擺在陽光之下，小巷內的人潮稀落，偶爾幾隻貓走過，白貓跟著橘貓跳上對面住家矮矮的牆就地午睡——這裡有種不用聽覺就能感受到的寧靜。

「很棒吧，這裡。」

「嗯。」我點點頭，一口飲盡所剩無幾的咖啡。

「這裡是我老闆開的。妳看，他剛好回來。」

從杯緣抬頭，只見陸以南指向吧台內忙著沖煮咖啡的小馬尾大叔。或許是我轉頭的動作太明顯，大叔被我們忽然的注視給怔了一下，隨即抬起拿著咖啡杯的手，像是敬酒似地往空中向我們舉杯。

「騙妳幹麼？」陸以南好笑地瞪我一眼，目光剛好瞧見我手上的空杯，「喝完了？我再去點一杯。」

他話才說完就起身走向吧台，還不忘拿走見底的兩只馬克杯。小馬尾大叔瞧見陸以南走去，一手就把他抓進吧台，大叔勾著陸以南的肩膀，兩人有說有笑，看起來關係的確很好，不曉得他們說到什麼，陸以南的手突然指了過來。

我能感受到自己的臉又猛地漲紅。不爲什麼，只因爲小馬尾大叔一臉曖昧的笑容，很邪惡，邪惡到陸以南慌張地把自個兒老闆的眼睛給矇住。

……還是看書吧。

我一邊做著考前筆記，一邊默背重點，忘掉幾分鐘前的插曲，認眞讀了好一陣，直到桌上落下兩杯冒著蒸氣的飲品，對面的椅子又被拉開爲止。

「榛果拿鐵。」陸以南把右邊的馬克杯往我的方向推了一點，不知道爲什麼，我覺得他臉上的笑容有點詭異，好像是……尷尬？

我狐疑地盯著他，放下原子筆，取過咖啡，他應該沒那麼好膽在咖啡裡亂加料吧……

「呃。」傻眼。

「我盡力了……」陸以南頭都快抬不起來，「誰知道蜻蜓這麼難畫，我以爲兩個圈圈、幾個翅膀就好……」

原來這是蜻蜓啊，沒說我還以爲是急急如律令的符咒呢……我看著糊成一團的拿鐵拉花，左看右瞧，還是看不出這到底哪裡像蜻蜓。

「沒關係啦，要是你畫得太像，我也不敢喝。」

「蛤？爲什麼？」

「我怕昆蟲。」再次聲明，我對四隻腳以上的生物都沒好感……幸好陸以南的拉花技術不到素描水準，不然這杯蜻蜓咖啡我還眞不知道該怎麼喝下肚。

陸以南表情總算放鬆了下來，「雖然拉花失敗，不過味道我很有信心，喝喝看？」

「這是你煮的？」

他驕傲地點點頭，示意要我趕快品嘗。

受不住他期待的眼神，我輕輕吹涼熱燙的咖啡，就著雪白的奶泡入喉，特殊的榛果香氣在口腔裡蔓延開來，香甜微苦的咖啡很順口，我算是很嗜喝咖啡的上癮者，但我想這是連平常不習慣喝咖啡的人都會喜歡的味道。

「還不錯。」

「就說吧，我很有做這行的天分。」陸以南勾起嘴角，好像被老師稱讚的小孩子般掩不住開心，喝了口大概也是他自己煮的伯爵奶茶。

短暫的休息時間結束，我們又將注意力回到眼前的書本，讀著讀著，我突然想到這間店是小馬尾大叔開的——也就是他的老闆，這表示陸以南是在咖啡廳打工嗎？

可能是吧？

念頭一過，我也沒特別放在心上。

這樣的讀書行程順利進行到第三天，也是最後一天。這幾天，我們都是從下午一點溫書到晚上六點，期間喝的咖啡、飲料都是陸以南親手準備的，他還獲得老闆的許可，借用廚房小露一手，端出了很美味的清炒海鮮義大利麵。

不得不說，陸以南再次讓我刮目相看。

「報告做得怎樣？」

我用螢光筆在課本畫上一條閃亮的橘色，「剩最後一部分，明天就能做完。」

「想到明天就見不到學姊，學弟表示心痛。」

白眼。

「你眞的很噁心。」

「噯——學姊不是早就知道了嗎？」陸以南笑嘻嘻地撐著頭看我，我彷彿看見他背後有條隱形的尾巴左搖右擺。「而且我是說眞的。」

「夠嘍。」我隨口回應，從桌上拿起手機看時間，正好六點。

「要走了嗎？唉……快樂的時光總是過得特別快。」

白眼眞的快翻到後腦勺了。

離開咖啡廳，我們各自騎車回家。其實前兩天都是一起吃晚餐的，但昨天我在整理廚房時，發現冰箱裡不知道誰買了食材沒煮，看起來已經快到保存的極限，雖然我的手藝只能說是吃不死人而已，可基於不浪費的原則，我還是得盡快解決這些食材。

當然，免不了在屬於我們四人的訊息群組裡說教一番。

準備晚餐之前，我回到房裡拿衣服想先洗澡，此時，電腦螢幕恰巧跳出訊息，沛芸、于珊告解說食材是她們買的……老實說我也不覺得兇手會是家榕，我拉開椅子坐下，打算回覆訊息，卻又看見一行文字躍上眼前。

「蜻蜓……我忘記丟滷味了，對不起，請不要殺我。」

許沛芸這混蛋。

這次我沒按捺住，完整地將這句心裡話傳送出去。

畫面上持續跑出沛芸的求饒字句，于珊、家榕的風涼話也不少，看著看著嘴角跟著上揚。雖然我們四人的個性大不相同，不敢說相處起來沒有磨合期、小冷戰，可是卻從未眞正吵過一次架，有任何不滿的地方就說出來，不放在心底成爲疙瘩，是我們之間的共識。

「暫時饒妳一命。」按下Enter鍵，我起身去沛芸房裡收拾殘局。

推開房門，密閉的空間裡瀰漫著一股複雜的味道，無法形容的複雜，我可以分析出空氣裡有Marry Me香水、Tsubaki髮妝水，還有熊寶貝香氛，卻也能聞到滷味陳年老滷汁的厲害，當我拎起那包沒吃完的滷味，我終於知道花椰菜臭酸是什麼味道……就是臭酸的味道。

有人說正妹都是從垃圾堆裡走出來的，那麼沛芸絕對是數一數二的大美女。

我一路從房間內撿垃圾撿到房門口，洋芋片袋子、網拍紙盒、麥當勞紙袋、包巧克力的鋁箔紙……應有盡有，她要不是把這些垃圾當成同房的室友，我很懷疑爲什麼她能夠對它們視而不見？

我抓著滿滿的垃圾關上房門，走了幾步，眼角餘光突然瞄到一道黑影閃過……汗毛、雞皮疙瘩全部豎起。

拜託、拜託，千萬不要是我想的那樣……

我一邊告訴自己要冷靜，說不定只是我看錯而已，一邊繼續走向廚房，腳下的步伐卻是越走越快……所以，當我聽見牠起飛的翅膀磨擦聲，我什麼都顧不得了，兩手一拋，頭也不回地衝出家門。

蟑螂。

是蟑螂。

我兩手撐著冰冷的鐵門，好像只要我一鬆手、裡頭的它就會推開家門跟我說哈囉似的，所以只能死死地、用力地抵住。

雙手平貼在門上，感受到自己因爲腎上腺素快速作用而發熱，脈搏一鼓一鼓地激烈跳動，腦袋亂成一團，只剩下惡魔般的摩擦聲還在我耳邊繚繞，窸窸窣窣，就像是有人用塑膠袋快速磨擦的聲響——飛行的蟑螂，比什麼都還要可怕。

用力嚥下堵在喉嚨的一口氣，我漸漸放鬆抵在門上的手，開始想下一步該怎麼辦……當我摸索到口袋裡的手機時，熊熊怒火早已燒到頭頂。

「許沛芸我要殺了妳。」咬緊牙關，將所有怒氣和恐懼加諸到訊息文字裡頭。

「……妳、妳剛剛不是說要放我一馬嗎？」

「那是因爲妳沒告訴我小強是妳室友！」

一連串求饒哭泣的貼圖爆炸性地傳來，除了已讀不回，我不知道該怎麼回覆才好。這裡只有我，進不去又不知道能去哪裡，沒有錢包、沒有殺死蟑螂的勇氣，全身上下只剩一支手機……這絕對是我人生中數一數二的無助時刻。

上網找了制服蟑螂的方法，前提都是我必須進入家中。浩瀚的網海裡，沒有人能夠教我如何隔空用念力殺死正在家中亂竄的它。

我只能看著發亮的手機螢幕發愣，萬萬想不到自己居然被一隻蟑螂給趕出家門。高雄家裡不是沒有出現過蟑螂，可是我有一位堪稱殺蟑高手的爸爸，不用近身接觸、只要兩條橡皮筋就能將它擊落，進而滅之——我好脆弱，竟然在此刻想家。

按下通話紀錄，本想撥通電話給爸媽，最近一筆來電紀錄卻讓我燃起一線生機——雖然很丟臉，但一想到反正這也不是我第一次在他面前出糗，我立刻衝動地按下了他的名字。

「學姊？」

「陸、陸以南……你現在在哪裡？方便接電話嗎？」

「我在外面啊，剛點好餐……對，辣一點。」電話那頭，有著人來人往的嘈雜背景音，「怎麼了嗎？」

「那個……」我要怎麼說？請你來我家殺蟑螂？

「嗯？怎麼了？」他揚起音調，又轉向另一方低聲說：「謝謝。」

他的餐點大概來了。我突然發現自己打電話求援的想法太愚蠢，頓時慌了手腳，急著想掛斷，「呃，沒、沒事啦，不打擾你——」

「欸欸欸——學姊等一下！」

「……嗯。」我重新將手機湊近耳邊。

「真的沒事嗎？」

「……嗯。」沒事，不過是一隻蟑螂而已。

「真的？」

我深吸一口氣，告訴陸以南、同時說服自己：「……真的。」

「那讓我猜一下……」不知道他是不是故意放緩了語調，我只覺得他的聲音變得好溫柔，「是不是掛掉這通電話，妳又會不知道該怎麼辦？」

聽完他的話，我的腦袋一片空白……

他明明、明明什麼都不知道……

「學姊？」

可惡。

不管是蟑螂還是陸以南，都太可惡了……

話筒那端忽然沉默，「蛤？」

「……蟑螂。」

「我家有蟑螂啦！」

把住址用訊息傳給陸以南之後，他很快抵達租屋處樓下，我跑下樓幫他開門，看到他一臉想笑又不敢笑的表情，我覺得自己這次眞的糗到家了。

已經不再是形容詞，而是眞的「糗到家」。

我大致描述蟑螂最先出現的位置，讓陸以南獨自進入家中。畏懼蟑螂如我，不管是不是有人擋在我身前，我都無法明知道牠就在家裡，還和牠共處一室。

活要見人，死要見屍……在還沒看到牠的屍體之前，我絕對、絕對不會踏進家裡一步。

約莫十五分鐘過後，幾記拍擊聲響從門內傳來。

「死了。」陸以南打開門，額頭上沁著薄汗。

「眞、眞的嗎？」我踮起腳尖，越過他的肩頭朝屋裡看去。

陸以南拉拉領口，一邊往門外走，「就知道妳沒看到不放心，在電視櫃附近。」

我走進家中，深咖啡色的屍體就躺在白色的磁磚上。

終於。

「確認無誤？」

「嗯。」

見我點頭，陸以南又走進來，這次是收拾殘局。等他把蟑螂沖進馬桶後，我站在客廳中央，草木皆兵地環顧四周。

陸以南看到我的舉動，笑著說：「沒想到妳怕成這樣。」

「……不行嗎？」

「沒有啊，學姊懂得求助，值得鼓勵。」他豎起拇指，故意刺激我。

「還真是謝謝你喔……」

「那請我吃頓飯吧。」

蛤？我蹙眉看向他，有點懷疑自己的耳朵。

「我空著肚子來幫學姊打蟑螂，沒有功勞也有苦勞啊……」陸以南說得振振有詞，「怎麼樣？這點要求應該不過分吧？」

的確……

雖然有點突然，可是我並不覺得他的要求過份。我嘆口氣，坦白告訴陸以南我的廚藝跟他比起來真的不怎麼樣，冰箱的食材也不多，頂多只能準備兩人份的青菜白麵。

他倒是笑得很開心，「這樣就很好了，那——」

「可是你不能在家裡吃。」

「咦？」

「這個家不是我一個人住，不可以不告知其他人就讓你進來。」女生還好，男生……算我龜毛，就算只是在客廳吃飯也不行——我認爲這是對室友們最基本的尊重。

「說得也是，」陸以南想了想，同意我的說法，「那學姊不介意我霸占樓梯間吧？」

讓恩人坐在樓梯間吃飯還算是委屈他了呢，怎麼會介意呢……

我歉疚地無法直視他的笑容，爲了不讓他久等，趕緊回到廚房開始著手，燒了一鍋滾水，下麵和青菜，盛盤後在青菜乾麵加上一些炸醬，另外還炒了一盤胡蘿蔔炒蛋，簡單完成兩人份的晚餐。

他眞的餓了。

就著窗外的路燈光線，我們坐在階梯上一人捧著一碗拌麵，陸以南安靜地將麵一口口吃下肚，速度飛快，還不忘挾取放在地上的炒蛋當作配菜送入口。儘管如此，他還是維持著非常良好的吃相，他很快就把麵吃光，炒蛋則不多不少剩下一半。說來，在高雄的時候，我不就發現他的食量不一般嗎？兩個套餐才餵得飽的大男生，一碗白麵根本不夠……

「這碗也給你吃。」

「學姊不吃嗎？」說著，陸以南已經接過我的碗。

我忍住笑，他眼裡的食欲太明顯，身體行動得比腦袋還快。

「嗯，」我才點頭，一得到許可，陸以南馬上朝第二碗麵進攻，對我上不了台面的廚藝相當捧場，害我有點不好意思。「……下次再請你吃飯吧？」

「當然好。」他笑著從碗中抬起頭，「學姊說什麼都好。」

或許是習慣了他的說話方式，我不再感到困窘，只是擺擺手，要他趕快吃，塡飽肚子才是要事。

租屋處位於五樓，六樓是房東自留的空房間，我們坐在樓梯間吃晚餐的詭異行爲不用擔心被任何人發現，我歪著頭見他吃得津津有味的模樣，不過是簡單的拌麵，眞有那麼好吃嗎……看來他一定是餓壞了。

沒過多久，陸以南放下空碗，兩手撐向背後的階梯，一臉滿足。我將碗盤堆疊在一起，清脆的碰撞聲在寂靜的空間裡格外響亮。

然後，回歸靜謐。

我不擅長主動聊天，只能放任這樣的安靜肆虐。

曲起腳，抱著膝蓋發呆，不知道身旁的他在想什麼，平常話不是很多嗎？我還以爲他是很捨不得冷場的人呢……

側過頭，只見陸以南維持著後仰的姿勢，視線落在高處的窗外，不曉得是什麼吸引了他的目光，從我的角度看不見他眼中的景象，只能往他的方向靠近——

「吶，學姊——」

「怎、怎樣？」

被他突然開口給嚇了一跳，心虛地回到原本的位置，故做鎮定。

陸以南大概是察覺我話裡的虛張聲勢，側首看向我，似笑非笑。

「……幹麼這樣看我？」對上他的目光，我急著想躲開。

「我怎樣看妳？」

語塞，比起反唇相譏，臉上的熱潮倒是早一步宣布我的不戰而敗……撇過頭，我恨恨地閉上眼睛，爲自己不爭氣的血液循環生悶氣。

「學姊？」

「……幹麼？」

「沒幹麼，只是想知道妳什麼時候可以轉回來看我？」

Never.

如果可以的話。

「我幹麼看你？」雖然燈光昏暗，可我猜想，我的臉一定紅得比霓虹燈還顯眼，於是我死盯著反方向的樓梯扶桿，背對著他，不讓他發現。「你、你剛剛不是想說什麼……」

「嗯。」

清楚聽見他那聲單音藏著多少笑意，雙頰的熱度又悄悄上升。

「那你還不快說……」

「不說了。」

蛤？

「你……」

猛然回過身，陸以南正好整以暇地注視著我。

「我有股預感，我說了，學姊就會不理我了，所以——」陸以南嘴角那抹壞笑眞的很討厭，「不說了。」

這傢伙到底是……

「我不希望妳不理我。」

第一次。

這是我第一次發現陸以南眼中有我的身影，或許是距離，或許是光線，我看見了在他眼中的我……包括我無法釐清的其他，這讓我不知所措。

「你是……什麼意思……」

「字面上的意思。」他笑說，態若自如地移開了視線，「可是，總有一天我會說的，請學姊務必做好心理準備。」

我笑不出來。

什麼叫總有一天……什麼叫心理準備……

陸以南不可能……對吧？

他一定是在開玩笑，一個很爛的玩笑。

由於他無聊的爛玩笑，我們的晚餐在莫名沉默的氣氛下結束。送走陸以南，我回到廚房清洗碗盤，嘩啦啦的水聲沖不走他留下來的慌亂，滿腦子都是陸以南，他……搖搖頭，想忘掉他所說的話。

我一定是自我意識過剩。

他……怎麼可能……

我不……

手機響了。

❧

東區的假日到處都是人，巷內人潮不斷，每間咖啡廳都是客滿，我並不常來這裡，甚至有點排斥，習慣不了與人群過於頻繁的擦身而過，也無法接受擠在小小的店內聞著陌生人的香水，事實上，就連限制九十分鐘的用餐時間都讓我皺眉。

于珊曾經斬釘截鐵地說我一定有人群恐懼症。

然而，她會這樣說是因爲我死都不肯進去一間不到六坪大小，卻擠滿搶購人潮的服飾店裡，幫她決定哪個顏色比較襯托她的膚色，害她只好一次買了兩件款式一樣只有顏色不一樣的洋裝……

我怎麼想都是她自己有選擇障礙，何苦推到我身上？

老實說，我會在這時候想起這些有的沒的，都只是爲了掩蓋自己坐立難安的緊張。不管是東區、還是哪裡都好，沒有一個地方能讓我和她的會面變成舒適自在的下午茶會……

甄眞學姊坐在我的對面，盈盈淺笑。

「眞的很不好意思，臨時約妳出來。」

我連忙搖頭表示不用在意，心裡一片焦急——只要和甄眞學姊在一起，我就好像失去說話的能力，總是搖頭、點頭，思緒兀自亂成一團，拼湊不出完整的話語。

「要不要再點些什麼？這家的鬆餅很好吃喔！」

「不、不用了，學姊……」我的語氣肯定太過慌亂，對上她驚訝的目光，總覺得自己像是做錯事的孩子，心虛地手足無措，「眞的……沒關係……」

或許是沒料到我會拒絕，她歉然一笑，場面被我弄得很尷尬。

與店內歡愉的氣氛呈現強烈對比，靠窗的我們像是被隔離在外，一人一杯飲料默默啜飲，甄眞學姊不停攪拌她桌上透著冰涼水氣的咖啡歐蕾，她不發一語地看著冰塊在杯裡旋轉、碰撞，我不知道該說些什麼來打破沉默，只好捧著自己的熱拿鐵發愣……

店家細緻的拉花，讓我想起曾經令我無言到極點的鬼畫符……他要是再多試幾次，不知道能不能畫成這樣呢？

「青聆，妳跟邵宇最近有聯絡嗎？」

抬頭看去，對面的學姊依舊垂眸，若有所思。

「……偶爾吧。」我們的確還有聯絡，通常是透過手機訊息，不過很少一起出去。我可能下意識地想要避免與邵宇學長見面的機會，畢竟，我還是會害怕——

怕，我會不由自主地被他吸引。

怕，又陷入另一場深沉的夢。

「妳知道嗎？以前……我是說高中的時候，他老是和我聊到妳。」甄眞學姊微笑，纖長的睫毛在她眼下遮出一道陰影，「其實不只是高中，就連我們畢業之後，他時不時還是會提起妳……想知道妳過得好不好、跟朋友相處有沒有什麼問題……」

學長他……

我怔怔地聽著學姊講述那些我不知道的事，將杯子放回桌上，此時此刻，一杯咖啡的重量都能讓我失衡。

「那時候我剛到美國，每天最期待的就是和他視訊、聊天，想聽他過得怎樣、想和他講一些無聊的話，當然也很想和他訴苦，告訴他這裡不像我想像得那麼美好。」我聽出甄眞學姊話中的哽咽，她停頓一陣，重新勾起笑容，「可是，他總是提到過去。」

過去，我們共同的過去。

甄眞學姊搖搖頭，彷彿在否認什麼，「我不是不想回憶，我知道高中生活很好、很開心，但是……我們都需要前進，不是嗎？好多新的改變正在發生，光是回憶以往的美好根本行不通，更別說我們身處在兩個不同的國家……」

她說，那是他們第一次吵架。

然後是第二次、第三次、第四次……不停不停地吵架，什麼都可以吵，曾經毫不在意的小事都變成加速引爆紛爭的地雷，信任變得困難，互相懷疑成爲他們心中不斷挑起的尖刺——和好，好像是不得不的妥協。

「這樣的日子我們居然還撐了兩年，」學姊心酸一笑，眼眶含淚，「我們到底是爲了什麼要這樣彼此傷害……」

「所謂的命中注定，說不定只是一場惡作劇。」

我想起學長說過的那句話，當時，他話裡的寂寥，就像現在的甄眞學姊……

「不是因爲……愛嗎？」我輕聲說，學姊看向我，清亮的眼睛裡滿是淚水。

難道這不是唯一的理由嗎？能讓人心甘情願在這場惡作劇裡不停地受傷害也不放手，只爲了找到彼此最完美的結局。

若不是愛，難道還有其他原因嗎？

「愛嗎……」甄眞學姊眼角的淚終於滑落，她抬手抹去，「我不知道……我們說不定只是在掙扎、在逃避，沒有人願意當結束這段感情的罪人……」

「邵宇學長不會這樣——」

聽見這句話，學姊笑了，淒楚得令人心疼，「他就是太好了……我才擔心，說不定他早就不愛了，卻還是爲了我……」

我沒辦法反駁。

這一刻，我突然發現自己對邵宇學長一點也不了解……

「所以我提分手了，昨天。」

「怎麼……」

「我們之間的緣份，或許就到這裡吧？」甄眞學姊眼眶泛紅，深吸一口氣，努力撐起微笑，「我們家已經決定要移民了。」

移民？

眼睛眨也不眨地看著眼前的學姊，覺得她突然變得好遙遠，就像移民這個詞彙，遙遠不可及。我的理智告訴我，這沒有什麼好訝異的，但我卻怎樣都沒辦法接受……

「這次回來，主要就是辦些手續，還有——」學姊閉上眼，眼皮微微顫動，「和他談一談，給彼此一個交代。」

「學長也同意了？」

她搖頭，「不同意……又能怎麼辦？他不願意做的事，我來扛。」

「一定要這樣嗎？」我無法理解，他們怎麼會走到這個地步？

「他也這樣說呢。」

「什麼？」

「『一定要這樣嗎？』邵宇也這麼問我。」甄眞學姊看起來平靜，但低頭不停攪動飲料的動作卻洩漏了她的不安，「可是我累了，我知道他也累了，這樣下去不會有好結果。」

「就算……」我遲疑地出聲，學姊抬眸看向我，「彼此相愛也一樣？」

其實我知道的。

愛不代表一切，也不能改變什麼，以爲有愛就能夠排除萬難更是天方夜譚，這是多麼天眞的想法——我都知道，可我不想看他們就這樣結束。

「青聆，爲什麼呢？」甄眞學姊突然直視著我，斂起笑容。
我讀不懂她眼裡的涵義，一時愣住。
「爲什麼妳要一直爲我們挽回呢？」
「我……」
「妳不是喜歡他嗎？」
頓時，我說不出話。
學姊是什麼時候……原來她早就知道了嗎？我感覺到全身發冷，是難堪？還是心虛？我看著學姊，一句話也說不出口。
「對不起，我沒有責怪妳的意思。」她先移開了視線，「這世界上本來就沒人有資格批判誰喜歡誰。」
「什麼時候……」
「高三吧，在那之前，我一直以爲妳對他是像兄妹那樣的感情。」
邵宇學長一定也是這樣認爲。
我用力摀著溫度不再的馬克杯，徒勞無功地試圖擷取一些溫暖——是我破壞了我們之間的關係，擅自喜歡上他……都是我……
「青聆，我沒有妳想像的那麼好。」
我遲疑地抬起頭，學姊沒有看我，只是凝視著窗外。
「妳知道我爲什麼要找妳出來說這些嗎？我只是不想、不想讓妳從邵宇口中聽見……我很怕，怕到連想像都會發抖……明明說放手的是我，放不下的還是我——」
學姊說，她很自私、很卑鄙。

她假裝自己很勇敢、很理智，假裝分手是對彼此最好的決定，刻意忽略心底最深處的吶喊，不停告訴自己會沒事的、會沒事的——

儘管還愛著的心正在淌血，可是總有一天……

那一天，何時才會到來？

「我曾經——不，我一直很擔心，擔心邵宇會喜歡上妳。」她的嘴角依舊掛著微笑，卻破碎地讓人心痛，「諷刺的是，妳失去聯絡的這兩年，居然是我們吵架吵得最凶的時候。」

……所以呢？

邵宇學長從來都沒有用不同的眼光看我，我是再清楚不過了，所以，我沒想到自己竟會是他們愛情之中的假想敵……這對於我，何嘗不是另一種諷刺？

對話暫時告一段落，我盯著手中半滿的咖啡，回想剛才的談話，感覺一點也不眞實，不知道爲什麼，這讓我想起陸以南。

在這種時刻。

「學姊，我能問妳一個問題嗎？」

甄眞學姊抿唇頷首。她似乎整理好了情緒，只剩略紅的眼睛透露她的哀傷。

「告訴我之後呢？妳希望我怎麼做？」我聽見自己異常冷靜的聲音這麼問道。

「如果可以，請妳幫我照顧他。」

許久，我聽見她這麼說。

我想不起來自己是怎麼離開的，等我意識到的時候，人已經坐在家中，還開了電腦，亮晃晃的螢幕刺著眼睛，攤在桌上的是未完成的報告。

沒有任何證據能夠證明我在下午和學姊有過一場現在想起來依舊覺得很不眞實的會

面——除了我自己以外，如果這樣就能夠假裝一切沒有發生的話。

敲門聲傳來，喚回我的失神。

「天黑了怎麼不開燈？我還以爲妳不在呢。」家榕回來了，她站在房門邊，眉頭略略皺起，看向刺眼的電腦螢幕，「報告還沒做完？」

「家榕……」

她摁下牆上的電燈開關，「怎樣？」

日光燈答答兩聲，照亮了昏暗的房間。我有些茫然地望向門邊的她，卻不知道要從何說起，又或者，不知道該不該說……

「沒事，只是覺得報告好煩。」

「難得聽妳說這種話。」家榕失笑，走出房門，「下星期就結束了，加油吧！」

結束……

無力地閉上眼，我現在只想好好睡上一覺，說不定一覺醒來，就會發現這一切不過是一場荒謬至極的夢——

睡著之前，我似乎看見了陸以南，還有他那一點也不燦爛、很壞很壞的笑容……

Chapter 5.

期中考如火如荼地展開，直至今日，已經是第三天了。

偌大的階梯教室裡，按照學號就座的同學們振筆疾書，原子筆隔著考卷敲在塑膠桌面上，集合成一股安靜而肅殺的壓迫氛圍。

重新檢查一次考卷，塡上幾題不怎麼確定的答案，再次確認沒有漏題、漏字後，我直起身子、甩甩用力過度的手，趁機看了下四周，家榕、于珊還在奮鬥，沛芸老早趴在桌上、不知道睡到哪一殿去了——別看她老是傻呼呼的，她可是蟬聯兩年書卷獎的黑矸仔。

我向來不喜歡在考場內待太久，同樣是等人，我寧願在空氣流通的走廊上等待。放輕動作整理好用具，我拿起考卷走到教室前方，監考助教示意我把考卷放在講台上就可以離開。

一出教室，眨眨乾澀的雙眼，隨便找了個位置窩著，拿起手機把玩……幾回遊戲過後，還是點入了通訊軟體，望著那則擱置數天未回的訊息，發愣。

那日，半夢半醒間，我以爲我看見了陸以南。

「學姊，今天過得好嗎？」

隔天醒來，才知道他眞的有傳訊息給我。

只是，不過就是這麼簡單的問候短句，我卻遲遲沒有回覆——說好，是違心之論；不好，卻又讓我覺得矯情。

我憑什麼覺得過得不好？

要是我不想管，就把學姊的話當作未曾聽過，照樣過我的日子，一切都沒有改變，這樣不就好了嗎？爲什麼我要爲了他們兩個的事而煩惱？那不是早就跟我沒關係了嗎？

「久等了——」沛芸歡快的嗓音打斷我陷入五里霧的糾結，她蹦蹦跳跳地拉著家榕跑來我面前，于珊哭喪著一張臉跟在後面。

「蜻蜓……」

「怎麼啦？」我站起身，于珊癟嘴走來勾住我的手臂，楚楚可憐。

「爲什麼沒人跟我說要考第四章……」

我還沒來得及接話，一旁的家榕就開了口。

「沒人跟妳說要考第四章，可是大家都有跟妳說要背第五十二頁的表格，記得嗎？」

于珊聽完，表情更加沮喪，「有嗎？我不知道啦……怎麼辦？那一題占幾分？」

「我好餓喔，去三宿的餐廳吃飯好不好？」沛芸或許很會念書沒錯，但她判讀氣氛的技術絕對是零分。

「許沛芸！我都這麼慘了妳還吃得下！」

果不其然，于珊馬上換了張臉，朝她開砲。

「奇怪，慘的是妳又不是我……爲什麼吃不下……」沛芸被罵得莫名其妙，委屈地努起嘴想要抗議。

「妳這個見食忘友的女人，義氣懂不懂啊？眞是白疼妳了。」

「妳哪有疼過我？什麼時候、什麼時候？我都沒說妳見色忘友了……」

于珊眉眼一抬，昂起下巴，「見色忘友？哪一次我回家沒買東西給妳吃？妳還敢說我見色忘友？很好，下次妳再打電話要我買吃的……作夢！」

從這時候開始，她們的話題似乎偏移到奇怪的地方，兩人的重點幾乎圍繞著「見色忘友」打轉，搞得我和家榕面面相覷，越聽越覺得一頭霧水，連圓場都沒辦法打。

「妳還在追他啊？」家榕好不容易找到空隙，插嘴問道。

「誰？」于珊一時反應不及，伸手將額前的瀏海往後一梳，「噢，對啊，還在。」

「聽說進展不錯？」想起之前沛芸告訴我的消息，我一直忘了問于珊本人。

提到他，于珊心情似乎好了很多。

「是還沒要在一起啦，不過……」她偏頭笑了笑，不知道想到什麼，「我眞的覺得他是個很好的人，比任何人都好。」

「怎麼說？」

「他在酒吧工作，妳們知道吧？」于珊詢問似地環視一圈，見我們都點頭，才接下去說：「有次，我被喝醉的客人纏住，怎樣都擺脫不了，那個混蛋甚至想把我拖出店外帶走，就是他來救我的……」

于珊說，他在趕走那名客人之後，還不忘回來找她，問她有沒有受到驚嚇、需不需要送她回家……

那是她第一次覺得，非他莫屬。

「眞的有那麼帥？」家榕挑眉質疑，「話說回來，那也是他的工作啊，趕走造成困擾的客人什麼的……妳想太多了吧？」

「妳不懂啦！」于珊翻了個白眼，轉向我，「蜻蜓一定懂對不對？那種觸電的感覺。」

「蛤？」我爲什麼會懂？

她沒好氣地提醒：「『改天再說學長』啊！」

——邵宇。

那一瞬間，我感覺到似乎問題又重新回到同一個起點。

我，是不是還喜歡邵宇學長？

「可不可以去吃飯了？我真的好餓。」

「好啦、好啦，眞的很愛吃耶妳！」

「蜻蜓？」家榕推推我，指指前方的沛芸和于珊，「走嘍。」

我搖搖頭，感覺有股說不出的鬱悶堆積在胸口，「妳們去吃好了，我不餓。」

「咦？那……」

下午還有一堂考試，家榕應該是想知道我會在哪裡消磨時間。

我勉強撐起笑，「我去圖書館，晚點教室見。」

假裝沒看見家榕擔心的眼神，道別後，我獨自往圖書館前進。

圖書館內的人不多，或許都集中在五、六樓的自修中心吧？二樓的中文書庫沒見著多少人影，只有少數幾人不敵周公召喚、窩在單人沙發上睡得香甜。

踩在厚實的隔音地毯上，來回遊走在書架間，小心翼翼地不發出一點聲響，視線掠過整齊排列的書背，心裡默念瀏覽過眼前的一本本書名，卻提不起興致拿取任何一本。

來到書庫的盡頭，我放棄尋找讓自己分心的可能，蜷曲在鬆軟的沙發椅上，疲倦重重壓在肩頭，太陽穴隱隱作痛，腦海裡滿是混亂的思緒……好煩。

埋首在臂彎之中，我騰出一手在包裡摸索手機——自從與甄眞學姊那日碰面後，邵宇學長就沒有和我連絡了。最後一則訊息日期停留在一星期前，那時他問我是不是打算從此不去觀影社……要是他不提這件事，我早就忘記自己曾經想要加入觀影社。

邵宇學長的突然出現，害我連入社申請單都沒交，後來，事情一拖，就這麼延宕。

盯著螢幕，我僵硬的手指停在鍵盤上，遍尋不著所謂「合適」的字句，突地從沙發椅上站起，我甚至覺得自己其實是想試探學長，想知道他現在好不好……

可是，然後呢？

宋青聆，如果邵宇學長現在真的一點都不好，然後呢？我到底是懷抱著什麼樣的心思在煩惱這些事情……勸和、希望他們不要分手？抑或是，像甄眞學姊說的「好好照顧他」……和學長在一起，不就是我想要的嗎？

附近似乎來了幾個人，安靜的空間裡交錯著人聲細語，微小卻又格外明顯。我轉身背對走道，不想和來人對上眼，只是一個勁地盯著手機，思考該怎麼傳一則看似無意、卻又能夠了解學長現況的問候……

甄眞學姊應該沒有跟邵宇學長提過我們碰面的事，不管是她的下午茶邀約，或是之前在路上的偶遇……

對了，陸以南當時也在……

「學姊？」

「——陸以南。」我遲了半秒才出聲，語氣是刻意維持的平靜。我不是不訝異，只是當我回過身時，沒想到會先遇上幾雙好奇的視線。

那是他的朋友們。

「妳怎麼在這？好巧。」

「對啊，好巧。」

撫了撫頭髮，迎上眾人的注視。他們一行人都很高，站在一起很像籃球隊，陸以南單手拿著幾本課本站在人群中，他笑開，嘴角有我不陌生的梨渦。

「下午還有考試嗎？」他朝我走來，高眺的身材擋住了燈光，原本就不算明亮的角落，隨著他的靠近感覺更加昏暗狹窄。

「嗯。」我看向他身後，幾個大男生站在原地低聲交談，時不時還會往這裡看，讓我有點不自在，「你朋友在等你。」

陸以南聽了，轉頭朝後面看去，卻沒有要離開的意思。

「學姊，妳有看到那個穿黑夾克的嗎？」

我側頭再看向那群人，其中一個頭髮抓得有型有款的男生就穿著黑夾克，他注意到我們的視線還挑了一下眉。

「黑夾克怎麼了？」

「我之前就是幫他代班。」陸以南眼睛瞇成彎月，「記得嗎？我們初次見面的便利商店。」

……啊，我想起來了。

「他有要到電話嗎？」老實說，我本來以爲那是陸以南編的藉口，沒想到眞有其人。

陸以南聞言大笑，完全忘了這裡是圖書館，嚇得我差點想跳起來摀住他的嘴巴。他很快就發現自己失態，急忙收斂起笑聲。

「……抱歉。」他耳朵都紅了。

「沒關係。只是你不走嗎？你朋友還在等你……」

「讓他們等。」

「蛤？」我瞪大眼，他在說什麼？

他又笑，這次音量控制得很好。

「開玩笑的，妳等我一下。」

陸以南跑到他朋友那裡不知道說了什麼，幾個人的目光又投了過來，搞得我笑也不是、不笑也不是，只能點點頭，當作招呼。

當陸以南再次朝我走來時，其他人居然轉往另一個方向離開。

「咦？」

「咦什麼咦？」他耳朵的紅潮還沒消退，像是運動過後被陽光曬紅的樣子，「我還有問題沒問，怎麼可以就這樣走掉？」

「問題？」他的朋友一離開，我剛才的不自在頓時消失無蹤。

陸以南坐到旁邊的沙發上，長腿伸直交疊，單手撐著頭，姿態輕鬆。他先是煞有其事地點點頭，接著側頭看向我。

「為什麼沒回我訊息？那天怎麼了嗎？」

「就、就只是……」沒料到他會如此單刀直入，我著急地想敷衍過去，「沒什麼話好說而已。」

他沉默了一下，像是想證明什麼似的，從口袋裡拿出手機，熟練地在螢幕上輕點滑動，臉上的表情專注得像在偵查辦案，偶爾蹙眉、偶爾撇嘴。

半晌，他將手機推向我，示意要我接過。

「喏，妳自己看。」

這是……我們的對話紀錄？

「幹麼給我看這個？」皺起眉，想把手機還給他。

陸以南又推向我，「妳看清楚一點啊。」

「我是眼瞎還眼殘？我看得很清楚。」被他沒頭沒腦的舉動氣到，直接瞪他一眼，「重點在哪？快說。」

「沒有重點。」

「蛤？」

「嗯，沒有重點。」他聳聳肩，「我們的對話通常沒有重點。學姊每次的回覆都短得讓人想問妳是不是很討厭我，可是不管我傳再無聊的訊息，妳都一定會回覆——」

陸以南看著我，直勾勾的，一點餘地都不留。

我只能愣愣地回望。

「所以，能告訴我怎麼了嗎？」語畢，他輕輕一笑。

很壞。

可惡的壞。

「……我沒有討厭你。」如果可以，我也很想討厭他。

打從第一次見面，我就覺得我和這個人不對盤。該說是世事難料？好聽點的說法大概是緣分，那些我從未向他人提起的過往，他成了唯一的知情者……我們就這麼牽扯在一起。

名為牽扯，他卻始終保持著很好的距離。

這樣的距離很剛好，剛好到不知從何時起，陸以南這個名字變得不再陌生；剛好到不知道為什麼，我開始習慣有他的存在；剛好到不知為何，有時候我會突然想起他……

剛好到我什麼都不知道，莫名地就跟上他的步調。

「我知道啊。」陸以南挑眉，他沒發現我心裡的複雜思量，偏頭裝出一副困擾的樣子，「學姊怎麼會討厭我呢？我那麼天真善良可愛活潑大方乖巧可人，送禮自用兩相宜，簡直是居家戶外必備良物，妳怎麼會討……」

「夠嘍。」我忍不住笑了，制止他繼續為自己原本就不薄的臉皮添水泥。

「告訴我吧。」他收斂起玩笑，唇角微揚，「我會好好聽的。」

對於傾訴，我不擅長。大概是怕麻煩吧？我擔心自己的情緒會影響到別人、麻煩到別人，於是習慣將所有事情埋在心底，獨自釐清。

除了，眼前的他。

他是唯一的例外。

「……我不知道該怎麼說才好。」我自己都還沒搞清楚，要怎麼告訴他？

「又是學長吧。」

心裡一抽，我抬眸，對上陸以南的眼神。

他依舊維持著淺笑，卻透露著無奈，「猜對了？」

對。

對的我找不到地方躲藏。

我不知道這股沒來由的心虛是來自何處，忽然覺得我好像沒有一件事情是做對的，我似乎搞砸了一切——

就算我什麼都沒有做。

「不介意的話，我們到外面說吧。」

秋風微涼，我簡單說明那日的狀況。遠眺景色，感覺身旁的他安靜地傾聽，每當我多說出一句，彷彿重新看見學姊泫然欲泣的臉龐，以及我茫然無措的神態，一切越加清晰……真的不是夢啊，就算我多麼努力想假裝一切沒發生過，都是徒勞。

很快地，我結束了敘述。陸以南吐出長嘆，低頭不語，像是在想些什麼。

「陸以……」

「那學姊是怎麼想的呢？」

被他問得一愣，「我……」

「不准再說『不知道』。」陸以南搶先堵住我的話，直視著我，不讓我有躲避的機會，「我想知道學姊眞正的想法。」

……我的想法？

對於他們的愛情，我能夠有想法嗎？想了又有什麼用，我不懂。

可是……

「我想搞清楚。」

「嗯？」

「我想知道學長到底是怎麼想的，我不想什麼都不知道、就成為他們感情中無謂的第三者。」停了一停，我猶豫著將最後一個疑問說出口：「還有……我想知道，我究竟還喜不喜歡他……」

兩年。

我以為我什麼都不想知道、什麼都不想了解，矇起耳朵、閉上眼睛，只顧著逃避。

這一逃，就逃了兩年。

最可笑的是，當我停下腳步、睜開眼睛才發現——一切又回到了原點。

「跟他談談吧。」

「跟……學長？」

陸以南失笑，「不然還有誰？跟他談談吧，我相信妳會得到答案的。」

抿緊唇，聽他一派輕鬆地這麼建議，我說不清心底忽然冒出的複雜情緒代表什麼，只是，見他一如往常地談笑自若，竟讓我覺得……

很失落。

下雨了。

站在百貨公司的玻璃門邊，我突然意識到這件事。人們不慌不忙地撐起各有特色的傘，輕鬆漫步在人行道上，好像這場雨來得正如預料。

也是，台北本來就是多雨的城市。

還記得初來乍到，我總是忘記在包包裡放傘。冒著雨奔跑在大街上的次數多不勝數，便利商店販售的那種透明雨傘成爲我另類的收藏品，一把把掛在宿舍的窗台上，頗像刻意爲之的裝置藝術。直到我終於習慣在包包裡多了一把傘的重量，才免除了掉髮和破產的危機。

比起高雄，台北的天空的確是憂鬱了些。

不安地拉整上衣衣襬，再次探看手機確認時間，很沒用地發現自己的心跳微微加快，緩緩吐出胸口積壓的氣息，試圖讓心跳頻率回歸正常，卻反而有種想吐的感覺。

想到，還是緊張。

我忍不住在心底偷偷埋怨起陸以南。他隨口一句『跟他談談』，說得那麼輕鬆，對我卻談何容易？我想了好幾天要怎麼約學長出來，想得日日睡不好，精神不濟，上台報告猛吃螺絲，期中考最後兩天簡直悽慘無比。

陸以南倒好，三不五時就傳訊息問我：「談完了沒？」

我都不急了，他急什麼？氣得我直接要他閉嘴。

不管我得到的答案是什麼，跟陸以南又有什麼關係？悶悶地蹙起眉頭，想不透他幹麼一直催我，腦海浮現他嘴角微微上揚的弧度——反正，他看起來一點也不在意，不是嗎……

「嘿。」

一雙褐靴進入我的視線中央，顯眼地站在乾淨晶亮的米色地板上，隨著我目光上移，牛仔褲、素面白T恤、格子襯衫一一進入眼簾……最後，停在他臉上溫和的微笑。

邵宇學長。

「嗨。」

他挑眉，眼裡出現幾分玩笑，「我遲到了嗎？」

「蛤？沒有吧。」是我早到了，我連忙再看了次手機，距離約定的七點還有五分鐘，「現在才六點五十……」

「那妳幹麼一副愁眉苦臉的樣子？」邵宇學長說著，一邊裝出苦瓜臉、模仿我的表情，「我遠遠走來就看見妳一下子皺眉頭、一下子抿嘴……怎麼？誰惹到妳？」

「這……」都是陸以南，害我……

我好像沒那麼緊張了。

「嘿，學妹？當機了？」學長伸手在我眼前上下晃動，好笑地觀察我的臉色，「妳今天好像怪怪的，是不是有什麼事瞞著我？」

「是啊。」回過神，沒好氣地推開他礙眼的手，「就是想敲你一頓飯，行嗎？」

他聞言一笑，「那有什麼問題？」

或許是外頭下雨的緣故，雖是非假日時段，百貨公司樓上的餐廳依舊高朋滿座，處處都是聊天笑語聲，多虧學長在幾天前就訂好位，我們很順利地入座角落的雙人桌，服務生送上水和菜單就先行離開。

「想吃什麼盡量點，不要客氣。」

邵宇學長話講得豪邁，我看著菜單上的價位卻是頻頻冒汗，心裡有股衝動想奪門而出，桌上這本精緻封裝的菜單印滿高雅的中英字體，最便宜的是汽泡水，最貴的我不敢看。

最後我點了清炒海鮮義大利麵，不加套餐。

「學妹，要不要吃甜點？」學長聽了服務生的推薦，雙眼發亮地徵詢我的意見，我只能尷尬地撐起笑，說我可能吃不完。

「學長你……」服務生一離開，我終於忍不住蹙眉問：「你中樂透？」

邵宇學長差點嗆到，他連忙放下水杯，有好一段時間只顧著大笑。但我不是在開玩笑，就我淺薄的印象，駐唱的收入並沒有高到能夠讓人來到這種價位的餐廳而覺得稀鬆平常，更別說是在這請客吃飯，老實說，我連go dutch都還要考慮……

隱約地，我察覺到事情有些不對勁。

學長好不容易笑夠了，他揩揩眼角的淚，呼出一大口氣。

「少了妳眞的很無聊。」

「嗯，你說過。」可是，我們還是分開了兩年，無消無息。

半秒。

有半秒的時間，我看見他的停頓，不知道是不是和我想起一樣的事。最後，學長淺淺一笑，沒有說話，而我亦然。

或許人都是這樣吧？嘴上說著想念，卻不見面；說著想見，只是懷念；說著沒辦法失去，卻依然歡笑如往昔……我們，並不是眞的不能沒有誰。

我懂。

「你還沒回答我的問題呢。」我挑眉看向對座稍稍失神的學長，「你中樂透啊？還是素未蒙面的舅公留給你一大筆遺產？你什麼時候這麼大方……」

面對我帶著疑問的嘀咕，邵宇學長只是笑著搖頭。

他垂下視線，長著厚繭的手把玩桌上的餐巾，心思不知飄去哪裡，明明是笑著的，卻很失落，似乎有很多話想說……有一瞬間，我以爲我從未見過這樣的學長，然而，事實卻不是這樣的——

我否定過他的寂寞。

「學妹，我跟甄眞……」學長抿抿唇，深吸一口氣，過了好久才終於說出下半句，「……好像不行了。」

他笑，卻像在哭。

那天他告訴我，他常常想起我們在練團室的時光，我不想回憶，於是我說他怎麼可能會寂寞……可是，我又怎麼懂得學長的寂寞？

我眞的了解過他嗎？

「妳怎麼好像一點也不驚訝？」邵宇學長看向我，勉強的笑容讓人看得心痛，好想叫他不要再笑了，卻怎麼也說不出口……他還是笑著的。

至少，他還是笑著的。

「……還好嗎？」學長笑容底下藏著的苦澀好像隨時都會潰堤，我卻只能問他這麼一句——任誰看了都知道不好，我們還是必須得問上這麼一句，證明我們的安慰是其有來自。

「不好又能怎樣？」以往滿載笑意的眼眸，此刻宛如一窪不見底的深潭，讓人猜不透他眞正的想法，「或許就像甄眞說的，我們就只能走到這裡，不能再多了，也沒辦法再多了。」

「難道你沒想過……」一頓，感覺自己的喉嚨乾澀地發緊，壓下莫名的緊張，重新開口：「學長沒想過挽回嗎？」

「學妹，妳了解甄眞嗎？」

「這是……什麼意思？」

他沒有馬上回答。

邵宇學長搖晃著水杯，透明的清水反射懸吊在我們之上的一盞光，奪目卻又刺眼，我不解地看著垂眸的他，等待他未完的後續。

對比周遭的歡笑，我們陷入的長久沉默顯得格外突兀，隔壁桌的情侶毫不掩飾地轉頭看我一眼，彼此交換了一記眼神，歪歪嘴做出尷尬的表情，大概以爲我們吵架了吧？我只能拿起水杯啜飲一口，假裝什麼事都沒發生。

服務生送上餐點，整齊堆疊得像座小塔似的義大利麵轉移了我的注意力。

「先吃吧。」學長遞給我餐具。

此時，專心用餐成了擺脫窘境的唯一方法。我拿著叉子捲起麵條，說是食不知味倒不至於，但或許就是太專心咀嚼了，反而吃不出什麼味道，只想著必須將盤中食物一口一口清空。

「有時候……」

聽見邵宇學長的聲音，我放下叉子看去，這一看，才發現他一口也沒動過。燈光的妝點下，瓷盤中央的餐點就像是精雕細琢的藝術品，彷彿一碰就碎。學長握著餐具的手平放在桌上，若有所思的眼睛垂視著桌面，好像已經維持這個姿勢很長一段時間……多久？我不知道。

「有時候，我覺得她離我好遠，不只是台灣到美國的距離，而是……」他說，緊繃的手微微一抽，「我好像從沒眞正了解過她。」

「我不懂你的意思……」看似簡單的句子裡有太多我不知道的事，我不懂，只能困惑地搖頭。

「或者該說，我連自己也不了解。」邵宇學長自嘲地勾起嘴角，卻又很快落下，「一萬多公里的距離、十六小時的時差、十幾個小時的航程，我以爲這都不算什麼……我以爲。」

學長閉上眼，深呼吸後才又繼續。

「當初甄眞跟我說她要去美國的時候，我是眞心爲她高興的，那是她的夢想，我知道，可是……」

一天、兩天、一個月、三個月、半年……他們的生活越來越不一樣，新學校、新朋友、新步調……漸漸地，學長感到不安。

「我開始排斥聽她聊起那些我不知道的事情，不管是人也好、課程也好，我就像個白痴一樣，摀住耳朵，什麼都不想聽、什麼都不想關心——因爲我很害怕，我怕她離我越來越遠，遠到……我再也觸碰不到她。」

於是，他開始聊起了「以前」。

高中生活變成他們每日視訊中唯一的話題，而我的名字，自然不斷地、不斷地被提起——甚至，成了吵架的導火線。

「不是針對妳，我們……常常吵架。」學長怕我誤會，趕緊解釋，我搖頭表示沒關係，他不知道學姊和我提過這件事。

就像甄眞學姊說的一樣，他們什麼事都可以吵。

爲了一張她跟男生朋友的合照，學長可以氣到不接電話，直到她刪掉在部落格上的照片爲止；甄眞學姊曾經不相信他整晚窩在宿舍做報告，越洋打遍邵宇學長所有朋友的電話，只爲了確認他沒有欺騙她……

「後來，我們不吵了。」

不吵，不代表什麼事都沒有。

戰戰兢兢地相處、怕踩到彼此的地雷、怕對方懷疑自己……

久而久之，任誰都會疲倦、任誰都會累。

「最近，她回台灣，我過了好幾天才知道。」邵宇學長停頓了一會兒，我能感受到他亟欲壓下的激動，半晌，他才又開口：「她說她要移民了，我還沒反應過來，她就告訴我、用她好像早就預知的語氣告訴我，我們應該要分手……應該？我根本聽不懂她在講什麼……」

看見學長微微顫抖的手，我忍不住想哭，用力嚥下梗在喉頭的酸澀，抿唇，繼續當個安靜的聽眾。

他仰頭，深呼吸，試圖平緩情緒。

「……我還能怎麼辦？」

「可是你不想分手……不是嗎？」

聞言，邵宇學長泛起一絲苦笑。

「妳知道嗎？就算是現在，我還是不敢相信那是眞的。」學長茫然地望著自己的手，彷彿覺得是他親手毀了一切。「我每天都在想、無時無刻都在想，她是什麼時候決定的？又是從什麼時候開始思考分手的？是上次吵架、還是——我越想越覺得可怕，好像這段感情變得越來越模糊，只剩下我一個人在愛……」

不是這樣的。

甄眞學姊不是這樣想的。

學姊的哀傷歷歷在目，她故作堅強的笑容那麼容易被看穿，我不知道該怎麼跟學長說出她的害怕，她爲了他而選擇放手……

我不懂。

我看見的，明明就是一對互相愛戀的戀人啊……既然這樣，爲什麼要分開？我眞的不懂。

「學長，學姊她……」猶豫著用詞，我還在思考該不該向邵宇學長說出上次我和學姊會面的事，卻又覺得這些不是我能插手的。「你們再談談好不好？」

他笑了笑，我不忍多看。看著眼前的他，我幾乎能夠將甄眞學姊的身影與他重疊，他們就連悲傷都如此相似，到底他們之間是錯過了什麼，才會演變成今天這樣的局面？

「讓我想想吧。」

學長終究沒碰他桌前完好如初的餐點。他側過頭，單手支頷，目光穿過窗外不停落下的雨，駐留在不知名的遠方，沉默不語。

離開餐廳，百貨公司外的空氣冷冽得令人打顫。沿著騎樓走廊，我們就這麼走著，沒有目的地、沒有交談，就這麼走著。

雨水暈染了燈光，不遠處的台北一○一高樓閃爍著紅色的航空障礙警示燈，印象派的唯美畫面似乎顯現在雨落之時。走過空橋，我不知道邵宇學長想走去哪裡、想走多久，我只是陪著他漫步在微雨的台北市。

繞過彎，學長停下腳步，眼前是一座空無一人的廣場，只有雨點落下而起的漣漪。

「……我們常來這裡。」他站在廊下說著：「看完電影，我們總是會來這裡，看街頭藝人的表演，也看路人的笑臉。每次來這裡，我都覺得這裡像是沒有憂愁的地方。」

就著微弱的光線，我望向學長的側臉。

此時，任何話語都顯得多餘。

「我們喜歡坐在那個位子，左邊右邊都可以看得很清楚。」邵宇學長指著那把雨幕中的長椅，我聽著，感覺身邊的他思緒飄得好遠。「她可以一邊看著眼前的表演哈哈大笑，一邊忙著跟我解釋剛才電影裡出現的象徵涵義。她總是讓人覺得……很奇妙，卻又不得不愛她。」

我知道。

早在高中時的初次見面，我就知道了。

「我總說，當完兵就要去美國找她，要她趕快成爲導演，小小的、窮得不得了的導演也好，我們可以窩在破舊的小公寓，反正天冷可以互相靠著取暖。」學長描繪他們未來的藍圖，這是他今天第一抹真心的笑容，「以後她拍電影、我負責配樂，想著哪天可以賺進大把美金，當一次台灣之光……」

不自覺地，我抿緊了雙唇——或許是因爲他忽然泛紅的眼眶。

「學妹，我不相信命運了。」染上哀戚的眼眸，透著若有似無的水光，「這世界上本來就沒有所謂的命中注定，沒有中樂透就能夠幸福快樂的保證，沒有一見鍾情也能白頭偕老的美夢……有的，只是搞砸一切的人。」

僅此而已。

邵宇學長不再言語，或許是陷入了回憶，又或許是在想像日後的生活……而我，只能站在一旁，無能爲力。

這是我第一次那麼討厭不擅言詞的自己。

當我看著學長的背影逐漸遠離，我想起了我們的第一次相遇。那時，他溫柔的笑容拯救了痛苦的我，因爲有他，我的高中生活不再孤單。

如今，看著這樣的他，我卻什麼事都做不了。

躺在床上，我盯著天花板發愣。沉甸甸的腦袋不停回放今晚所聽見的一切，一次又一次，好像想證明我有多糟糕似的，我不斷看見自己像個傻子，只能呆坐、呆站在一旁。

爛透了。

我到底該怎麼做才好……

床頭櫃上的手機混合著震動響了兩聲，我伸手一把抓過，湊近眼前。

「學姊，明天要不要回老家？」

——陸以南。

望著螢幕上簡潔的字句，我看了好久，好像我突然看不懂中文一樣，看了好久，久到陸以南又傳來兩個問號。

「不要。」

送出短答，停留在鍵盤上的手指沒有停下——

「我想吃你做的義大利麵。」

我想，我只是很想念陸以南做的義大利麵吧。

小馬尾大叔的咖啡廳依舊很文青，沒有客人、只有音樂，深怕多做點生意就會染上不潔世俗的那種文青——儘管大叔說他這輩子最愛的味道就是銅臭味，他一邊擦著杯子一邊感嘆。

「……所以，昨天妳跟他談過了？」坐在和上次一樣的窗邊座位，陸以南放下手中的叉子。

我捲起盤中的麵條，點頭。

「如何？」

「很好吃。」比那盤要價昂貴的義大利麵美味太多了。

他怔了下，淺淺一笑，「謝謝，可是我不是要問這個……」

我當然知道他想問什麼。

其實我不想談這些的，在還沒想清楚到底該怎麼做以前，不想說。只是，不知道爲什麼，當陸以南問起時，我似乎有某種義務必須告訴他……可能是因爲他從頭到尾都很關心吧，關心……

嗯。

「……大概，重新確認自己在他們的愛情裡沒有插足的餘地。」有一下沒一下地戳著可憐的花枝，我平靜地下了結論，「不管是以前，還是現在。」

關於甄眞學姊對我的擔憂，邵宇學長可能一點也不曾把它放在心上，他從來沒把這件事當成需要掛心的事，就如同我從來不在他喜歡的範圍內一樣。

我很清楚，只是再確認了一次。

「沒事嗎？」

一愣，才想通陸以南的話中所指。

「應該要有事嗎？」將花枝送入口中，我隨口應著。

是啊，我沒事。

就連自己也驚訝的，沒事。

反倒是學長、學姊之間的誤會，成了我心上懸而未決的沉重。袖手旁觀或許是一個輕鬆的選擇，但我就是無法坐視不管。

然而，我又該用什麼角色去插手他們的決定？

那是他們的感情。

沒了心思品嘗食物，抓著叉子無意識地撥弄盤內鮮美的海鮮，滿腦子的思緒都在環繞著學長、學姊分別對我說過的話，要是我什麼都不做，他們眞的就會分手了吧……我不想看到這種結果。

就是不想。

「或許，這是個機會。」

抬眸，對上陸以南的目光。

他不知何時歛起了笑，一雙眼睛沉靜地看著我。心底一沉，我有預感我不會喜歡他所謂的「機會」。

一時之間，我甚至不曉得該握緊手中的餐具或是放開。

他知道他在說什麼嗎？

他看著我、我看著他，沒人願意先開口打破忽然降臨的沉默，我們的對視變成了互相試探對方底牌的對峙，受不了這樣的僵持，匆匆丟下一句抱歉，我把不知所措留在位子上，逕自逃往洗手間。

旋開洗手台的水流，雙手迎向一陣清涼，我只想冷卻因爲狂跳而發熱的脈搏。

剛剛，陸以南說了什麼……機會？

什麼機會？他的意思是要我趁虛而入？

這算是什麼機會？

所以我就說我不想談。

一手撫上脹痛的額際，濡濕的手沾染到來不及撥開的頭髮，我不在意，用力按壓著突如其來的疼痛，還有……沒來由的惱怒。

不是第一次了。

上次在圖書館的時候也是。陸以南總是這樣，聽著別人的事情，驟下自以爲簡單的建議，好像這一切都與他無關……不，本來就與他無關。

我只是討厭他的無動於衷。

對著鏡子，裡頭的自己看起來好無神，嘗試好久，就算勉強也無法讓雙唇勾起稱得上是笑容的弧度，閉上眼，做了好幾次深呼吸——剛剛忽然酸澀的眼眶，總算恢復原本的平靜。

走出洗手間，越靠近座位、越能感覺陸以南的視線緊跟著我的步伐，心口不受控制地微微一緊，目光躲開他的注視，我默默地回到位上。

桌前，多了杯冒著暖煙的飲料。

沒有拉花的榛果拿鐵。

……這到底算什麼？

「學姊。」他喚。

我抬起頭，不知道現在自己是什麼表情。

「不要逃避，如果他值得妳爭取，我希望……」陸以南用一種再自然不過的語調對著我說。在他眼中，我好像成了無理取鬧的孩子，看不清他所說的才是爲我好的選擇……

明明就不是這樣的。

「你希望？」揚起音調，微微顫抖。

他凝視著我，不語。

這樣的沉默，讓我以爲他會收回他錯誤的判斷，換上他以往的笑容，就算是那種很壞的笑容也沒關係，可惜，我想我是錯了——

「我希望妳能爲自己勇敢一次。」

我瞪著他，妄想從他平靜無波的眸中找到一絲波瀾。

沒有。

「……你是認眞的？」

「如果他値得。」他說，語氣沒有絲毫猶豫。

用力嚥下喉嚨的苦澀，我找不到話語來詮釋我現在的心情，看著眼前的陸以南，我一句話都說不口，然而，光是回望著他，就已經用盡我全部的力氣，再來……

我不曉得我什麼時候會哭出來。

「……最後一個問題，如果你是我，」我用力握緊藏在桌下的手，指甲狠狠掐進掌心，很痛，卻一點感覺也沒有，「如果你是我，你也會這樣做？」

他沒有回答。

陸以南始終沒有回答。

好幾天，我和陸以南都沒有聯絡對方，沒有電話、沒有簡訊、沒有消息——好像我們本來就該是這樣的陌生。

本來。

「學妹。」跟著聲音，一個深藍色紙杯被推向我的眼前。

抬頭，迎上邵宇學長不變的溫柔目光。

「謝謝……」我先將手機放到一旁，才伸手接過冰涼的飲料，感覺到他在我身邊坐了下來，我往右方稍微移動，讓出更大的空間。

聽學長說，身爲觀影社社員的福利，就是有拿不完的電影特映票券，正因爲如此，此時的我們正在電影院內等待晚場的電影首映。

雖然我不是社員，但學長是。就跟高中的時候一樣，我老是沾他的光，享受他帶來的好處——我本來就是這樣。

「妳在等電話？」

「蛤？」手一滑，差點拿不住手裡的可樂。

邵宇學長笑了笑，「我看妳一直在看手機，以為妳在等電話，難道不是嗎？」

「我哪有一直看……」好吧，我有。

我只是不習慣。

當我在這裡，和學長在一起，所有的一切似乎恢復到最原始的模樣——沒有甄真學姊、沒有他們的愛情、沒有失去的那幾年……我們好像從未錯過什麼、好像那些改變都是幻覺，甚至，就連陸以南的存在都是一場夢。

只有我和他。

最後，只剩下我和邵宇學長，我們。

我的世界像是被誰憑空拿起，開玩笑似地劇烈搖晃，就在我好不容易快要適應新的生活方式時，又被重新歸回了原位……

「——這麼晚回去沒關係嗎？」

「什麼？」猛然回神，我恍惚地看向學長。

「喂，跟學長說話專心點好嗎？」他失笑，語氣沒有半分責怪的意思，耐心地重複一次，「我說，等一下看完電影就很晚了，這麼晚回去沒關係嗎？」

「嗯，我室友不等門的。」我算了算時間，電影結束接近午夜，「而且我今天騎車。」要是搭捷運的話，時間會挺緊湊的。

「要不要我送妳？妳一個女生半夜騎車很危險。」

「那我的車怎麼辦？」其實我也沒想要答應的意思，只是隨口問問。

「放著又不會被偷走，明天再載妳來牽車。」

我挑眉，故意說：「好啊，再敲你一頓飯。」

「好啊。」

「再一杯星巴克。」

「好啊。」

「然後，再載我回家。」

「好啊，隔天再載妳來牽車。」他輕鬆送來一記笑臉。

「再一頓飯。」

「好啊。」

「再一杯星巴克。」

「好啊。」

「再載我回家。」

「好啊，我還是載妳來牽車。」學長微微瞇眼，皺起鼻子，裝出一副誰怕誰的樣子，

「怎樣，怕了吧？」

我們相視而笑。

我不知道學長是怎麼想的，這一笑，我嘗到了無以言喻的複雜。

「……謝謝學長，我還是自己回家就好。」

邵宇學長噙著笑，淺淺的，如同他的眼睛一樣溫柔，「客氣什麼？妳是我學妹耶，學妹跟學長說什麼謝謝。」

學長，學妹。

不論時間再怎麼推移、世界再怎麼改變，經歷了這麼多，我們似乎永遠都會是一樣的關係，不變的學長學妹——

不會變遠，但也不會更近。

那天之後，我沒有再向學長探問有關甄眞學姊的事。不是不好奇、不關心，可有意無意地，我能感覺到邵宇學長的閃躲，就像是怕被碰到傷口的敏感，痛過一次就不想再痛，學長比誰都還要害怕，每次話題還在遠處打轉，他就急著想逃開。

看著這樣的他，我只能選擇旁觀。

「不知道這部電影好不好看？」

「得了很多獎，應該不錯吧？」我看了看附近張貼的電影海報，上頭列著各影展的斗大抬頭，又是提名又是入圍，挾帶著一股來歷不凡的氣勢。

學長順著我的視線望過去，「評審的眼光跟觀眾的口味有時候落差挺大的。」

「嗯，」我頗有同感地點點頭，想了想又說：「音樂不也是？」

邵宇學長誇張地嘆了口大氣，「知音難尋吶……搞創作的肯定都一樣，累得半死最後也只得到一句謝謝再聯絡。」

聊起音樂，學長的心情明朗許多，酸甜苦辣的經歷現在回想起來都變成一件件趣事。曾經爲了批評而消沉好幾個夜晚，現在終於能夠拿來自嘲；和朋友邊喝酒邊破口大罵評審不公，那些滿腔懷才不遇的憤怒早就隨風消失……

那些以爲無法忘懷的痛苦，如今都能帶笑回憶。

進場前，我在走廊上看見一張音樂比賽的海報，隨口問學長要不要參加，他愣了下，然後一笑，搖搖頭。

「爲什麼？怕這次又沒有知音？」

學長沒有馬上回答我的問題。

我當下也沒多想，只是跟著他走進影廳，按照學長的指示坐到他旁邊的位子上，安放好飲料、調整坐姿，等待電影開始。

不久，燈光逐漸暗下。

「就算贏了……」他突然開口。

側頭看去，一片黑暗中，只見邵宇學長專注地望著大螢幕，光在他臉上一閃一閃地跳躍。

「對我來說，也沒有意義。」

沒有意義……

「你是說——」

「開始了。」學長的食指抵在唇前，示意我應該保持安靜。

或者，不要問。

劇情進行了大半，男女主角上演著生離死別，我跟不上他們的悲傷，滿腦子的思緒還停留在開場之前，我沒那麼遲鈍還去追問學長爲什麼贏了比賽也沒有意義，不用想都知道他所謂的意義是和誰有關——

甄眞學姊，當然。

如果邵宇學長爲了甄眞學姊放棄他所愛的音樂，我記憶中那個曾經背著吉他到處跑的大男孩是不是也將不復存在？看過他付出那麼多努力，明白他對音樂的熱情不只是說說而已，我想，甄眞學姊在他心中也是如此……

我應該早點說出一切的。

什麼該不該、用什麼角色去插手……這些都不是重點，我應該早點告訴學長他和學姊之間的猶豫和誤會才對啊……

茫然地望著眼前的大螢幕，無心了解的劇情使得時間過得異常緩慢，很想離開座位呼吸新鮮空氣，可是，卻又不想它這麼快結束，我還在擔心電影結束後，要怎麼對學長開口。

懊惱地皺起眉，伸手探入背包摸索手機，雖然不符合觀影禮儀，可仗著布料遮光，我偷偷地點亮螢幕打算查看時間——

沒想到這一看，心跳差點停止。

怎麼會這樣？

爲什麼是今天？爲什麼是現在？

來不及了嗎？

我站起身，拉了身旁的學長就要往外走。

「學、學妹？」

無暇理會邵宇學長的叫喚，暴衝的腎上腺素讓我顧不得其他，只能一個勁地往前走，腦袋只剩下一個念頭在打轉——

我必須帶邵宇學長去見甄眞學姊，現在。

電影院外冰冷的空氣沒讓我發熱的腦袋冷靜下來，反而更堅定我的決心，正當我準備攔下一輛計程車時，學長反手壓制住我欲高舉的手。

「怎麼了？」他問。

我瞪著他，過度緊張而產生的怒氣積壓在胸口，害我一時說不出話。

「發生什麼事了嗎？」

雖然是非假日的晚上，但這裡畢竟是鬧區，我們的舉動多少引起路人的注意，有些人甚至停下腳步竊竊私語，看好戲的笑容站到幾百公尺遠我都看得見。

可惡。

我將手機湊近他的眼前，努力控制音量，「你知道對不對？」

「什……」

他先是瞠大眼，接著沉默。

「走啊！」看他這樣，我氣得跳腳，不懂他爲什麼到現在還選擇逃避！

「……去哪？」

「當然是機場！不然呢？學姊再過不久就要——」

「我們已經分手了。」邵宇學長這麼說，要不是他抓著我的手還在顫抖，我眞的會被他語氣裡的平靜給騙過去，「而且，就算現在……」

「她還愛你！她以爲你不愛她了，所以才選擇放手——」我急著打斷學長的話，只見驚愕浮上他的臉龐，「所以我不是叫你要去跟學姊談談嗎！」

要不是你們拖拖拉拉的，這些話還輪得到我說嗎？我大力一甩，甩開學長失去力道的手，跑到馬路邊上攔了輛計程車。

「要不要去？」

邵宇學長愣在原地，我差點衝過去把他打昏、直接扛上車。

幸好，在我失去理智之前，他總算做了決定。

「司機，桃園機場第二航廈。」我跟在學長後面鑽進車內，緊握在手上的手機突然又傳來震動，來不及接聽就斷了訊。「麻煩開快一點。」

車子沉穩地駛入快速的車流，陷入寂靜的空間只剩下激烈的心跳聲在鼓譟，撫上側額，就連手指都隱隱發燙——

這一定是我這輩子做過最瘋狂的事。

過了許久，心跳、呼吸回到正常頻率，我終於有心思探看剛才的來電，猜想大概是于珊或是沛芸打來要我買宵夜回去……

結果，是陸以南。

這時間他應該正在打工才是，好一段時間沒聯絡，我猜不到他這時候打來幹麼……

「學姊？」

「陸、呃，你找我？」沒料到他會接起，我居然沒骨氣地結巴。

那端的他一滯，短短幾秒的沉默讓人坐立難安，好不容易恢復正常的心跳又開始不受控制，我到底在緊張什麼？

「我有話想跟妳說。」

「喔……」

再次安靜。

「喂？學姊？」

我皺起眉，沒好氣地問：「你不是有話要說嗎？」

「呃，如果可以的話，我想當面說。」

不早說……莫名的尷尬害我渾身燥熱，明知他看不見還是紅了臉，趕緊隨口換了不相干的問句。

「……你在打工？」

「嗯。」他應聲，很快地接下話題，「學姊在家嗎？妳那邊好安靜。」

糟糕。

我不曉得該怎麼回答。

「我、嗯……我不在家，我……」

快速瞥了眼一旁望著窗外發呆的學長，我沒辦法在當事人面前和陸以南解釋事情的來龍去脈，偏偏我又說不出謊話——

「我現在要去機場。」

「機場？桃園機場？爲什麼……」

「你不要問那麼多啦！」我做賊心虛地往學長看去，「……反、反正就是這樣，我先掛了，拜。」

「學——」

按下斷話鍵的瞬間，還能聽見陸以南驚訝的聲音尙未落下，對此，我只能在心裡對他說聲抱歉，想著等到回台北之後再跟他解釋。

計程車很快就上了高速公路，司機可能是看車內的氣氛十分緊繃，好心安慰我們從台北到機場很快，不用一個小時就到了，他會盡量開快一點、要我們不用擔心。

窗外，燦爛華美的台北市逐漸被拋在後頭，透過車窗的反射，我悄悄地觀察另一邊的學長，他看起來沒什麼太大的情緒波動，只是安靜地看著窗外車流。

我輕輕喚了他一聲，爲自己剛才差勁的態度道歉。

學長愣了下，搖了搖頭。

「沒關係，我本來就欠罵。」淺笑，他終究是溫柔的他。

行駛了好一段時間，不知道是誰先起了頭，高中回憶重新成了我們的談話話題，與先前不同的是，學長這次不再談我和他，而是聊起了甄眞學姊。

高一同班的他們、被同學陷害當幹部的他們、爲了運動會忙碌的他們、午休偷跑到操場聊天的他們……還有很多很多、我曾經逃避去了解的他們，隨著邵宇學長的嗓音拼湊出一段又一段美好的記憶。

沒有人能夠介入的美好。

當回憶漸歇，趁著沉默還沒再度入侵，我大致整理了思緒，將那日與學姊見面的始末緩緩道出，竭盡所能地傳達她心中眞正的想法給學長知道。

儘管我和學長都沒看向對方，我卻能感受到他略顯激動的情緒。

我想，我能明白的。

「……妳一定覺得我很傻吧。」他問。

或許吧。

可是，有誰不傻？

畢竟，我們都會害怕。

怕改變、怕誤解、怕對方不懂自己、也怕彼此的心意不再……沒有誰能夠眞正懂得誰的心，於是我們小心翼翼地試探、揣測，深怕自己無心的舉動或話語，造就無法彌補的錯誤。

但往往我們最大的錯誤就是什麼也不做……有些事，一旦錯過了，就再也沒有機會了，就像——我悄悄望向邵宇學長，感覺心裡揪著的結逐漸鬆開……

Enough.

到此為止，就好。

高速公路邊上的暈黃路燈盞盞流逝在車後，許多畫面在眼前閃過，不論快樂、傷心，抑或是那些不願回想的苦澀……或許有一天，我也能笑著和他人說起吧？

再也沒有任何躲藏。

寧靜之中，司機提醒我們已經進入機場支線，即將就要抵達機場，氣氛又漸漸緊張，交疊在膝上的手忍不住扭緊，每經過一秒就更為加速的心跳幾乎要讓人喘不過氣，我緊盯著窗外，看著遠處機場的燈光越來越靠近。

「學長。」

「……嗯。」光是單音，我就能聽見他的緊張比我更甚。

我不知道自己想說什麼，沒人在意，就連我自己也不在乎，只是感覺要是再不開口換氣，就會溺死在這陸地上，一股莫名的壓迫感充斥在我們之間。

半晌，第二航廈完整地進入眼簾。

「學長，如果學姊……」如果她已經離開了怎麼辦？隨著目的地接近，我忍不住擔心。

還沒等到學長的回答，計程車已經駛入航站前道路，車速漸緩，終於停靠。

「學妹，如果她已經離開了，那——」站在機場入口，邵宇學長望著亮如白晝的大廳，眼神不知何時已經換上堅定，沒有任何疑惑。「我會追過去。」

訝然，卻也不意外。

「可是……」

「別擔心，我早就做好準備。」他揚唇一笑，專注地看向前方，「不然妳以為我哪來的錢請妳吃飯？」

咦？

我來不及反應，就聽見他拋來一句。

「我走了。」

「學長！」

被我這麼一喊，他倏地停在幾步之遙。

這幾步的距離，不遠，卻是我永遠也觸及不到的他。

他回過身，看著我。

我……

「……幫我告訴學姊，」不管是以前或是現在，甚至是未來……只有她，才能占據他心中的位置——深吸口氣，我笑了，沒有半點逞強，「我沒她想的那麼好。」

他走了。

望著學長的身影逐漸消失在遠方的人群中，不知爲何，我想起了學長給我的那把鑰匙，它是什麼模樣呢？我好像沒有把握能想得起來。

站在人來人往的大廳，旅客們各自推著行李，有的歸國、有的正要離開，每個人身上都有著不同的故事，我一個人靜靜地猜想、靜靜地沉澱。

這次，我終於感覺夢醒了。

沒有噩夢初醒的大汗淋漓，也沒有經歷美夢後的沉溺不捨……睜開眼，我只覺得全身一輕。我漫步走出機場，隔音門一開，迎面而來的是腳踏實地的現實感，前陣子踩在夢境似的虛浮感總算消失無蹤。

然而，又在下一瞬間陷入——

「那邊那位小姐。」

我一僵，驀地轉身，只爲了那不可能出現在這裡的嗓音。

「需要搭便車嗎？」

他笑容下緣的梨渦淺淺地張揚。

Chapter 6.

我一定是個很不體貼的乘客。

想不起來自己是什麼時候睡著的，睜開眼，車外的漆黑已經換成遍布霓虹的台北街景。我困惑地拉了拉不知何時蓋在身上的大外套，似曾相識的味道充斥鼻間，還沒反應過來，腦海裡馬上浮現某人的臉龐……

陸以南。

「醒了？」

轉頭看去，只見他的側臉被燈光分割出明暗，目光專注地望著前方。我眨了眨恍惚的眼睛，不曉得為什麼，這樣的他看起來有點陌生。

「嗯，我睡了很久嗎？」說著，一邊掙扎地想坐起身，還沒推開外套又被一旁伸出的大手給按回去。「……你幹麼？」

「先披著，剛睡醒會冷。」他笑了笑，縮手回到方向盤上，「快到學姊家了，送妳到家樓下可以嗎？」

聽他這麼一說，我突然想到機車還被我遺忘在電影院，送自己一記白眼，嘆了口氣，往好的方面想，還好明天放假，時間多得是，要是遇上滿堂，用爬的都得趕回去牽車才行。

不幸中的大幸。

「……在巷口的便利商店放我下車就好了。」望向窗外，耳邊傳來方向燈的答答聲，「我想喝點東西。」

深夜的街道沒什麼人車，陸以南直接停在店門附近。他跟著我進了商店，我照樣買了咖啡，壓根兒不顧現在時間接近午夜，他站在櫃台猶豫很久，最後要了杯熱巧克力。

口中喝著熱美式，巧克力濃郁的香氣卻渲染了我們之間的空氣，這種矛盾的感覺讓我忍不住想笑，看著陸以南小心翼翼地想吹涼冒著熱氣的飲料，孩子氣的模樣與幾分鐘前的他截然不同。

「你很會開車呢。」摀著溫暖的杯子，我偏頭想了想，「坐起來很穩。」

陸以南掌握方向盤的姿態很隨意，感覺十分熟練。他不像有些人緊張得拼命前傾，卻也不會讓人覺得他輕浮得不當一回事，眞要說的話，他看起來非常有自信，並且游刃有餘，好像一切都在他的掌控之中——

就像他給人的感覺，一樣。

「學姊，妳好像忘了一件事。」

「什麼？」我怔怔地抬頭，對上他的視線，突然想到那段匆促的通話，「啊，對喔，我忘了。」

差點以爲我們是半夜約出來喝咖啡聊是非，完全忘了一個小時前我人還在機場、身邊還有個邵宇學長……撇撇嘴，盡量簡潔地說完機場快閃事件的前因後果，講著講著，心思又飄到了別處。

說是別處，其實就是眼前的他。

幾天前的不歡而散浮上心頭，看著陸以南，我忽然不懂他爲什麼可以這麼輕鬆自在地坐在我面前，好像什麼事都沒發生過一樣、好像他什麼話都沒說過一樣……難道待會兒他又要自以爲是地給我建議、還是又要貼心地要我不要逞強？

好煩。

我是指，自己。

「……反正，事情的經過就是這樣。」草草地下了結論，撇開目光，感覺有股氣積在胸口，不說不痛快：「很抱歉辜負你的期望，我不夠勇敢。」

我說了，卻孬得不敢看他的表情。

倏地站起身，我快步走到垃圾桶前丟掉空杯。每走一步，我都能感覺到他的注視緊緊跟隨著我，很燙，不曉得是他的視線，抑或是我不爭氣的血液循環使然……

我肯定是個白痴，一個衝動的白痴。

「我要回去了謝謝晚安再見。」一走回騎樓的座椅前，不等他開口，我抓著包包就往巷子裡跑。

不到幾秒，就聽見腳步聲從後方傳來。

他幹麼跟來？

「學姊。」

陸以南的聲音在寂靜的巷內顯得特別突兀，心底一抽，我不敢回頭、更不敢停下腳步，只想著趕快回家，祈禱一覺醒來，他就會忘記我剛才說的那些……

天啊，我到底在幹麼……

「學姊。」

他又喚，我還是不敢停。

「學姊。」

「你趕快回去啦！」

「學姊！」

下一秒，我終於停了下來，因爲他溫熱的大手攫住我發涼的手腕。

「學姊。」

「……放手。」背對著他，我盡力維持著語調的平靜。

陸以南放鬆了力道，卻還是沒有放開，「學姊……」

「今天謝謝你來接我，如果有事……」加速的心跳亂了呼吸，頓了一頓，才能繼續，

「改天再說好不好？」

說完，我一扯，從他的掌握中掙脫。

「不好。」陸以南再次圈住我的手，不放。

「你──」

「我很高興妳不勇敢。」他目光炯炯地直視著我，「我很擔心，擔心妳眞的勇敢……」

「你到底在說什麼……」我聽不懂，眞的不懂。

是你要我去爭取的、是你要我勇敢的……事到如今，卻又用這種目光看著我，告訴我你

其實不希望我……

我不懂。

「妳還記得那天，妳問我的問題嗎？」

一怔，想起當時的畫面，他明明沒有回答，又何必再提起……

「如果我是妳，」他說，一字一句清楚得不容忽略，「如果我是妳，我會怎麼做？」

「你現在才回──」

「我會給陸以南一個機會。」

什、什麼意思……

瞠大眼，我根本無法反應，只能愣愣地望著他的燦然一笑——

「我喜歡妳。」

蛤？

你看我，我看你。

剛剛是不是……

「咦？等、不是……你等一下，」他剛剛說什麼？我慌亂地看見陸以南越來越燦爛的笑臉，腦袋完全不聽使喚，「……Pardon？」

「如果妳想要，這句話我可以說一百次。」陸以南笑得眼睛都快看不見了，我懷疑他根本就是以整我爲樂，幾乎是嚇傻了似地聽他開始重複，「我喜歡妳、我喜歡妳、我喜——」

「等一下！」

他眞的想逼死我。

陸以南終於住口，眼底帶笑。我試著冷靜下來，深呼吸，慢慢理解狀況——上一秒不是還在說學長的事嗎？爲什麼下一秒他突然就……我好像錯過了什麼，又好像什麼都沒錯過……

原來這就是告白嗎？

「……欸你、你先放手，好不好？」儘管心臟還在撲通亂跳，我還是無法不在意手腕上那一圈強烈的存在感。

陸以南偏頭想了想，「不會逃跑？」

做人失敗，居然連信用都沒了。

「是，不逃跑。」無奈地嘆氣，翻了個白眼，「還能跑去哪啊，又不是在玩鬼抓人……」

我們之間的距離就這麼近，就連一句小小聲的咕噥都會被他聽見，一抬眼，不甘心地發現他奸詐偷笑的嘴角。

忽地，手上一輕，他總算是鬆開了禁錮。

頓失溫暖的手變得空蕩蕩的，少了重量，忽然輕盈的感覺竟有點奇怪，不自覺撫上手腕，卻怎麼也抹不掉他的存在。

他沒使多大的力氣不是嗎？

「你……」想要說些什麼，卻……

幸好，陸以南先開了口。

「學姊，妳不用回答我沒關係。」

咦？

我似乎又被踹進了五里霧裡，他態若自如的模樣更突顯出我的茫然無措，霎時，亂糟糟的思緒轟地一聲爆炸。

難道說，他不是認真的？

「妳不要誤會我的意思喔！」陸以南像是突然想到什麼，急著解釋，「我的意思是，妳『現在』不用回答沒關係，但是，『之後』妳還是要回答我。這樣……清楚嗎？」

不清楚。

什麼現在、什麼之後……我沒預料到今天會聽到你說這樣的話啊——雖然我也不知道何謂正確的時機，但是現在……我真的亂了、亂了。

「你明明說要等我做好心理準備的……」

說謊，大騙子。

會打蟑螂的大騙子。

「對不起，我偷跑了。」陸以南臉上只剩下淺淺的微笑，暈黃的路燈把他照得好溫柔，這樣的他令我更加不知所措，「我知道妳還沒準備好喜歡一個人，可是，無論如何，我希望妳先做好另一個準備……」

另一個準備？

我看著他，他看著我。

陸以南一笑，緩緩道出他未完的謎底──

「被我喜歡的準備。」

「妳說陸跟妳──」尹璇瞠大雙眼，差點在安靜的書店裡尖叫出聲，還好她及時壓低音量，「跟妳告白了？」

「……嗯。」

猶豫整個下午，我終於對尹璇說出口，想來想去，我只有尹璇能說了。要是對家榕她們說，還得從邵宇學長開始談起……我想，我沒有足夠的耐力承受她們可想而知的問題轟炸。

相對的，告訴原本就是陸以南朋友的尹璇就簡單多了。

「嗳──是喔，我沒想到耶。」尹璇的表情說是驚訝倒也稱不上，看她的樣子，好像覺得很有趣。

「妳不要跟陳恩說喔。」突然想到另一張冷臉，連忙告誡尹璇。

原以爲她會拍拍胸脯一口承諾，或是嘟嘴問我爲什麼不能說，甚至是支支吾吾地承認她打算等一下就跑去告訴陳恩……可是，都沒有。

尹璇難得地沉默了。

走出書店，一場大雨爲悶熱的午後帶來涼意，雨水特有的潮濕味道飄浮在空氣中。前往牽車的路上，我不曉得該不該問她跟陳恩是不是發生了什麼事，關心與多管閒事只有一線之隔，我對界線的拿捏還不太熟悉。

一直以來，我都很害怕這種情況。

「我正在練習。」尹璇忽然開口，不可否認地，我鬆了口氣。「練習沒有他在我身邊的生活，我想……釐清一些東西。」

「東西？」

「像是什麼是習慣、什麼是喜歡……」她困惑地皺起眉，雙手不停在空中揮舞，「還有什麼是占有欲……我不懂啦，反正陳恩就叫我自己想啊！」

果然很有他的作風。

只不過，尹璇不愧是尹璇，沒一會兒功夫，她很快恢復了朝氣，吱吱喳喳地向我抱怨陳恩，舉凡他每次都很愛干涉她吃什麼午餐、遲到有沒有補點名、病假有沒有申請、報告過三天就要交到底做了沒……她說陳恩很像媽媽，毒蛇版的。

不是毒舌，是毒蛇。

「講到他肚子都餓了，走吧、走吧，去吃飯！」

我笑著將安全帽遞過去，「好啊，想吃什麼？」

「嗯……」她一邊扣扣環一邊思考，「想來想去，果然還是老家了吧？希望不要遇到那隻蛇，哼。」

抵達老家約莫五點，距離晚餐時間是早了些，不論何時都點著暈黃小燈的店面還沒有客人進場，想當然也沒有蛇啊、鹿啊之類的動物，我和尹璇是今晚第一組客人。

難得只有我們兩人吃飯，不好意思占據四人的老位子，隨意找了吧台附近的雙人桌入座，很快就選定想吃的餐點。

「好的，一份生魚片丼飯、一份野菜天婦羅定食。」老闆娘確認點單後，一手指向後方的木櫃，「熱麥茶和杯子麻煩自己拿喔，小心燙。」

拿著沉甸甸的茶壺走回位上，我突然想到自己從來沒取過熱茶。陳恩向來都會在大家看菜單時就先行準備，用餐時也會特別注意誰的杯子空了，貼心地詢問是不是還要加茶……雖然通常臉上沒什麼表情。

「陳恩人很好。」

「蛤？」尹璇嚇了一跳，耳朵都紅了，「我、我知道他人很好啊……只是我、哎喲，我就說我不懂嘛！」

「妳知道了？」嗅到一絲不尋常的味道，我挑眉。

聞言，尹璇瞪大眼，當機三秒後，何止是耳朵，她整張臉脹得紅通通的，幸好頭髮沒有血管，要不然她的頭髮都要變成紅色的了。

「什麼時候？」

「上星期，」尹璇嘆口氣，不安地扭著手指，「先說好，不是什麼浪漫的告白過程，場面認眞說起來的話還……挺火爆的。」

你們不只初次見面堪稱災難，就連告白也能搞得火爆——都已經熱了一整個夏天，還嫌熱不夠嗎？我沒好氣地想著。沒想到，她的下一句話居然讓我傻眼又傻眼——

「……可是，我被拒絕了。」

「咦？」

「很奇怪對吧？被告白的是我，被拒絕的也是我……哪有這麼扯的事？」她癟起嘴，「他說我根本搞不懂什麼是喜歡，那我倒想問問，喜歡到底是什麼？吶，蜻蜓，妳說。」

呃，我說？

「我也……不是很清楚。」我記得，我也問過陸以南這個問題。

他說，喜歡，就是心情被另一個人所有。

所以，我擁有了……他的心情嗎？念頭閃過，空無一物的掌心好像被誰放了炙熱的火炭，熱燙燙的，我不敢收攏、卻也不曉得該怎麼辦……

一道黑影靠近桌邊，本想著大概是服務生送餐來了，抬頭的瞬間，心不受控制地揪了好大一下，還沒驅走腦海中的他，活生生的本人竟出現在眼前——

陸以南，還會有誰？

「妳們吃飯都不約的喔？」聽他哀怨的語氣好像我們有多對不起他似的。

「嗶嗶——不好意思，今天是我跟蜻蜓的約會日，麻煩閣下閃邊，那裡還有空位，請。」見著陸以南，尹璇開心地要起嘴皮。

「爲什麼？陳恩等一下也會來啊，」陸以南不以爲意地說，目光流轉在我們之間，「要不要跟老闆娘說一下換到老位子坐？」

還沒來得及回答，尹璇立刻跳了起來，小小的身子宛若驚弓之鳥。

「不用！你們男生給我滾遠一點喔，最好坐到廁所旁邊，別想靠近我們，對不對蜻蜓？」

陸以南被尹璇搞得一頭霧水，半帶疑惑、半帶求救的視線投了過來。陳恩都還沒個人影，尹璇就被嚇得驚慌失措，要是眞的坐在同一桌，她這頓飯大概也不用吃了……對此，我只能對陸以南聳聳肩，表示我的無能爲力。

「呃，好吧。」他抬了抬腳，猶豫地看著我們，「那我就坐在那邊，妳們……有事再來找我。」

我點點頭，送走了依依不捨的陸以南。

不久，服務生送上餐點，我們暫且安靜地享用著美味的食物。隨著晚餐尖峰時間到來，店內的客人漸漸坐滿各張桌子，氣氛喧鬧，就連講話都得稍微提高音量。

「蜻蜓。」鬧騰中，尹璇輕輕喚了我一聲。

「嗯？」

「妳會答應陸嗎？」

手裡湯匙翻舀著甜湯，我思索著尹璇的問題。

這是不是一個只能二選一的問題呢？一是答應、二是拒絕——

從來就沒有第三個答案存在的空間。

「他說……我現在還不用回答他沒關係。」

「原來如此，嗯，果然很有陸的作風。」尹璇微微一笑，我抬眼對上她的目光，她慧黠地眨眨眼，「陸他人很好。」

一愣，我笑了。

「我知道。」

我們都一樣。

我們比誰都清楚他們的好，對這份好，我們卻比誰都卻步。越是細思、越是害怕——可是，怕什麼呢？怕受傷、怕失望、怕他不如想像中的美好……又或是——

怕自己傷害了這份感情。

「喜歡，到底是什麼呢……」尹璇用湯匙玩著碗中的紅豆湯，目光飄到不遠處、另一張坐著熟悉身影的桌上，「我們的喜歡跟他們的喜歡是不是一樣呢？喜歡一個人又能喜歡到什麼程度呢？這份感情眞的不會消失嗎……」

眞的好難。

以爲是最簡單的問題，其實才是最複雜的一道謎題。

尹璇就如她所說的，非常認眞地執行沒有陳恩的生活，認眞到就連他和陸以南一起走到桌邊和我們對話也作視而不見，她目不斜視地只看著陸以南，一點點餘光都沒分給他。

「學姊，吃完飯妳有要去哪裡嗎？」

「沒啊。」下意識地回答，說完才發現尹璇死命地對我打pass，「呃，可、可是我要送尹璇回家，怎麼了嗎？」

其實她本來是要搭捷運的。

「對、對啊，蜻蜓要載我回家。」尹璇說完，一把勾住我的手臂，「走、走吧……」

「等一下。」

陳恩那一點也不大的音量，讓我們僵在原地，動也不敢動。他不疾不徐地走來，站在尹璇面前，由上往下注視著她。

尹璇頭一撇，堅持不肯看他。

「這隻，」陳恩抓住尹璇的手臂，不顧她強烈的掙扎，清冷的嗓音向後一拋，「我帶走了。另一位，你自己看著辦。」

話一說完，陳恩淡定地拉著不斷大喊救命的尹璇離開，留下面面相覷的我和陸以南。感覺到四周投來好奇的視線，陸以南尷尬地扯扯嘴角，我盡力故作鎮靜，只敢看著他，不敢對上附近顧客的目光。

「……先出去吧。」陸以南低聲說。

「同意。」

逃出老家，我們臨時決定到河濱公園散步。美其名是散步，順便讓飽脹的腸胃消化一下，但經過便利商店時，我還是忍不住進去買了杯熱美式，小口啜飲，心虛地安慰自己咖啡有助消化。

「學姊妳啊……」

「怎樣？」他一定沒發現自己很喜歡用這四個字當作開頭，我朝他掃去一眼，沒讓他發現我有點緊張，「我又怎麼了？」

陸以南低頭看我，揚起笑。

「沒事、沒事，好的很。」

什麼東西啊？

「你少來，快說喔。」

「沒事嘛。」

騙人。

「不說就算了。」說是這樣說，我還是忍不住猜想他到底想說什麼，無奈沒有半點頭緒，只能不停地啜飲手中的熱咖啡，藉此掩飾我的心不在焉。

走進河濱公園入口，混合著水氣的風迎面吹來，沿著河畔倚立的燈光蜿蜒成一幅寧靜的夜景。

「很漂亮吧？」

「蛤？」我猛然抬頭，對上他似笑非笑的雙眼，「啊、嗯，對啊，很漂亮。」

「學姊，妳……」

「幹麼？」

「妳很想知道喔？」

重申一次，他的笑容眞的很壞。

「沒有。」才怪。

「我可以告訴妳喔，不過，」陸以南伸手取過我喝完的空杯，朝路旁的垃圾桶移動幾步，「既然學姊不想知道的話，我說了也沒什麼意思……」

什麼？

「你站住！」

他走向垃圾桶的身影停了下來。

「你到底想說什麼？」

「妳不是不想知道？」背對著我，他說：「說啊，如果妳承認妳想知道的話，我就告訴妳。老實承認沒那麼難吧？」

這傢伙……深呼吸，我差點就衝過去踹他那毫無防備的背影。

「我——」抿抿唇，看著他的背影，「我想知道。」

陸以南轉過身，不知道爲什麼，他高舉著手上的咖啡空杯。我不明所以地看著他，他笑著，梨渦襯著他的笑容，看起來……

好像某種奸計得逞的樣子。

「我只是想說，學姊妳啊……」他故意停頓，笑容越來越大，「眞的很喜歡喝咖啡耶，就這樣而已。」

……Shit.

「沒想到妳這麼在意耶，哈哈哈。」

笑屁啊。

他丟完空杯，走回我身旁，我沒好氣地瞪他一眼，沿著河畔繼續未完的散步行程，假裝沒注意到他嘴邊得意的笑。

「學姊……」

又來了。

「幹麼？」

「我很高興。」他彎腰傾身，刻意對上我的視線，「妳不問我爲什麼高興嗎？問嘛、問嘛，我推薦妳問，保證不會後悔。」

煩死了。

「請問你爲什麼高興？」

他再次得逞。

就算我的語氣一點也不期待、一點起伏也沒有，他還是笑了。

「因爲，這是妳第一次想知道我的事。」他彎彎的笑眼裡盛滿我無法形容的溫柔，沒預料到他會這麼回答，我怔怔地望著陸以南，「所以，我很高興。」

心跳，差點停止。

「還、還不是你逼我的。」

「噯——話不能這麼說啊……」正經不到三分鐘，陸以南又恢復了他說好聽點是健談、說難聽點是聒噪的性子，安靜的夜晚盡是他的歡快笑語。

可是，我並不討厭，甚至……

意識到某種情緒浮上心頭，我悄悄握住了掌心，告訴自己不是我想的那樣。或許吧，我好像不能確定，我……不想想了，暫時。

反正，還不到回答的時候。

「陸以南。」

「嗯？」他一派愜意地回應。

陸以南雙手插在外套口袋裡，眼神落在遠處閃著各色光芒的大橋上，風吹亂他一向打理得清爽的瀏海，露出飽滿的額頭，一顆小痣隱藏在我從未發現的髮際間，小小的，讓人很想觸摸。

很想……

「沒事。」移開視線，我緩緩吐出一口氣。

「學我喔？」他失笑，聳起肩膀撞了我一下，嘻皮笑臉地對上我沒好氣的白眼攻擊，深深的梨渦留在頰邊，好像一切都是那麼輕鬆自然。

要是在幾個月前，我根本無法想像這樣的情景。

漫步在河畔，我們不著邊際地閒聊，話題不停轉換，換著換著，陸以南聊到陳恩和尹璇那天「告白」的經過，我終於知道尹璇說的火爆是怎麼回事，他們的相處模式，外人聽著有趣，但要是換做是自己，絕對不會想要親身體驗。

「他們會是好結果的，對吧？」晚風吹來，我伸手勾攏亂飛的髮。

陸以南若有所思地看我一眼，來不及捉住他眼底飛過的思緒，他很快揚起笑，同意我的說法。不過一瞬，我卻在意這一瞬。

他想說什麼呢？

「你——」

「學姊，我可以要求一件事嗎？」

「什麼？」

「跟我約會吧。」

「約……抱歉。」我一愣，手機忽然一陣震動，看了一眼來電顯示，背過身，滑開通話鍵，「喂？」

「小蜻蜓，Where are you?」于珊歡快的語調聲從手機另一端傳來。

「我？我在河濱公園……」

「這種時間在河濱公園——約會喔？」

約會。

這些人為什麼動不動就提到這種字眼啊……我閉了閉眼，用沉默代替回應。沒等到我的回答，于珊似乎發現了什麼，呵呵笑了起來。

「說中了？呵呵呵，跟誰啊？」她興奮地拉高了嗓音，我可以想像她現在正在床上滾來滾去的模樣，「我猜猜，『改天再說』學長？」

「學長他……沒有學長了啦！」我一滯，隨即慌亂地撇清，感覺到身後忽然強烈的視線，不安地縮了縮肩膀，壓低聲音：「妳到底打來幹麼？」

「不是學長還有誰？妳偷偷來喔？」于珊大笑，清脆的笑聲透過話筒傳了過來，「沒事啦，我一個人在家很無聊啊，不過……呵呵呵，看來我是打擾妳了，好啦，先這樣，拜。」于珊根本不需要我的回應，自說自話一大串之後，便迅雷不及掩耳地掛斷了通話，留下我一個人孤伶伶地拿著靜悄悄的手機發愣。

原來，這樣算是約會的一種嗎？

這個時間點並不算晚，偶爾會有慢跑的人經過，但公園裡到處是牽手依偎的情侶，所以……儘管我們沒有牽手，但在旁人眼中看來，我和陸以南是不是也……

「怎麼了嗎？」

「室友打來的，沒事。」我搖搖頭，收起手機。

「那……」

「嗯？」

「約會……不對，」他話鋒一轉，忽然眼神炯炯地直視著我，「剛剛，妳們是不是提到了『學長』？是那個學長嗎？」

「呃，對啊。」我實在很不想跟他聊這通電話，雖然嚴格說來也算跟他有關，但是……晌，陸以南幹麼這樣看我！

「他……我可以問嗎？」

「不行。」我隨口拒絕，其實也不是不能問。

只是……看著陸以南勉爲其難地喔了一聲，二話不說地接受我的拒絕，就算他看起來還是一副很想問的樣子，時不時轉頭過來，話到嘴邊卻又乖乖吞了回去。

這樣的他，讓我很想笑。

不是整人成功的那種大笑，而是……沒什麼理由、說不太清楚，可是心裡頭暖暖的，讓人很想、很想微笑的那種——

很想笑。

「欸，學長他有傳訊息給我。」興起一股想要作弄他的情緒，我說。

陸以南果然不負我的期待，才說到學長兩字，他異常快速地看我一眼，接著，同樣快速地收回視線，撇過頭，目光死死地盯著遠處。

「是、喔。」

「你不想知道嗎？」

「我又不、能、問。」他居然扭頭瞪我。

而我，竟然又笑了，我一定是瘋了。

「妳、妳幹麼笑？不要笑！」陸以南摸不著頭緒，只能故作凶狠地阻止我逐漸擴大的笑容。偏偏他的凶狠對我一點也不管用，因爲，他眞的太溫柔了。

就連生氣，也很溫柔。

「喂。」止住笑，我指指眼角迸出的淚，戳戳一旁賭氣的他。

他躲開我的手指，「幹麼？」

「好啊，我們約會吧。」

不管了。

我什麼都不管了。

現在時間是早上七點，天氣晴，地點──我眨眨沉重的眼皮，試圖忽略一旁此起彼落的叫賣聲，鼻間充斥著魚鮮的腥味，沒吃早餐的胃猛地一抽，差點作嘔，好不容易才緩過氣，稍稍習慣了這裡特有的味道。

這裡是傳統市場，約會的第一站。

「小帥哥，帶女朋友來買菜喔？」笑容親切的菜販阿姨說著，伸手抓了一大把蔥蒜遞過來，「來來來，這送你！很久沒看到這麼貼心的男朋友了啦！」

不，阿姨，我們還不是男女朋……

「謝謝阿姨。」某人笑得更開懷，非常無恥地拉開塑膠袋，廣納來自各方阿姨的好意。

騙子啊……

陸以南用他看似人畜無害的梨渦欺騙眾多善良可愛的良家婦女。菜市場裡的婆婆媽媽們顯然和我媽一樣，很吃這一套，一路走來，送的菜比買的多，CP值高得嚇人。

「學姊、學姊，喝喝看這個。」

芝麻牛奶？

我點點頭，挺喜歡這種香濃的味道。

「喜歡嗎？」陸以南觀察我的反應，下一秒就轉頭對老闆要了一罐芝麻醬，嚇得我趕緊抓住他欲付帳的手。

「我又沒說要買。」

「可是妳喜歡啊。」他理所當然地笑了笑，兩張百元鈔攔截不及，老闆很快地將商品交到他手上，銀貨兩訖。

該怎麼說他？

菜市場購物狂？還是菜市場吉祥物？

七點到九點，我們整整逛了兩個小時，兩個人手上提滿大大小小的戰利品。買東西其實沒占去多少時間，但是，他真的很會和叔叔阿姨聊天抬槓，幾句話下來，試吃試用是一定有的，免費贈品更是少不了——說真的，他應該被列入黑名單才對，不然他要是多來幾次，人家生意還做不做得下去啊……

「走吧！」

大概是買夠本了，陸以南神清氣爽地走在太陽下，高挺的鼻子架上一副墨鏡，不知情的人還以爲這傢伙是從哪個度假村跑出來的。無奈地搖搖頭，跟著他回到市場附設停車場。

這是我第二次坐上這輛由小馬尾大叔友情出借的鐵灰色休旅車，也是第二次讓陸以南開車載我。乘車經驗依然平穩舒適，每次他切換車道或踩下煞車時，我幾乎都沒什麼感覺，看來他並不會因爲握上方向盤就性情大變。

順帶一提，我爸就是那種一握方向盤就會性情大變的人。

回到咖啡廳，我先提了大部分的蔬果海鮮進到店裡，營業時間還沒到，小馬尾大叔懶洋洋地坐在吧台喝著早晨咖啡，見到我笑了一下。

「學姊，海鮮先冰冰箱，其他的放外面就好。」

「『其他的放外面就好』——」小馬尾大叔學著陸以南的語氣，一把搶下他臉上的墨鏡，「你這小子……我車子、咖啡廳都借你把妹，有沒有想好要怎麼報答我啊？」

「等我長大、你坐輪椅，我會推你去曬太陽。」陸以南用手肘撞撞傻眼的大叔，笑說：「怎樣？夠義氣吧。」

「義氣個頭，少詛咒我，我活到八十還跑得跟飛得一樣好嗎？」

「那……」陸以南偏頭想了想，不知怎地，目光竟轉到我身上來。

我蹙眉回望，心裡有股不好的預感——

「不然，以後我們結婚請你坐主桌！」

眞是夠了。

懶得理會兩個男人的無聊嘴砲，我將袋裡的東西一樣樣分類，按照陸以南的吩咐把海鮮放進冰箱。等我忙完的時候，他們早已經結束對話，只剩大叔一個人在瀏覽今天的報紙。

「陸在廚房喔。」

可能是看我有點茫然，小馬尾大叔好心提醒我，他指著半開放式的廚房，的確能瞥見陸以南忙裡忙外的身影。

「啊，謝謝……」

走出櫃台，我不曉得現在該做什麼才好。坐到大叔旁邊？隨便找個座位坐下？可是，這樣會不會很沒禮貌？要不然……呆站在店內，我再次體認到自己眞的社交無能。

「蜻蜓妹妹。」

「是？」

猛然抬頭，只見大叔對著不知所措的我招了招手。重新走回櫃台，發現他拿了幾樣工具在桌上，有著細長壺嘴的茶壺、濾紙、咖啡杯……

「想不想試試親手沖咖啡？」

「嗳？可、可以嗎？」

「當然可以，不然等他煮好妳大概也無聊死了。」大叔咧嘴大笑，拍拍我的肩膀，「放輕鬆，我不會咬人。」

「呃，我……」我的尷尬有那麼明顯嗎？

小馬尾大叔笑了笑，要我別在意。他開始為我介紹桌上的工具，一一告訴我它們的正確名稱、用途，從溫杯開始示範了一次。

「這是最簡單的沖泡法，初學者很容易上手。」他姿態輕鬆地拿著細口壺在咖啡粉上繞圈，「妳可以看見水面有點膨脹……」

看似簡單的幾個步驟，大叔很輕易地淬煮出一杯水量剛好的香醇咖啡，不用品嘗、光用聞的，就能確定這是一杯順口、不帶苦澀的好咖啡。

「來，換妳試試。」他將細口壺交到我手上，一邊準備第二個咖啡杯，「有些地方注意一下，應該就沒什麼問題。」

依照指示，我完成了第一次的注水，聚精會神地看著滴濾，幾乎聽不見外界的聲響，正當我準備開始第二次注水時，小馬尾大叔忽然笑了。

「妳讓我想起陸第一次沖咖啡的時候。」

陸以南？

手一頓，不小心將咖啡粉沖出了一個突兀的凹陷。

「陸他高中三年都在這裡打工，」大叔說著，一邊關注我的動作，提醒我水已經加得差不多，「他很有天分，學什麼都很快。」

喝著親手沖的咖啡，聽小馬尾大叔聊起他所認識的陸以南。他說，陸以南在高中的時候，已經算是小有名氣的網路紅人，當時，只要他有班，店裡處處都是循他而來的女孩子，不只是與他同齡的高中生，其中甚至不乏出社會的上班族。

也因爲陸以南在網路的名氣漸漸響亮，來自各方的示好跟著多了起來，不少演藝圈叫得出名號的經紀公司都曾經來過邀約。只是，他統統都拒絕了，沒有猶豫。

對於這些，大叔只說，陸以南向來很懂得自己想要什麼。

那段時日，陸以南兼顧學業和打工，打烊後老纏著他和廚師，央求他們教他咖啡和料理的技術，原以爲他只是玩玩，沒想到，高中畢業前，他眞的考上了西餐丙級執照。

「所以啊，陸不管在哪裡都能活得好好的，完全不用別人操心，蜻蜓妹妹妳可要管好他，別讓這頭鹿跟人跑了。」大叔喝了口咖啡，見我尷尬得說不出話，他奸詐地笑了笑。

原來陸以南講話都是跟他學的。

「不過自從他轉到另一家店，這間咖啡廳的生意就……」大叔感慨地看了看四周的空座位，「唉，正所謂『人帥眞好，人醜吃草』……」

唉唉唉，連三嘆。

嘆得我都衰了。

「對了。」

小馬尾大叔忽然想起什麼，轉頭直盯著我瞧，看得我一頭霧水，還在口中的咖啡都不曉得該不該吞下去。

「陸他怎麼沒有——」

「準備好了！學姊趕快去坐好，我要上第一道菜了！」陸以南像一陣風似地從廚房衝了出來，推著我走到窗邊的座位，忙不迭地拉開椅子，請我入座。

「等我一下喔。」

他轉身又要往廚房奔去，殊不知小馬尾大叔站在他身後，滿是怨念。

「那我呢？難道我餓死也沒關係嗎？」

「嗳？你自己找地方坐啊，」陸以南的姿勢停留在要衝不衝的狀態，看起來很滑稽，「難不成要我牽你？不好吧，我怕學姊會誤會。」

呃，這還眞是多慮了。

一陣鬧騰過後，大叔像是被陸以南拋棄的小媳婦，嘟嘟噥噥地選了我們隔壁的位子就坐，故作哀怨的目光跟著陸以南滿場跑。

忍不住笑了，只覺得他們感情眞好。

陸以南準備的第一道菜是涼拌海鮮沙拉，甜甜辣辣的醬汁搭配今早我們從菜市場買回來的漁獲，吃起來特別爽口，開胃菜不愧是開胃菜，三兩下就被掃得精光。

「好吃嗎？」

我放下叉子，先看了看一臉緊張的陸以南、又看了看被我吃得乾乾淨淨、一片生菜也不留的空盤，「你說呢？」

他綻開笑，好像終於卸下重擔。

「還有更好吃的喔！妳等我——」他沙拉都還沒吃完，就丟下餐具，起身又往廚房衝刺，不久，蜜汁燻烤的香氣跟著乒乒乓乓的聲響傳來。

不到幾秒，陸以南的身影重新出現。

手裡端著三個白瓷盤，他的腳步總算慢了點，不再那麼風風火火。也是在這時候，我才發現他捲起了襯衫袖子，身上的黑圍裙也還來不及脫下。

不知道爲什麼，這使我眉頭緊皺。

可能是因爲，我不喜歡他爲了我這麼忙、爲了我連一頓飯都沒辦法好好吃、爲了我……值得嗎？

「鏘鏘！蜜汁烤春雞！」陸以南依舊暖暖地笑著，透著蜂蜜色澤的烤雞被小心翼翼地放到桌前，散發香氣。「……學姊怎麼了嗎？」

「沒、沒事，」我慌了下，拉著他要他坐下，「看起來很好吃，一起吃吧。」

他笑著答應，聽話地坐到我的對面。不到一尺的距離，我清楚看見陸以南額頭上的薄汗，一想到他在高溫的廚房裡獨自忙碌的身影，不知不覺間，手竟拿起桌上的餐巾探了過去。

等我發現的時候，陸以南已經停下動作，盯著我好一陣子。

「謝謝。」他勾起笑容，輕聲說道。

「不、不客氣……」吶吶地縮回手，我到底是……一定是鬼迷心竅，一定是！用力閉了閉眼，可惡，好想把記憶刪除……

老實說，這道烤春雞眞的很好吃，要不是剛才的小插曲，我一定……什麼叫一失足成千古恨，這下我終於明白了。

唉。

趁著陸以南去準備甜點的空檔，小馬尾大叔建議我可以沖泡咖啡搭配待會兒的甜點。看著尚未收起的器具，重新回想步驟，確定自己可以獨自完成沖泡後，才將咖啡粉倒上濾紙，一步步按照小馬尾大叔先前的指導注入熱水——

「嘿，有我的份嗎？」

「啊、嗯。」被他嚇了一跳，我胡亂點了點頭。

他身上，有甜甜的蘋果香。

相較於我的慌亂，陸以南只是瞇起笑眼，沒說什麼。他倚著櫃台，靜靜地看著我的動作，明明只是這樣而已……卻讓人心慌意亂。

「那個……」

「嗯？」

「一個人準備這些很辛苦吧？下次、下次我們一起……」一起什麼啊？我又不太會做菜，進廚房不搗亂就是萬幸了。

「學姊，我喜歡聽妳說下次。」

蛤？

抬頭，撞進陸以南眼中盈滿的笑意，淺淺的、溫溫的，害我只能怔怔地望著他，好像這個世界暫停了運轉，只剩下我和他。

「那會讓我覺得，妳的未來有我的存在。」

他的存在。

「你……少在那邊！」回過神，只覺得臉上一熱，「我只是覺得短時間內沒辦法擺脫你而已，只是這樣而已。」

那，爲什麼話才出口，心裡就有一股想打自己臉的衝動……難道說，一切早就不只是這樣而已嗎？

我不知道。

「嗯，說得沒錯，」陸以南煞有其事地點頭，他瞇起眼、好像在鎖定什麼獵物似的，一字一句放慢了說：「因爲我會纏著妳，很久……很久……」

看著他，我好想問，這份久遠，有沒有期限？迎向他清澈的目光，以爲自己很清醒，卻又無法否認心底的迷惘。

「好了、好了，」兩聲擊掌，小馬尾大叔喚回了我飄遠的思緒，他趴在櫃台邊上嚷著：「你們再對看下去，冰淇淋都要融化了，再難的大事也等吃完甜點再說吧，嗯？」

「冰淇淋？」

「啊，甜點——」陸以南跑回廚房，快手快腳地端出小方盤放上櫃台，「蘋果可麗餅佐冰淇淋。」

裹著焦糖糖衣的蘋果、煎得恰到好處的扇形餅皮，方盤角落還有一球以薄荷葉點綴的香草冰淇淋，視覺享受已經大大滿足，更別提甜點獨有的誘惑香氣——原來，他身上的蘋果香是這樣來的……

以陸以南爲中心，我和小馬尾大叔分坐兩邊，就近在櫃台享用甜點，雖說大多數的時間都是他們兩個在聊天，但光是聽他們兩個互損、互扯後腿，就足以令人心情愉悅。

「對了，我剛才有事想問蜻蜓妹妹，不小心給忘了，還好現在又想起來。」小馬尾大叔啜了口咖啡，說是問我、倒比較像是藉機問陸以南，「陸怎麼都沒請妳來店裡玩？」

店裡？我疑惑地想，所謂的店裡是——啊，很久以前，大概是學期初的時候，陸以南曾經說過，邀請我到他打工的店裡。所以，店裡是指——

「他——」

「欸，你是怕蜻蜓妹妹被帶壞喔？」大叔滿臉壞笑地用拐子撞陸以南，「還好吧？又不是假日，而且有你在，應該沒人敢靠近她吧。」

「廢話，我當然會保護她啊。」陸以南面有難色，好像一時間也找不到理由回絕，「……反正不是這個問題啦。」

不然是什麼問題？

蹙眉，我忍不住開口問：「你們在說什麼？」

「就是——」

「喂！老闆！」

「不說就不說嘛，那你自己說。」大叔被他這麼一喊，嘴巴翹得老高，看起來好不委屈，話一說完，便埋頭喝起咖啡來了。

「陸以南？」我喚，那人完全沒有開口的打算，只顧著解決盤中的可麗餅。

這算什麼？鴕鳥式的逃避？

倏地，他站起身，快速收拾用過的空盤、衝回廚房，整個過程不吭半句，臉上的心虛卻是顯而易見。

他到底怎麼了？不說就不說啊，我又不會逼他。

端起咖啡，微澀的口感表示我還需要多練習，果然沒辦法像陸以南一樣，第一次就能完美上手。眼角餘光一飄，發現手邊的另一個杯子裡的咖啡沒少半分——

「學姊！」陸以南不知何時又跑回櫃台，大概知道我看見了什麼，急著想解釋，「我、我不是不想喝喔……」

「不然呢？」說不清瞬間跌宕的情緒爲何，只是，有點失落。

有點。

「這……」他蹙眉，大掌撫上臉一抹，深深吐了口氣，「……我只是想留到最後再慢慢享用，這是我的習慣。」

「有些人就是愛把最喜歡的東西留到最後。所以，才會讓別人誤會他不喜歡啊，拜託，明明愛得要死——」

「你少囉嗦！」

耳朵，紅了。

愣愣地看著陸以南發紅的耳朵，我笑了。

只不過是看著他紅通通的耳朵，就讓人忍不住想勾起微笑，發自內心地覺得，很想笑。

咦？不是還在鬥嘴嗎？怎麼……

「不要跟糟老頭相處太久，會被傳染！」

「學姊，走了！」

下一秒，我直接被拉出店外，身後不斷傳來小馬尾大叔不甘示弱的叫囂聲。雖然有點擔心，可是應該沒事的，這樣的爭吵對他們來說似乎是家常便飯——反正，陸以南是這樣說的。

後來，我們看了電影、在百貨公司閒晃一陣子，晚上當然是到老家吃飯，他吃鮭魚茶泡飯、我吃天丼，接著又到河濱公園散步……

時間一晃眼就過去，就像我和他認識的這幾個月。回想起來，這段時間眞的發生了好多大大小小的事，陸以南這個人，也從最初的半熟悉、半陌生，到現在對他的存在習以爲常……

「下次，再一起出來吧。」他笑，送我回到住處樓下。

「嗯。」

我知道他故意不說「約會」二字，他知道我會尷尬，所以沒說。

對於陸以南留意到的這些小細節，除了感謝，還是感謝。我想，或許沒有人能像他一樣，對待別人如此細心了吧？

真的，很謝謝他。

「那，晚安。」陸以南揮揮手，溫潤的笑在頰邊盪開，「先上去吧，我等妳到家再走。」

「嗯，」我稍稍後退一步，「晚安。」

沒有回頭，旋開一樓的鐵製大門，走進、關上。直到進了家門，我滿腦子都是他最後的溫柔，揮之不去。

我知道一直想著陸以南的事情不是好現象——或許該說，非常不妙。可是，該怎麼控制？等我意識到的時候，早就不知道想了多少、想了多久。

停下拍打化妝水的動作，重新認真打量鏡中的自己，有點恍惚，眼睛、鼻子、嘴巴……我，是長這樣的嗎？好像、好像有哪裡不一樣，只是，說不上來。

「有人在家嗎——」

「于珊？」放下乳液，我應了聲，她的聲音聽起來有點奇怪。

她沒再出聲，靜悄悄的，讓人心底發毛。三秒過去，還是沒聽見任何回應，走出房門察看，只見穿著一襲粉色洋裝的于珊趴倒在沙發上，動也不動，活像隻被沖上岸擱淺的美人魚。

先聲明，這不是稱讚。

「于珊？」喝醉了嗎？我慢慢靠近，沒聞見她身上有酒味，反而更讓人覺得心急，「于珊，妳還好嗎？」

沉默。

然後，她纖白的掌拍了拍沙發，大概是在告訴我她沒事。

「妳……」蹲在于珊旁邊，我不得不擔心她會被自己給悶死，「妳先起來坐好，好不好？妳知道我們這間房子是租的——」

「……所以呢？」

「變凶宅的話，對房東太太多不好意思。」

「喂！」于珊跳起來，我的手臂跟著挨了一記熱辣辣的疼痛，「妳嘴巴眞的很壞耶！討厭死了。」

我笑了，起身坐進她身旁的空位。

並肩，有點靠近的距離，我們沒有說話，好長一段時間，我們只是安靜地待著，于珊想著她的事，我想著我的。說不說話、聊不聊天，是一種默契，我們從不會因爲這樣而尷尬，我們享受這樣的親暱。

「小蜻蜓。」

「嗯？」

「我啊，其實一點都不討人喜歡，對吧？」于珊一笑，與以往的自信截然不同，漂亮的薄唇勾出令人心疼的弧度。

「不對。」想也不想，我搖搖頭，「別人我不知道，至少，我喜歡妳、家榕喜歡妳、沛芸也喜歡妳——怎麼？懷疑我們的眼光？」

于珊眨眨大眼，噗哧一笑。

「豈敢。」

「那不就對了？」

「嗯，是啊。」她不知道想起了什麼，唇邊的笑容又漸漸消散，「……只不過，我很貪心。」

貪心。

默默咀嚼這個字眼，除了苦，嘗不到其他味道。

貪心，是一件很苦的事。

我知道。

「他不喜歡我。」

「……他？」我有點驚訝，我以爲他們的進展很不錯，而且……她是于珊，哪個男生不喜歡于珊？

「其實我早就知道了，」于珊撥弄著指尖，燈光下，指甲晶瑩的裝飾一閃一閃，「從他的眼神我看得出來，在他眼中，我跟一般的客人根本沒什麼兩樣，只是——」

「只是？」

她停頓，深深吸了口氣。

「只是，我學不會放棄。」

看著垂下視線的于珊，不擅長安慰的我也只能沉默。

認識于珊一年多來，她一直都是光鮮亮麗、自信滿滿的那種女生，那種不管風雨多麼強大，她都能蹬著高跟鞋昂首闊步的那種女生。

她想要的，沒有得不到的。

我記得有次聚會過後，于珊曾經這麼跟我說。

「這是我第一次知道……」于珊輕輕開口，近乎呢喃，「原來，要讓一個人喜歡自己是這麼困難的一件事。」

隨著于珊的話語，腦海中浮現出一幕幕回憶。好的、壞的、快樂的、傷心的、痛苦的、釋懷的——最後的畫面，停留在陸以南頰邊的梨渦。

喜歡，究竟是什麼樣的情緒？

「啊——」于珊忽然大叫，搖了搖頭，揚起微笑，「別說這些了，傷心傷神……說說妳吧，小蜻蜓。」

「我？」

「妳。」她點點頭，一雙雷射眼朝我上下掃視，看得我是冷汗直冒，「學長沒了是沒了，可是我看妳……春光滿面、神采奕奕，新歡是誰？從實招來！」

新歡——

「我根本搞不懂自己到底喜不喜歡他……」

「蛤？」

「我說，我搞不懂——」

「我有聽到，又不是重聽。」于珊翻了翻白眼，她看著我，充滿鄙視，「我傻眼，是因爲活到這把年紀，我居然還能聽見有人問出這種蠢問題——妳國中生啊？不對，是比國中生都還不如！」

我……

被罵得莫名其妙，卻完全找不到話語反駁，大概是因爲我不由自主地認同了于珊……眞的，夠蠢。

「說吧。」她往後一仰，躺進沙發。

我一愣，沒抓到節奏，「……說什麼？」

「妳搞不懂哪裡？」

「哪裡……」我的腦袋一片空白，「……呃，那我可以問妳幾個問題嗎？」

「准。」

「什麼是喜歡？到什麼程度才能夠稱爲喜歡？」本來以爲不曉得該問什麼，沒想到問題一個一個冒了出來，「還有，喜歡是不是總有一天會消失——」

「Wait!」

我馬上閉嘴，因爲于珊看起來快要爆炸了。

「妳……」她指著我，好一副恨鐵不成鋼的表情，我感覺自己活生生成了一棵朽木，「降級成幼稚園生！」

呃，好壞。

等待于珊修復震撼的小心靈這段期間，朽木我本人乖巧地坐在一旁看電視，頻道一台台轉，引不起興趣停留，心思飄著，不知不覺又回想起今天的事。

不曉得，下次什麼時候才能再吃到陸以南的料理……

「蜻蜓，妳現在在想誰？」

「蛤？」我嚇了一跳，卻沒嚇跑心中陸以南的影像。

「妳喜歡他。」

「蛤？」

「我說的，不會有錯。」

「——蛤？」

「再蛤！妳腦袋當機啊？」于珊氣得巴了我的後腦勺，這一向是沛芸才有的待遇，我從沒想過自己也會有這天……

她站起身，姿態宛如貓一般優雅。

「小蜻蜓。」

「蛤……呃，不是，怎麼了？」我連忙改口，很怕被打。

「我不會放棄的。」她笑，眼尾一瞟，美得令人不敢直視，「我很貪心，我還是要他喜歡我。」

這才是我所認識的于珊。

我時常驚訝於她的直接，以及總是先做再說的衝動。一旦認真思考，我想，其實我是羨慕她的，羨慕她的無懼，羨慕她不計後果的勇於承擔。

我做不到。

Chapter 7.

以前不懂事，討厭考試，喜歡寫心得、交報告，升上大學，才發現面對那種有標準答案的考試是一件多麼幸福的事情。尤其報告這種東西，不來則已、一來驚人，所有教授像是約好似的，全都擠在同一段時間要求繳交報告。

平常，我是不抱怨的，畢竟我社交活動不多，通常只要窩在家裡幾天就能順利完工——注意，這裡指的，是平常。

電腦壞掉，就不算平常。

「學姊，妳會冷嗎？」

「還好。」寫完一段論述，我總算有時間注意坐在一旁翻看書籍的他，「倒是你，陸以南，你不用上課嗎？」

他放下雜誌，我的視線不自覺地跟了過去，發現那是一本國外的美食雜誌。

「當然要啊。」

「那？」

「只不過是下一堂。」陸以南皮皮地補上一句，指了指桌上的筆記型電腦，「還要做很久嗎？報告。」

我想了下，實在估算不出確切的時間。

「不確定。如果你要用的話，待會兒下課我拿過去給你。」

雙手平放在鍵盤上，再次檢視這台談不上輕薄的銀黑色機種，儘管以現在的觀點看來已經有點過時，不過，從各種細節依然能看得出它被保存得很好——這是陸以南高中時用過的電腦。

「我才不是這個意思，我都說了，這台早就已經沒在用了。」他皺起眉，好像在怪我沒認真聽他說話，「如果學姊需要，送妳也無所謂。」

陸以南講得輕鬆，我卻因爲他話中的理所當然一下子失了神——就算我再怎麼努力想要假裝不爲所動，卻無法否認心口瞬間的悸動。

于珊說，我喜歡他。

喜歡。

喜歡……

「學姊？」

「陸以南你——」

他抬眉，似是疑惑於我的突然沉默。

「沒事。」

「眞的嗎？」

陸以南看起來不太相信，我只好撐起微笑、試圖加點說服力，半晌，他才終於點頭，卻再次叮嚀我不要逞強。

儘管，我早就忘了自己上次逞強是什麼時候。

思緒回到螢幕，將課本裡的概念搭上案例，十二級字的新細明體逐漸塡滿一頁頁空白，我一面敲打鍵盤，一面聽陸以南說他們班上最近爲了練啦啦隊忙得不可開交。

啦啦隊比賽，還眞是一年級的事。

想當初，我們也像他們一樣，白天上課、晚上練舞，課堂來不及培養的感情，全都在這兩、三個星期的練習下快速建立，就連孤僻的我也是在這時候和于珊她們眞正熟悉起來。

說也奇怪，明明他老是學姊、學姊的喊我，可只有在這種時候，我才會突然意識到，陸以南是小我一屆的學弟。

「學姊。」他趴在桌上，只露出一雙眼睛。

「嗯？」

「妳好好看。」

手上一頓，假裝沒聽見他在說什麼。

「學姊。」

不要理他。

「怎麼辦？我好像眞的看不膩。」

——那就不要看啊！

硬生生停下手上的動作，明知道他是故意吸引我注意，可我還是忍不住瞪向對面的他。只見陸以南揚起小人得志的壞笑，一雙眼直勾勾地投了過來。

可惡。

「我說眞的。」

「……你不要吵我做報告。」臉，好燙。

「那妳來看我比賽好不好？」話鋒一轉，我愣了好幾秒才跟上他跳躍的思考。

「不好。」我不是要脾氣，沒等他問爲什麼，直接補上原因，「我得回高雄一趟，比賽那天晚上才會回來。」

「是喔……」

「眞可惜看不到你跳啦啦隊的挫樣。」

「是帥樣。」

「最好是。」一記白眼過去，眞搞不懂他的自信到底打哪來的？

「不信？」

的確是不怎麼相信。

瞧陸以南胸有成竹，似乎挺有那麼回事。如果眞是那樣，這人到底還有什麼不在行？到底想把一般人逼到什麼地步才甘願？

討厭。

討厭他老是這麼游刃有餘。

「學姊，既然比賽那天妳不能來，那──」陸以南拉長了語尾，自己製造懸疑效果，「妳來看我練習，好不好？」

「練習？」

他點頭，「管院二樓的空中花園，我們班晚上都在那裡練習。」

「不好吧？」下意識地，我直想拒絕。

「哪裡不好？」

全部都不好。身爲一個外系學姊，出現在他們班的練習場合本身就是一件不符常理的事，再說，用膝蓋想也知道，陸以南肯定不算是低調的人物──去了，簡直就是自找麻煩。

只不過，對於我的擔憂，我只對陸以南說了前者。

「妳想太多了啦。」他聽完，無所謂地擺擺手，「大家忙著練習，哪會注意有沒有外系的人在看?而且，這又不是什麼需要保密防諜的事。」

「話是這麼說沒錯……」可是第二項呢?看著陸以南充滿盼望的神情，他背後似乎又冒出了那條左搖右晃的大尾巴……

我想，我是無法輕易拒絕了，唉。

❧

就算陸以南說了沒關係，我還是過不了自己心裡的那一關……我承認，我孬到不行，孬到他跟我約星期二晚上七點，我星期三晚上七點半才到管院。

管院二樓有一片延伸的露天平台，學生們暱稱這裡爲空中花園，白天下課時間有不少人會來此聊天休息，到了夜晚，暈黃燈光打下，自然而然成了校園情侶的約會勝地。

逐階而上，音樂聲漸大。

踏上最後一個台階，寬敞的平台只見眾人散成隊型跟著音樂擺動身軀，最前方的領舞大聲喊著口訣，提醒大家跟上節奏。

不打算靠近，我只是站在原地遙觀。由於燈光不算明亮，想在人群中找到陸以南的身影變成一件很困難的事，看著看著，一不小心被他們確實精彩有力的舞蹈動作給吸引。

倏地，歡快的節奏一變，左右忽然竄出幾道人影翻身而出，似乎在地上擺設了道具，緊接著，兩台紅色單車衝進隊伍，擦身而過的瞬間，凌空翻轉，落地。

那一瞬，我才看清其中一台單車上的人是——

陸以南隨著強拍，身下的極限單車似乎成了他身體的一部分，每個扭轉、騰起，都讓人心跳暫停、倒抽口氣，忍不住爲他捏把冷汗。

明明如此危險，卻又令人著迷不已。

單車離場，音樂回復至原先的輕鬆愉悅，陸以南不知何時混進了隊伍、整齊地跟上動作，全員熱血地大喊著口號，停止，結束。

——哇。

呆站在原地，腦袋只能發出這種難以訴諸於文字的驚歎。

「學姊！」

一愣，發現陸以南正朝著我跑來，越過他肩頭看去，大概是休息時間，其他人席地而坐，有幾個人因爲陸以南的喊聲看了過來，然後，越來越多的視線聚集在我身上。

唉，我不是早就猜到了嗎？

「嗨。」見他在身前站定，我抬手打了招呼，並且試著忽略他背後那些試探、好奇，甚至是不悅的目光，假裝沒看見就好。

「……學姊妳、妳什麼時候來的？」陸以南手撐著腰、大口喘氣，臉上、身上一片汗濕，黑色T恤的袖子捲到肩膀，成了自製的無袖上衣。

「大概五分鐘前吧。」我隨口估算時間，思緒還停在剛才的表演，震撼感仍未散去，「你會極限單車？」

「妳有看到啊？」他有點不好意思地搔搔後腦，「暑假跟朋友學的，只學了點皮毛，剛好派上用場。」

「已經很厲害了。」

「是嗎？」謙虛不到三秒，陸以南偏頭，一滴汗沿著頰骨滑落，挑眉看我，「所以我沒騙妳吧，是帥樣，很帥噢？嗯？」

「……白痴。」失笑，這傢伙真的很討厭。

或許跟班級風氣有關，想當初，我們班認真歸認真，但心裡最真實的想法依舊停留於志在參加，得獎啊、榮耀什麼的，我們一點都不看在眼裡。而他們——說真的，這是我看過最專業的啦啦隊表演，結合舞蹈與極限運動，節奏快速簡潔，讓人目不轉睛，直至結尾，餘韻不絕。

想到不能觀賞他們的現場比賽，我突然覺得有點遺憾。

「學姊，妳剛剛沒看到最前面吧？」回去練習前，陸以南忽然想到什麼似的，神祕兮兮地笑著問我。

「嗯，怎麼了嗎？」

「那妳等會兒可以注意一下。」

什麼意思？

陸以南話才說完，不等我詢問就跑回去練習。沒多想，我就近找了個空位坐下，看著他們重新排好隊型、站好姿勢。

音樂一下，我差點笑場。

這不是獅子王的主題曲嗎？

抬眸，不知道是不是巧合，沒有尋找，我直接對上遠處陸以南的視線，他大笑，雙手遮在嘴邊、做出傳聲筒的樣子，學著曲調，對著我大喊——

「吉娃娃——」

不顧眾人目光，我終於大笑。

看過了幾次完整的排演，次次都為他們掌握完美的節奏而驚喜，雖然偶有小失誤，換來鐵血領舞的糾正，但瑕不掩瑜，我幾乎可以斷定他們班會是今年的冠軍。

練習結束的時間接近九點，走回停車場的路上，我忽然想到陸以南的打工時間將近，這時候才趕過去，應該已經遲到了吧？

「我跟老闆說好了，這幾個星期都會晚到，所以沒關係。」陸以南拉起T恤下襬擦汗，頻頻喊熱。

「欸，你到底在打什麼工？」我好像一直沒問過，只知道他還是在小馬尾大叔旗下，「也是咖啡廳嗎？可是，咖啡廳有在做大夜的嗎？」

而且，依小馬尾大叔的風格，二十四小時營業的餐廳，不是很划算的投資吧？

「——就普通的打工啊。」

蛤？

「所以我問你在打什麼工？在哪打工？是什麼樣的工作？」這人，怎麼老是一提到打工就怪怪的？

「呃……」

「陸以南？」

「這不重要吧，哈哈哈。」他完全不敢看我，嘴邊堆出一個僵硬的笑，還指著行政大樓上的紅光跟我說有流星。

太怪了。

「不說就不說。」我蹙眉，發現話一出口，陸以南馬上如釋重負似地鬆了口氣，他肯定在隱瞞些什麼。「……你該不會在做什麼奇怪的工作吧？」

他又是一僵，「什、什麼奇怪的工作？」

「我怎麼知道？牛郎？」呃，這麼一想，好像還滿適合的。

「哈哈哈哈，學姊快別亂想了，沒事沒事，我做的工作很正常，沒犯法、很健康——」安靜無人的車棚內，只剩下他故作輕鬆的笑聲。

眞的太怪了。

「……那，你上班路上小心。」戴好安全帽，對著看起來還是一臉僵笑的他說：「我先回去了，晚安。」

「……學姊晚安。」

他到底在做什麼工作？

回家路上，壓不住心底的狐疑，我忍不住猜想。

❧

接連幾天，只要有空，我都會上管院去看陸以南練習。並不一定每次都會待到最後，我沒那個耐心，常常也只是看個五分鐘、和他打過招呼就回家趕報告，大大減少了被其他人討論、敵視的可能……至少，我是這麼希望的。

寬敞的空中花園被分割成兩大半，一半是舞蹈組的練習，另外一半則是屬於競技單車的場地。身爲一個外人，我非常識相地躲在單車組附近的角落觀看練習，盡量低調再低調，最好讓自己一點存在感都沒有。

無奈，有陸以南在，存在感就是double再double。

「學姊、學姊，妳有看到嗎？」搖著無形的尾巴，陸以南大老遠地從那一端跑來這一頭，一臉興奮地望著我、想討稱讚。

眞的，好像大狗狗。

「嗯，好厲害。」微笑，努力不將眼前的他幻想成一隻可愛的黃金獵犬。

「眞的嗎？」黃金——不是，陸以南滿足地笑開，像個小男孩似的，張大手臂告訴我剛才的動作有多困難、需要動用到哪部分肌肉的力量，「……腰差點閃到，還好順利落地，不然就糗了。」

老實說，看他在空中翻來轉去，一開始當然覺得很帥、很驚人，可這幾天下來，陸以南也摔了不少次，每次看到他在半空中失誤、整個人被拋出去的瞬間，不管幾次，都會被嚇得說不出話。

擔心，害怕下一次就不只是瘀青破皮。

「……小心點，安全比較重要。」

「嗯，我知道。」昏黃的燈光映出他的淺笑，不知道爲什麼，總覺得他的笑賊賊的，「我還有夢想沒達成呢，我不會讓自己受傷的。」

夢想？

我疑惑地朝他看去，只見陸以南點點頭，一手撫著下巴，看著遠方。

「嗯，比方說，開一間屬於自己的餐廳，比方說，玩遍迪士尼樂園的每一項遊樂設施，比方說，環遊世界——」說到這裡，他停了一下，視線一轉，我毫無預警地撞進他帶笑的眼底。「比方說，我所有的夢想都有妳。」

沒有以往的害羞，沒有以往的佯怒，明知道他有可能只是在開玩笑，想看我生氣、想看我不知所措，可是，在這一刻，看著陸以南的眼睛，我說不出話，怔愣，無法形容心中湧上的情緒爲何，只能傻傻地與他對望。

心，揪著，我有點想哭。

「……你朋友在叫你。」

「噯？」陸以南愣住，轉身看去，幾個大男生忙著練習，根本連一眼都沒瞧來，「沒有啊，學姊妳幹麼騙我？」

「提醒你不要偷懶，要專心練習啊，」笑著，我不著痕跡地移開目光，抬手看了時間，起身離開，「晚了，我先回去了。」

「嗯，我再傳訊息給妳。」

聞言，我看向陸以南。

身側的光線，讓他唇邊輕淺的弧度帶起了頰邊的小凹陷，燈光的陰影加深了他的存在，我不自覺地佇足，不過幾步之遙，彷彿只要往他的方向奔去，他就會不顧一切地接住我。

彷彿。

只是彷彿。

「……拜拜。」

轉身，下樓。

或許是想讓自己靜一靜，車停在家樓下，人卻沒進家門，踩著恍惚的腳步，獨自在附近繞著沒意義的圈子，當作是散步，當作是散心。覺得腦袋空白，心裡的鼓譟卻怎麼也靜不下來，我只能一直走，走到自己懂爲止。

秋末近冬，風很涼。

其實我很明白，有些事不是視而不見就能雲淡風輕，我拖延、逃避、故作無事，不是眞的不爲所動，只是當我面對他的溫柔、他的眞摯，甚至於是他毫無保留的好、他的一切一切——

我很害怕。

就連陸以南的等待，我都無法坦然地期待。

爲什麼是我？

我不懂。

任誰都看得出來他好，好到不像是會出現在我的生活裡，這樣的他，爲什麼會喜歡上什麼都沒有的我？他就這麼出現，在我最無助、最困惑的時候，陪著我、幫我，最後，他說他喜歡我。

他不屬於我的過去，卻闖入了我的現在。

「那會讓我覺得，妳的未來有我的存在。」

「比方說，我所有的夢想都有妳。」

爲什麼是我？

陸以南，我眞的不懂。

腳下瑩白的燈光使我停下步伐，抬頭，不知不覺間，我竟走到了與陸以南初次見面的那間便利商店，他就是在那時向我走來，直到現在。

走進店裡，耳邊聽見的不是他的歡迎光臨，我還記得沛芸要我買的東西有好多，多到他伸手相助，我還忘了帶錢，站在櫃台和他對峙好久。

點了杯熱美式，坐在窗邊的位子上——他說，我把事情想得很複雜，如果可以，我也想不去思考……可是，那就不是我了啊……

然而，面對這樣的我，他還是說了喜歡。

「學姊晚安，我正在努力工作中。」

手機傳來他承諾過的訊息，簡單的一句話似乎附上了他的笑容，握緊了手機，我出神地望著螢幕上的文字，一字一字，彷彿聽見他的聲音對我說話。

我可以嗎？

這樣的我，真的可以嗎？我可以告訴你那一句壓抑在我心中很久、很久的話嗎？我……眨去驀然酸澀的淚，我在心底承認。

我喜歡你。

回到家，空無一人的客廳亮著燈，我沒出聲宣告自己回來了，只是安靜地進到房間，習慣性打開電腦，望著螢幕好一陣子，才後知後覺地想起這是陸以南的電腦。

晃晃腦袋，試著想讓自己清醒些，點開一份報告，昨天才剛爲它起了頭，瞪著短短百餘字、幾近空白的頁面，毫無頭緒，滑鼠移回右上角，click，關上。

好煩。

疲累席捲而來，撲上床鋪，本想先睡一覺，躺平後又發現心亂得可以，坐起身倚著床板，視線恰好對上那台電腦，於是我直直地盯著它，眨也不眨，任憑自己放空。

見物如見人，幸好這物不會像那人一樣，老是做些讓我無法招架的舉動、說些令人不知道該如何回應的話，幸好……

「咦？蜻蜓妳回來啦？」沛芸探頭進來，手上拿著一包洋芋片。

「嗯，剛剛。」

「妳在幹麼？沒事就出來看電視啊。」她一邊喀喀喀地吃著洋芋片，一邊晃呀晃地走近，「妳這樣坐在床上發呆，看起來很廢耶。」

「我只是懶而已。」

「隨便啦——欸？」沛芸硬是拉我一把，瞥見桌上的筆電，好奇地問：「妳電腦不是壞了嗎？那台是……維修人員借妳的喔？」

「朋友借我的。」撥開她擋路的身軀，我爬下床。

我在前，沛芸在後，一前一後地走出房門往客廳前進。她浮誇地「嗯」了很長一聲，擺出一副很困擾的樣子坐到沙發上，我體貼地幫她開了電視，轉到她總是吵著要看的電影台。

沒想到，這女人很沒良心地這麼問我——

「蜻蜓，妳有朋友喔？」

「……不然，我說『認識的人』，會不會比較符合我在妳心裡的印象？」

「哈哈哈，哎唷，我沒有惡意啦，只是妳也知道……」她做作地絞著手指，對我眨了眨眼，「啊，反正有朋友是好事！大好事！嗯！」

只能給她一個白眼。

「在看什麼？」浴室門一開，于珊擦著頭髮走了出來，渾身上下飄散著騰騰熱氣，見到我，她也是驚訝，「咦？蜻蜓妳回來嘍？」

「是啊。」怎麼每個人看到我都問這個問題？我皺起眉，反問最近難得早回家的她，「妳呢？沒出去？」

我以爲于珊……才這麼想，就見于珊朝我使了眼色。

「報告那麼多，哪敢出去玩？」

「啊？說、說得也是……」心裡雖然困惑，仍順著她的意思出聲附和，沛芸沒發現我們的眼神交流，跟著抱怨最近的報告潮，一事怨過一事，直到電影開始，閒聊才告一段落。

電影很懸疑刺激，除了忍不住開口大罵壞人以外，我們沒有多餘的心力閒談，晚回家的家榕在電影播到一半時加入我們，小小的客廳內不時隨著劇情傳出哀嚎與尖叫，緊繃的情緒終於在片尾獲得釋放。

品嘗電影的餘韻，半躺在沙發上，我看著沛芸和家榕回房的背影，忽然發現像這樣四個人在一起、沒做什麼，只是一起看場電影的小時光，對我來說，其實就是一種極大的療癒。

跟她們在一起，永遠很輕鬆、很自在。

「吶。」

一聲輕喊，我抬眸看去。

于珊玩著手指，這是她想事情的習慣動作，好半晌，她不發一語，我不急，靜靜地等待她整理好思緒。我想，大概與那個人的事有關，似乎除了我以外，沛芸和家榕並不知情，也因爲這樣，我更不想催促于珊。

「小蜻蜓，妳喜歡他嗎？」

「……爲什麼這麼問？」

「果然是喜歡吧，我沒說錯吧？」于珊勾起淺笑，對我搖了搖頭，「眞好，我好羨慕妳。」

「妳跟他……」

「他是個怎麼樣的人呢？」

「噯？」沒料到她會問起，我著實愣了好大一下，支吾一陣，終於從眾多形容詞中選了最符合他的詞彙，「他……是個很正面、很積極的人。」

「正面積極？」于珊笑了。

像這樣和于珊提起陸以南，我有點不好意思，雖然有很多方法、角度可以介紹一個人，可是，我覺得這是最適合他的形容詞了。

囊括了我所認識的，全部的他。

于珊懂我，她沒再追問，只是下了個簡短的感想。

「眞好。」

「……不順利嗎？」

她輕輕地搖頭，微笑。

「想說嗎？」

「只是有點累。」于珊垂下臉龐，看不見表情，只能聽見她微弱的聲音，「我好想放棄，卻找不到時間放棄，他的一句話、一個眼神，甚至是一個微笑……都能讓我重燃希望，好像自己再努力一點點，一切就會……我不知道，會怎樣呢？」

見于珊自嘲似地一笑，我難受地抿起唇。

不只是因爲我再次看見她的自信因他而消失，不只是我討厭看見于珊失去她從容不迫的笑容，也不只是我不想看見我的朋友傷心難過……

還有一部分，是因爲這樣的于珊讓我想起了陸以南。

「或許……」不擅長這類型的話題，我有點艱澀地開口。

「嗯？」

「或許，那個人需要的是時間。他可能不知道爲什麼有人會喜歡他、懷疑自己是不是適合妳的人，他可能還在想該不該接受這一份突如其來的幸福，我不知道……」

說著，我竟有點迷惘。

「小蜻蜓？」

「再給他一點時間吧。」我已經分不清我是在跟于珊，或是跟我自己，甚至是跟不在這裡的陸以南說話了——再給我一點時間吧，我會想清楚的。

再一下下就好。

少了對話，氣氛很靜。于珊若有所思，我沒揣測她在想些什麼，也不知道她打算怎麼做，只希望她的付出能得到回報，就像之前的每一次戀愛，快樂地笑著、有點可愛地炫耀著……就算可能會受傷，也會用盡全力去愛。

我也想和她一樣。

「……說得也是呢。」

「嗳？」我抬頭，只見于珊笑眯了漂亮的眼睛。

「既然小蜻蜓都這麼說了，我就再等一下吧。」她用拇指和食指量出了一點距離，眨起一眼，「不過，我就給他這麼一點——點時間。」

「那——」

正想說話，于珊很快地打斷。

「還有妳！妳也是，不要讓人家等太久。」她皺起鼻子，纖長的手指向我，「少在那兒想那些有的沒的，姊姊我是這樣教妳的嗎？青春有限，適時不候啊！」

她……知道了？知道那些話不只是……

聽見于珊半開玩笑的叮嚀，今天莫名發達的淚腺又酸了一下。

「……嗯。」

謝謝有妳在我身邊。

自從承認了那件事之後，我發現自己很容易心神不寧，有點恍神、有點心不在焉、有點毛躁、有點患得患失，感覺有些煩躁，卻又覺得好像這樣也沒什麼不好……總結來說，我變得很奇怪。

于珊說，這叫後青春期。

「妳五月天聽太多。」

「難道不是嗎？」無懼我的白眼，于珊甜甜地說：「什麼時候要帶他來給我們看看？好想知道他是怎樣的人噢。」

「……再說。」

「再說！上次那個『改天再說學長』都再見了，這次還敢再說。」

幹麼又提到學長啊？

我的臉色肯定冷了下來，于珊嚇得連忙換了話題，隨口瞎扯著回高雄要注意安全、陌生人給的糖果不要吃、迷路了就在原地等媽媽……危言聳聽的誇張程度害我不禁開始懷疑，到底我是小孩子、還是高雄市真正的名字其實是高譚市？

我還是笑了出來。

「那妳呢？時間給得怎樣？」

聞言，于珊眼裡的喜悅藏都藏不住，她這才是所謂的後青春期吧？光看她的笑容就能感受到什麼是粉紅色的少女心，甜蜜得閃瞎方圓百里的飛禽走獸。

「我跟他約好明天要出去哦！是、約、會——」于珊喜孜孜地告訴我約會行程，說著說著，突然開始擔心明天要穿什麼衣服才好，一下怕太露不清純、一下怕太保守很無聊。

一直到我們在圖書館分開之前，于珊都沒辦法決定是該穿粉色的氣質系洋裝、還是另一套簡單率性的長褲穿搭，急著又要衝去逛街買新衣服，嚇得我差點打她頸背一擊，讓她直接昏倒到明天。

唉，女人吶。

提著行李，我上到圖書館二樓，越過排排書架，直覺屏除四人的自習桌，踩著無聲的快步，來到書庫的盡頭，只消一眼，沙發上某人那自由伸展到旁若無人的睡姿，一下子就擄獲了我的視線。

「喂。」還用書蓋臉遮光，懂不懂尊敬書本啊？

被推了一把，或許是嚇到，他整個人抖了一下。

「妳來了？」陸以南拿走掉在胸上的書本，半夢半醒地囈語：「我剛做了一個夢，夢到五月天來開演唱會……」

「然後呢？」

「然後，學姊一直跟我吵著看不到，所以我把妳扛到肩上——」他用力眨眨眼，似乎還沒習慣刺目的光線，「結果，妳掉下來了。」

什麼東西啊？

「真不吉利。」雖然覺得有點好笑，可是，感覺還是有點微妙，「不過，下次我會記得不要讓你扛的，居然把人摔在地上，也太沒擔當了吧。」

「學姊妳這樣說就太不厚道了。」陸以南看來是真的醒了，一雙眼滿滿的不服氣，「要不是妳叫醒我，我才不會讓妳摔在地上，絕對不會！」

「大話人人會說。」

「不然現在來試啊！」說完，他竟然真的跑到我眼前蹲下。

白痴。

「走開。」

「快點上來。」他招招手，邀請我登上他的肩。

「很蠢欸，走開啦。」可是，好好笑……

陸以南維持著蹲姿，往後移了一步，還沒來得及嘲笑他像隻醜烏龜，下一秒，他居然抓住我的小腿不放，甚至企圖移動它們。

這、這太超過了吧！

「陸以南，放手！」

「妳、快、點、上來——」他真的在用力！陸以南靠著蠻力，真的讓我的腳步硬生生地往前幾公分，就幾公分。

我很努力地試著不被移動，卻不知道要怎麼使力，總不能要我在地上紮根吧！找不到施力點，我只能用兩手撐著陸以南的肩膀，抵禦他將我拉近的力量——

「學姊妳不要反抗——」

「你才不要——啊！」

搞不清楚事情是怎麼發生的，等我睜開眼，還沒從震驚中回神，也還沒想到要從陸以南身上爬起，耳邊出現了一陣規律並且安穩的聲響。

撲通、撲通……

這是，我第二次聽見他的心跳聲。

「妳看，就算讓妳跌倒了，我也會陪妳一起躺在地上。」陸以南說著，共鳴聲在他胸口轟隆作響，「我不願讓妳一個人。」

「……又是五月天。」

我笑了。

或許……或許事情眞的沒有我想的那樣複雜，或許我只要忘掉我所在意的那些——或許，我只要相信眼前這一個人。

如此，就好。

「學姊，圖書館的地毯雖然很舒服，可是……」陸以南的聲音裡藏著笑意，「妳要不要起來了？我怕我會睡著。」

我幾乎聽見我的臉轟地一聲燃燒起來。

「你、你以爲我愛躺啊？」忍不住爲自己的委屈而回嘴，另一手撐著地板想爬起，幸好陸以南還有一點良心，懂得出手攙扶，「而且，這還不是因爲你……」

在我站好之後，他跟著起身。

「誰叫學姊要反抗？」陸以南拍拍身上的灰塵，講這種話完全面不改色。

「你——」

「兩位同學，不好意思，麻煩保持安靜。」一轉頭，工讀生站在不遠處，面無表情地看著我和陸以南，眼裡滿是不悅。

丟臉死了。

超、丟、臉。

連忙道歉，我頭也不回地抓著陸以南就往外跑。

我以後不要去圖書館了，絕不。

「學姊好了啦，他又沒有追出來。」

「都是你。」我停不下來，覺得羞恥感還跟著我不放。

「是是是，都是我。」這傢伙居然還在笑，到底有沒有羞恥心啊？不，顯然是沒有，因爲他居然放鬆了身子、任憑我拉，重量全丟了過來，害我越拖越覺得累。

可惡。

止步，我緩過氣，臉上的熱度還未消停。

「冷靜了？」

「……丟臉死了。」無力地閉上眼，想不透自己怎麼會跟他……天吶，「都是你害的，我不敢去圖書館了啦。」

陸以南哈哈笑了兩聲，「又沒什麼。」

「什麼沒什麼！」我轉身對上他滿不在乎的笑意，「你能保證那個工讀生不會告訴別人，別人不會告訴另一個人，然後一個傳一個、一個傳一個嗎？這樣大家不就都知道了？」

光想像我就全身發麻。

「學姊。」

他喚，我撇過頭不想看他。

「學姊，其實妳不用太在意別人眼光的。」陸以南放緩了語調，在夜色中顯得特別溫柔，「雖然我不能保證他不會告訴別人，但我可以跟妳保證，這件事在他們心中沒那麼重要，而且，也沒那麼值得去關注。」

看著遠處的燈光，感覺他像是在安撫孩子似地輕聲說著，不可否認，我的確冷靜了下來，少了不知所措的慌亂，總算能夠認眞聽進他在說什麼。

「妳啊，就是想太多、太在意別人了，奇怪，想這麼多……」他忽然伸手揉亂我的頭髮，我直覺想拍掉他的碰觸，燈光下，他的笑容變得好夢幻，「怎麼不去想想在妳眼前的這個人有多好啊？」

……什麼？

他剛剛是不是偷渡了什麼？

「學姊，妳別跑了好不好？」陸以南噙著淺笑，問我。

跑？

「我哪有跑啊？」

「沒有嗎？」他問，我不明白地搖搖頭，卻聽見他話裡揉進的笑意，「不然，我怎麼追得這麼辛苦？」

愣了好半晌，總算聽懂他話裡的涵義。

「我一直很想問你……」

「什麼？」

「你講這些話都不會害臊嗎？你——」我一把扯住他的臉皮，往外一拉，「果然，臉皮好厚。」

「噗會啊。」被我拉著臉頰，陸以南講話變得不標準，「學賊，我都四有感而花的，一點都噗會害羞。」

有感而發。

倏地，我鬆開他的臉頰。

初冬的涼風中，殘留在手上的他溫暖的體溫格外令人在意。我看向他，陸以南察覺到我的視線，儘管不明所以，還是對著我笑了。

那一笑，就像是在問我怎麼了。

其實沒有怎麼了。

只是，忽然覺得，如果有個人不管發生什麼事、不管跑去哪裡、不管我是不是欺負他、是不是不會撒嬌、是不是一點都不可愛……只要我一回頭，不管怎樣，他都會給我一個微笑。

這樣，好像就足夠了。

「學姊？」

「陸以南，我有點冷。」

「冷？」他嚇了一跳，慌亂地東張西望，低頭看了看自己身上的穿著，「我、我沒穿外套，可是車廂裡有，等一下我拿給妳好不——」

陸以南停住了。

他一動也不動，眼睛也不敢亂瞟，就連呼吸都變得好愼重——我忍不住偷笑，沒問他怎麼了，不是因爲不好奇，而是，我就是那個原因。

我牽住了他的手。

「學、學姊……」

「這樣就不冷了。」我往前走了一步，他卻沒動，回頭，才發現他不敢置信地望著我。

「不走？那我自己先走了。」說完，我正打算放開他溫暖的大掌，下個瞬間，他反手緊握，有點用力，儘管很輕微，我還是能感覺到他指間的跳動。

「走。」一個單音，聽出他的緊張，卻不容拒絕。一笑，讓他牽著我走。

這一段走到停車場車棚的路成了最遠、也是最快的路程。陸以南不發一語，側首看去，他的下頷有點緊繃，目視前方的視線專注到不曉得他在想什麼，至於我，我只是一直想制止自己嘴角不停向上的弧度。

曾經，我以爲我不喜歡這樣的接觸，太近、太黏人；如今，我才明白，僅僅只是牽手，就能帶給一個人多大的安全感。

眞好。

我們之所以會約在圖書館見面，是因爲陸以南自告奮勇要載我到台北車站搭車。明明不是第一次坐在他的機車後座，感覺卻截然不同。

他的肩膀，原來是這麼寬大。

有那麼一秒，好吧，或許是好幾秒，我真的好想依靠在他的背上……不曉得那會是什麼感覺？是不是和我想像的一樣？

好想知道。

「學姊。」到了目的地，陸以南將放在腳踏板上的行李袋交給我。

手上一沉，我對上他欲言又止的臉，「怎麼了嗎？」

「學姊……」他先是哀嚎，下一秒居然露出深宮怨婦的神情，「妳怎麼可以問我怎麼了？」

「什麼意思？」咬唇忍住笑，我假裝若無其事。

「什、麼、意、思？」陸以南看起來快要爆炸了，他瞠大眼瞪著我，一字一句都夾雜著豐富的情緒，「妳、妳——妳這樣叫始亂終棄。」

始亂終棄？

我差點笑場，不行，還是得忍住。

「我只是冷而已。」

「所以我是暖爐嗎？」他一手指著自己。

沒說話，我只是用眼神上下打量陸以南，只是這樣而已——陸以南卻直接往前扣倒，頭抵著機車龍頭，不再言語。

沒料到他會如此反應，我嚇了一跳，連忙上前察看。

「喂，陸以南。」

「……暖爐是不會說話的。」

白痴。

害我還是笑了。

「欸，我要走了。」小小聲地，我在他身前說道。

陸以南維持著一樣的姿勢，抬起一手，死氣沉沉。

「路上小心……」

「陸以南。」

「……嗯？」他頭抵著儀表板，不動。

「等我。」我輕聲說道，感覺他微微地動了一下，「再等我一下，等我從高雄回來，那時候，我會給你一個交代。」

轉身，我邁步走向車站大廳，就在即將踏進自動門內的那一刻，我聽見他的聲音從後方傳來。

「我——等妳回來！」

很大聲、很丟臉，卻也令人開心。

開心到當我坐上客運，看著窗外快速流逝的風景，回想起這一幕，我還是會打從心底笑了出來的，那種開心。

我已經開始想你了。

這次回高雄，主要是爲了參加表哥的婚禮。身爲男方家屬，要忙的事情多不勝數，一忙起來，就連喜宴上的料理都忘了滋味，只顧著要讓典禮順利進行，等到終於閒下，菜都冷了、賓客都散了。

兩天就這樣過去，提著同一袋行李，搭上回台北的客運。要是列舉這兩天値得開心的事，第一，當然就是表哥如願娶了美嬌娘；第二，莫過於老爸送了我一台新電腦，至於第三——

或許是，陸以南班上得到啦啦隊比賽冠軍，這件事吧。

如我所料。

看著手機上的報喜訊息，我揚起了一抹笑，往上拉回，重新看了一次對話紀錄。這兩天，他的訊息沒少過，晨昏定省、噓寒問暖、飲食日記……大大小小、有的沒的，全都傳了過來，也不管我煩不煩。

煩嗎？其實還好。

到了台北，我先回租屋處整理行李、爲新電腦安置線路，休息不到一小時，又背起陸以南的舊筆電，準備拿到學校還給他。

「剛回來又要出去啊？」沛芸邊看電視邊關心我的去向。

「我去還朋友電腦。」

「嗯哼——」她應聲，突然像是想起什麼似地站了起來，著實嚇了我好大一跳，「對了，蜻蜓，妳幾點會回來？」

「不、不確定。」

「回來再跟妳說一件事。」沛芸重新坐回沙發上，好像剛剛什麼也沒發生過，揮揮手跟我道別，「路上小心。」

這女人眞的怪怪的。

來到陸以南和我約定碰面的行政廣場，天色已經全黑，他人還沒到。我也不急，他早先在電話裡已經知會過晚點出現，畢竟得了冠軍，總是有些慶祝活動抽不開身，哪像當年的我們，明明連個名次都沒有，還是硬要用慰勞的名義揪團夜唱，甚至靠著于珊和沛芸的一搭一唱，逼得班導請客買單。

當我還沉浸在回憶的時候，眼角餘光出現一道人影，下意識地，我以為自己擋到了路，稍微右移一步，卻發現那人沒要向前的意思，他竟然跟著我往右跨了一步。

「嘿。」

一聲熟悉的嗓音，在背後響起。

「邵宇學長……」

果然是他。

這一轉身，面對再熟悉不過的身影，我只是愣愣地望著他，腦袋一片空白，一時間，好像有很多話想說、卻無從說起。

「好久不見。」

「你……學姊怎麼樣了?」

空氣凝結了三秒，邵宇學長放聲大笑，笑得我臉都紅了。明明是想問學長最近過得怎樣，怎麼會先問了學姊的事，暗暗懊惱自己什麼時候變得這麼衝動?還有，學長到底想笑多久……

被點到笑穴的學長總算止住了笑，他呼出一大口氣，試圖緩解失控的情緒，儘管我從他的眼神裡還能看出殘留的取笑意味。

「甄貞很好。」他回。

「很好是指……」

「各方面都很好。」邵宇學長賣關子似地搖頭晃腦，扳著手指數著，「吃得好、睡得好、學業也好、實習也好、獎學金也好、家人也過得很好，還有……」

還有？

我皺起眉，用眼神催促學長快說下去。

「我們也很好。」

不自覺屏住的呼吸，在聽見這句話時獲得釋放，不想藏住自己上揚的唇角，我是眞的很開心，對上學長帶笑的目光，我們相視一笑，似曾相識的默契，讓心頭一暖。

就像是我們在大學初相遇那次一樣，坐在行政廣場的階梯上，邵宇學長講述了這一、兩個月來發生的事。那天在機場，他沒追上學姊，便買了時間最近的機票飛去美國，飛機上遇到人生首次的大亂流、差點以爲自己要死在太平洋；到了紐約又被計程車司機海削、丟包在半路，好不容易有好心人帶他到學姊住的公寓，卻發現她隔天才會回來。

「甄眞看到我的時候差點報警，沒辦法，我一身髒兮兮地睡在她家門口，要不被人以爲是嗑藥嗑過頭的混混都很難。」邵宇學長不好意思地搔搔頭，「所以呢，沒有什麼感人大團圓，只有她氣到要我趕快去洗澡。」

學長說是那樣說，可是，他也告訴我，那一晚，他們終於坦承地面對彼此，沒有自以爲的體貼、也沒有自以爲的堅強，講白了、攤開了，才發現原來不是不愛了，而是迷路了。

「還好，我沒把她弄丟。」邵宇學長望著遠方，那樣的溫柔只爲了甄眞學姊存在。

後來的幾個星期，學長在紐約搶先體驗了同居生活，每天和學姊膩在一起，和她一起去上課、認識朋友，還遇見了那位和學姊拍照的外國男生，舊仇未消，硬是把人家灌倒，甄眞學姊完全沒制止他，只負責叫了輛計程車，算是略盡朋友道義。

「對了，甄眞要我跟妳說對不起。」

忽然被點名，我嚇了一跳，「對不起？爲什麼？」

「她說，把妳捲進來、害妳跟著我們一起煩惱，眞的很抱歉——」學長說著，也低下頭、對我半鞠了躬，「我也是，學妹，對不起。」

怔愣片刻，我笑了。

「那，我就不客氣地接受你們的道歉了。」

邵宇學長永遠不會知道，能夠像這樣笑著聽他說起有關他和學姊之間的事，對幾個月前的我來說是多麼不容易的一件事，如今，事過境遷，我和他並肩坐在階梯上，景色依舊，懷抱的感情卻已截然不同。

時間彷彿回到從前，我們可以想到什麼就聊什麼，再也沒有任何顧忌。邵宇學長對我隨口拋出的笑梗依舊捧場，隨便一句都能笑得人仰馬翻，我也是，對他低品質的翻白眼缺乏抵抗力，每翻一次就笑一次，屢試不爽。

邵宇學長揩揩眼角的淚，用拐子輕撞我的手臂，「欸，我聽甄眞說，她剛回台灣的時候有遇到妳，然後——」

「然後？」我閃過他的攻擊，不動聲色地對上他意有所指的目光。

「然後——」邵宇學長勾起一抹曖昧到不行的笑容，還敢挑眉，「聽說，妳身邊好像有另外一個人，而且，是男生哦。」

幾乎是同一時間，陸以南的臉龐浮現在腦海中。

「……所以呢？」

「所以，是誰啊？」

好一張八卦臉，我無奈地翻了翻白眼。

邵宇學長沒接收到我不想多談的訊息，自顧自地在一旁吵鬧，纏著我問為什麼不告訴他，這又不是壞事。廢話，我當然知道不是壞事，只是，要我談這些……純粹只是個性上的過不去，我不喜歡這樣。

「你覺得呢？」

他被我問得一愣，「我覺得？呃，我當然是在想是不是男朋友啊……」

「不是。」

「蛤？」

「我說，他不是我男朋友，」我盡量用最平鋪直敘的語氣說明，偏偏學長那一副「少裝了」的表情讓我很火大，「我可以跟你重複一百次，他不是我男朋友、他不是我男朋友、他——」

別說一百次，連第三次都還沒說完，我就不敢說了。

陸以南站在那裡，不近、不遠，靜靜地看著我。那一刻，我忽然覺得自己像做了什麼虧心事，慌得不得了，隨著他走近，心跳得越快，甚至、甚至有種想要轉身逃跑的衝動。

可是，我又沒說錯……他真的不是我的男朋友。

「學姊。」

「陸以南，我——」

「走吧。」不給我說話的機會，陸以南一把牽住我的手腕準備離開，我來不及反應，慌亂的眼神不自覺地往學長的方向看去，想不出要怎麼跟他解釋。

這一看，邵宇學長大概以為我在向他求救，原本愣在原地的他回過神，急忙抓住我另一隻手。

感覺到另一股拉力，陸以南停下腳步，扭過頭。

「有事嗎？」

「呃，她好像在等人，你不能……」邵宇學長蹙起眉，試圖在這荒謬的展開中尋得一絲脈絡。

「是我。」

「蛤？」

「她在等我。」陸以南說，不帶一點情緒，「她在等的人，是我。」

邵宇學長看起來更困惑了，他看向我，希望我能給他一個答案，用來證明我不是被黑道份子綁架，而是自願跟著陸以南離開。

兩道視線全落在我身上，其中一道炙熱得令人不知如何是好，我不敢看，於是我選擇先面對學長的擔心，深呼吸，揚起一抹笑。

「學長，我是在等他沒錯。」

「眞的？」邵宇學長有點懷疑，「可是妳剛剛看起來很……慌張。」

沒錯，只是原因不是學長想的那樣。

「我、我想說要跟你講一聲，沒想到腦袋一時轉不過來……可能是這樣，看起來才很慌張吧。」

「是嗎？」學長鬆開了手，警惕的目光依然在陸以南身上打量，我只能盡量維持笑容，好讓這一切看起來合情合理。

天知道我心裡根本亂成一團。

簡單地和邵宇學長道了再見，離開之前，學長還是不放心地叮嚀我，有事就打電話給他，別擔心時間早晚，我只敢點頭，用眼神示意他不要擔心。

陸以南拉著我，話也不說，就這麼一直走。我不知道我們要去哪裡，跟在他身後半步，身上的筆電變成累贅，他大而快速的步伐逐漸讓我吃不消，終於，一個踉蹌，我整個人撞在他身上。

老實說，我有點生氣。

「……電腦還你，我要走了。」將筆電推到陸以南懷裡，我轉身走人。

莫名其妙。

「學姊。」走沒幾步，他又拉住我。

回過身，我看向陸以南，在他眼中，我找不到以往熟悉的笑意，只剩下深不可測的平靜，沒有一絲波瀾。

「別走。」

「……爲什麼？」我問。

他抿緊唇，目光直直地迎向我，「妳知道的。」

「我知道什麼？」

「知道我爲什麼這樣做。」

「……我沒說錯。」

陸以南平靜的眸中閃過一絲看不清的情緒，「妳說的好像我們連朋友都不是。」

「我……」

我知道，我該說對不起，儘管我沒有那個意思，可是……我知道，理智知道，沒用的自尊卻不受控制，我說不出口。

不過短短三個字。

許久，他先劃破了沉默。

「我該走了。」

去哪？

我看著陸以南，心裡閃過慌亂。

「下次再說吧，今天可能……」他撇開視線，「抱歉，沒辦法送妳。」

他眞的走了。

一步、兩步、三步……

站在原地，我咬唇看著他離去的背影，說不出那句道歉，只敢默數他的步伐，一步又一步，每過一步，他的身影就小了一點，我的呼吸也跟著難受一點……就這麼一點。

偏偏就這麼一點，我也不敢承受。

「以南……」

陸以南背脊一僵，止步。

我怔怔地望著他轉過身、沿著燈光向我走來，一直到他眞切地停在我的半步之前，我才終於發現自己剛剛叫住了他。

「妳不能每次都這樣……」他勾起我頰邊掉落的髮，感覺他的拇指輕輕撫過我的臉頰，很輕，好像我會因爲他的觸碰而碎裂一樣，「這樣犯規。」

半垂著眼，視線所及是他穿著襯衫的胸膛，盯著仿木紋的漂亮扣子，耳邊聽見他無奈的指責，委屈一時湧上，眼眶發酸。

「學姊？」

「……你明明知道我不是那個意思。」

「嗯。」他應聲，放緩了語調，「可是，我很受傷。」

「你很凶。」

「因爲我在生氣啊……」陸以南失笑，儘管低著頭，我依然能想像他的表情，我想，一定很溫柔。「我不是故意那麼凶。」

「你對學長也很凶。」

「這……」他慌了，「他不一樣，他是……」

我不語。

「好好好，我的錯，算在我頭上。」他無奈地接受，暖烘烘的掌心攫住我冰冷的手，然後，聽見他的一聲嘆息，「……都聽妳的。」

我的。

抬起頭，果然，他還是對著我笑。

「倔強。」陸以南輕笑，用力牽緊我的手。

粗糙的掌心暖和了入冬的微涼，走在他身旁，靜靜地望著他的側臉，笑意輕淺、梨渦若有似無，總讓人覺得看起來有點壞，儘管他所有的一切都是那麼溫柔，就連我那句說不出口的對不起，陸以南也一併替我扛了。

對不起。

「學姊。」坐在機車後座，呼嘯的風聲使我聽不清他的聲音，往前一靠，聽見他又喚了一次，「學姊。」

「嗯？」

「妳不問我們要去哪裡嗎？」

聞言，我沒有馬上回答。

抓住忘了紮起而亂飛的髮，或許是這樣，我想起那天的西子灣，還有用一句「我們翹課吧」就把我帶回高雄的陸以南，不只那次，追朔到最初，回想我們第一次去老家吃飯的情景——我從來就沒問過他要帶我去哪裡。

好像我本來就該相信他。

「重要嗎？」

「蛤？」

「你想去哪裡就去哪裡吧。」我說，沒有猶豫，沒有懷疑，「……反正，我一點也不必擔心你會把我賣掉，對吧？」

陸以南一愣，低低的笑聲傳來，「妳就是看準我捨不得。」

閉上雙眼，我真該慶幸他背後沒長眼睛、看不到後座的我，否則臉上的燙紅肯定又要被他拿來取笑。有時候真不知道該氣他的厚臉皮、還是氣我自己的不爭氣……

可惡。

經過約莫二十分鐘的車程，陸以南彎進一條小巷，在一道殘破得很有味道的紅磚牆前停了下來。下車，我很快就注意到隔壁的店面，雖然裝潢不同，但是熟悉的風格很容易就聯想起某個人。

「這間店也是老闆開的。」陸以南站在我身後，爲我推開深色的玻璃門，「我們班今天在這裡辦慶功宴。」

原來如此。

門才半開，笑鬧伴隨著音樂聲宛如巨浪來襲，一時無法習慣，我偷偷退後一步，陸以南好像很怕我逃跑似地，按著我的肩膀、不容遲疑地將我推進店內。

他拉著我在昏暗的店內穿梭，沒走幾步就被他的朋友發現，幾個大男生都喝嗨了，講話有點大舌頭，邏輯也跟著亂七八糟，陸以南止不住笑，先用三言兩語打發掉他們，再帶著我來到比較安靜的吧台區。

「蜻蜓妹妹——」小馬尾大叔一見到我，很是驚喜，「妳怎麼會來？」

「弄點東西給她喝。」陸以南很快地接話，「我先去我們班那看看，幫我顧好她。」

什麼顧好？我又不是小孩子。

只見小馬尾大叔揮揮手，要他快去快回。

雖然隱約覺得奇怪，可我沒多想，陸以南走後，我總算有時間好好看看店裡的裝潢設計。

果然，巴洛克、洛可可、裝飾藝術、普普風、超現實主義……會把各種不同時代、不同風格的家具全放在一起，還能營造出一種迥異卻又和諧的平衡感，想來想去，也就只有大叔能辦到了。

「大叔……」

一轉頭，就看見一杯紅粉漸層的飲料放在吧台上。

「喝喝看。」他將飲料往前推。

「這是酒吧？」

他點頭，非常的理所當然。

我不是沒喝過酒，只是沒想到大叔會調酒給我喝。將沁著冰涼水珠的玻璃杯拉至面前，就著吸管喝了口，喝得到莓果的酸，沒什麼酒味，滿好喝的，就是一般女生會喜歡的味道。

玩著杯緣裝飾的花朵，有一搭沒一搭地和大叔聊天，忽然，一陣高音頻的笑鬧聲傳來，我們同時看過去，刺眼的閃光燈正好落下，視線往下移，幾個女生圍著一個男生，爭相親上他的臉頰——

「噢噢，那好像是陸……」

不是好像，他就是。

不過那又沒什麼，對吧？大家玩開了，這種事也稀鬆平常嘛，同學之間哪有什麼呢？玩玩而已，氣氛正好，總不能掃大家的興……我可以理解的，這根本沒有什麼——

「蜻蜓妹妹，妳看……」大叔突然倒抽一口涼氣，「妳怎麼一下就喝了半杯？這後勁很強——」

蛤？

蹙起眉，我瞪著杯內一下少了大半的飲料，想不起來自己是什麼時候喝掉的、更想不透為什麼明明入口冰涼，喝了這麼多卻澆不熄湧上的怒火，反而越來越熱？

啊，這是酒。

「我沒事啦。」

隨便揮揮手，打算就這樣打發大叔。沒想到他馬上就把玻璃杯給搶了回去，不管我多麼平心靜氣地告訴他我很好、我的酒量也很好，他都不願意把酒還給我，一轉身就把剩下的酒給倒了。

「浪費。」我扼腕，「我說了，我才沒那麼容易醉。」

「是，妳這樣的確不算醉。」大叔一邊擦拭酒杯，一邊懶洋洋地挑眉說：「可是，蜻蜓妹妹，妳現在講話很大聲。」

「我哪有！」嗯？好像……甩頭，我堅持自己的立場，「明明就是你這裡太吵。」

他笑了，沒有跟我繼續爭論，可這只表示他認為沒辦法跟我溝通，這讓我很不服氣，因為我很正常，只是覺得熱了一點，我明白自己的思緒依然清楚。

雖然……似乎，變得有點衝動。

「臉紅成這樣……喝點水、休息一下。再講下去，腦袋一熱，我沒辦法保證妳會不會吐出來。」或是直接昏倒，大叔的眼神暗示我，他將一杯清水推至我面前，「妳可千萬別出事，陸那傢伙可不懂得什麼叫尊師重道。」

哪有這麼嚴重？我冷冷瞥過大叔，接過他的好意。

涼涼的清水入喉，感覺理智回來了些，心跳因為酒精跳得異常急躁，咚咚咚咚咚——低頭，盯著光亮的鏡面吧台，懷疑再繼續這樣跳下去，就算心臟從喉嚨跳出來也屬正常，我一點都不會感到意外。

這時，一隻溫厚的手撫上我的背。

「學姊？」

……陸以南。

我在心底想。

「妳還好嗎？」

不好。

但不是因爲酒。

「學姊，」他輕聲湊近，「我送妳回家。」

回家？思緒慢了半拍，我才想通這句話是什麼意思。可是，我不要，我不要回家，現在回家就稱了他的意，以爲我不知道他在想什麼嗎？

我不要。

「……然後呢？」抬起頭，我推開他扶上我肩膀的手。

陸以南一愣，伸手撥開擋在我眼前的頭髮，不解地問：「什麼然後？」

「送我回家，然後呢？」

「呃，我……」

「看吧。」我瞇起眼，覺得這人眞是奸詐，食指戳上他的胸口，每講一句就戳一下，「你又要回來這裡對不對？你又要左擁右抱對不對？被親得很開心嘛……看吧，被我說中了吧？哼！」

最後那個哼，戳得特別大力。

陸以南瞠大眼，被我戳得節節敗退，直到最後才想到要護住胸膛，別看他一臉搞不清楚狀況的樣子，肯定是裝出來的。

「學姊……」

「幹麼？花心鹿。」隨口瞎編個名字就往他頭上套，反正也挺適合的，花、心、鹿。

「妳在吃醋？」

他說什麼？吃、醋——理解的瞬間，轟地一聲，我瞪大眼望著他，分不清臉上的熱度是因為酒精、怒氣，還是心虛，或者……

「害羞了？」

笑，笑屁啊笑。

扭過頭，我決定不要理他。陸以南一邊笑著，一邊坐到我身旁，難得保持安靜，沒有像之前那樣吵我、鬧我，只是靜靜地坐在一旁，看我。

看我。

他的視線很燙人，看得我忍不住拿起水杯又喝了一口。我沒醉，我明白得很，只是酒精讓我變得很衝動、很敢說，好像一切都沒什麼大不了，好像根本不需要顧忌什麼……

好像。

這裡沒有時鐘，我無法估算過了多久，可這一段安靜的時間夠長，長到終於能讓我冷靜下來，倒帶剛才說過的蠢話，重新回想起自己有多丟臉——再這樣下去，我的臉永遠恢復不了原來的膚色。

「學姊。」總算，他開口了。

「……嗯？」

沉默。

等了許久，我等不到他的回應，心裡正覺得奇怪，一轉頭，毫無預警地撞上他帶笑的目光，明明沒有很近，我卻覺得這世界只剩下我和他。

「……我喜歡妳，」他唇邊揚起的弧度很淺，眼神鎖定著我，不容許我有逃跑的機會，「妳呢？我可以跟妳要我的答案了嗎？」

我……

我終究還是遲疑了。

「你爲什麼喜歡我？」不自覺地，我說出心底最猶疑的退卻，「我很倔強、很冷漠、麻煩、複雜、沒什麼朋友，對你也很凶……我不明白，你爲什麼會喜歡我……陸以南，你不要喜歡我好不好？」

我不敢讓你喜歡我。

「妳以爲我會說好嗎？」

「可是……」

「喜歡妳的理由，多到我可以列出一張清單，多到我每一個瞬間都覺得重新喜歡上妳。」陸以南說著，語氣依舊輕緩，「我知道，妳要的不是理由，從來就不是——妳只是害怕而已。」

「我……」沒預料到他會如此回應，我想不出任何反駁的話，只能狼狽地撇開視線，盯著吧台上的水杯，試圖讓自己顯得不那麼慌亂。

他離開椅子，一手撐在我身前的台面，擋住了我的逃避，就像是被他的氣息包圍一樣，我明確地感受到他的存在，充滿侵略性。

這是，我從未認識過的他。

「學姊。」他喚，聲音在我心裡激起震盪。

說不清是慌張、還是其他……我不知道，只知道當我聽見他的叫喚，幾乎是下一秒，我立刻放棄了掙扎，迎向他的目光，就好像我一直在等待他一樣。

「……不然這樣好了，」陸以南靠近我，我看見他的眼睛裡映出我的身影，「給我一個理由不愛妳，說服我，我就不愛妳。」

那一瞬間，我忘了害怕、忘了畏懼、忘了懷疑……我沒醉，卻被他溫柔的嗓音迷惑，彷彿迷失在他的世界，聽不見其他聲響，只能愣愣地望著他，感覺他靠我越來越近——

閉上眼，聽見他的聲音近到，近乎呢喃。

Chapter 8.

我以爲這會是我所相信的結局，至少，在上一秒，我曾經這麼以爲。只是，擁抱美夢的同時，伴隨而來的，卻是我無法預料的失去。

「……小蜻蜓？」

于珊。

霎時，她聲音裡的顫抖喚回我的理智，下意識地，我推開陸以南，慌亂地尋找她的身影，可當我看見她望著我的神情竟是如此破碎，心裡湧上一股未知的恐懼。

「妳怎麼……」

她掉頭就走。

沒來得及多想，我急著追了上去。

燈光昏暗，不熟悉的擺設害我撞倒好幾張椅子，我不管，只想追上前面已經推開店門的于珊，她看起來很痛苦，我不知道發生什麼事了，爲什麼她會用那樣的表情看我？爲什麼就這樣離開……

我不知道。

我只希望她不會有事。

「于珊！」

追出巷子，我著急地喊了她的名字，或許因爲這樣，她停下腳步，然而，我萬萬想不到，我會撞見她眼底的控訴，像把刀硬生生沒入了我的心臟——

「妳想說什麼？」她凌厲地開口：「解釋？還是道歉？」

怔在原地，我一時間沒了想法，「我不懂妳的意思……」

「我的意思？」于珊眼神冰冷，毫不留情地掃來，「宋青聆，妳是眞傻還是假傻？算我拜託妳，別裝了好不好？」

「我不……」

「還是說，他就是喜歡妳這樣？」

他到底是……畫面突地閃過，當我終於意識到于珊說的人是誰，一股寒意從腳底貫穿全身。

「……陸以南？」

聽我說出他的名字，于珊抿緊唇，彷彿就這樣確認了我的罪名——她的眼神讓我明白自己已經失去了她的信任，我說的每一句話都會像是狡辯……

儘管如此，我還是忍不住爲自己辯白。

「我不知道他是……」

「所以呢？」她立刻打斷，陌生的清冷嗓音壓抑著顫抖，「如果妳知道了又如何？妳要讓給我嗎？那我是不是該說聲謝謝——」

「我……」

「妳還不懂嗎！我不想聽妳的解釋！我現在最不想看到的就是妳的臉！」于珊大叫，我不自覺退了一步，她撇開眼，不讓我看見她泛紅的眼眶，「算我求妳，離我遠一點……」

那一瞬間，好像有什麼緊緊掐住了我的喉嚨，說不出話，也不需要說，只能眼睜睜地看著于珊坐上計程車離開。

眼前一黑，酒精帶來的暈眩讓我不得不倚著牆，頹下身，無力地閉上雙眼，一次次回想剛才的畫面，每想一次，心就狠狠痛一次。

原來如此。我想笑，眼眶卻克制不住酸疼。

好巧，好扯。巧得離譜，扯得好痛。

混亂的思緒讓我分不清時間的流逝，或許一、兩個小時，或許幾分鐘不到，不知道，反正我一點也不在乎。回過神，只見陸以南向我走來，爲我披上外套，拉我起身，擔心的目光對上我的，在他眼裡，我看見一個茫然無措的自己。

扭過頭，我只想逃開。

「——妳要去哪？」

甩掉他的手，我就要往前走，「回家。」

「我載妳。」

「不用。」

「爲什麼？」他急急拉住我，「是因爲于珊學姊嗎？我可以解釋，我——」

「陸以南，我不想聽。」

至少，現在不想。

他眼神複雜地望著我，最後，他還是妥協了，如我所料。這場對峙，早在我利用他的溫柔時，勝負抵定。

讓他送我回家，是他唯一的堅持。

我沒再拒絕。

回到熟悉的住宅區，我下了車，將安全帽還給陸以南，他遲遲不肯接過，若有所思地看著我，欲言又止。

「學姊，我……」

「我得走了。」

丟下一句再見，我立刻轉身走向家門，快步逃開他的解釋。我害怕，不敢聽、不敢看他的表情，儘管後方傳來聲響，我也不敢回頭，就差幾步路——

我還是被抓回他的懷抱。

不似以往，他失去了冷靜，他的心跳鼓譟。我想掙脫，他不准，強悍的力道將我壓回他的胸膛，最後，我只能無力地閉上雙眼。

「……妳到底在想什麼？」

「沒有。」我輕聲答：「……我什麼都沒想。」

我還不敢去想，怕想了，就眞的什麼都沒了。

「妳不懂……」他低喃，收緊了手臂，「我好像要失去妳了。」

沒有擁有，何來失去？

我們從來就不曾擁有過彼此，不是嗎？

如果我告訴你，這是我唯一的慶幸，不曉得你還會不會義無反顧地喜歡這樣的我。

還好，我告訴自己，眞的還好。

還好什麼都還沒開始。

儘管心裡某個角落正隱隱痛著，提醒我有些事不是誰說了開始才算數，拼了命忽略，就是不肯讓自己顯出狼狽。

「……我得走了。」最後，我只能這麼說。

不再眷戀他的懷抱，我靜靜對上他壓抑著情緒的目光，不願再去猜測其中的含意，只是推開他早已放鬆力道的手。

這次，他沒有攔阻。

感覺他的視線緊緊跟隨，逼迫自己踩穩每一個步伐，就算腳下的地板都將塌陷，也不准自己在他面前露出半點脆弱。

或許，我現在才明白于珊爲何轉身離去。不想聽任何解釋，只因爲了解自己沒有理解的勇氣，此時此刻，我們都無法心平氣和地理解所有的一切，就算聽了，又能如何？於事無補。

再多的解釋都於事無補，不是嗎？

我懂。

明明懂的，爲什麼還是會想哭呢？

「學姊。」

無視他的叫喚，我旋開門鎖。

「學姊。」

走進。

「——學姊！」

砰。

關上門，阻隔了我與他的世界。

我想，這是我該獨自面對的問題。

回到家，家榕告訴我于珊還沒回來，或許是我的表情明顯不對，她連問了好幾次是不是發生什麼事，當初沒說的事情太多，導致我根本不知道該從何說起。

沒事。我對家榕這麼說，她看起來一點也不相信。

「……妳就是這樣。」離開房間之前，家榕嘆口氣，淡淡下了結論，明知她無心傷害，我還是被這句話刺到了心底。

可能吧，我就是這樣。

懷著複雜的心思，輾轉難眠，就連自己什麼時候睡著都不曉得，只知道醒來的時候，窗外的天空依然一片黑，抓起床頭的手機，四點半。

訊息燈一閃一閃地亮著，一手按著脹痛的太陽穴，正打算點開，客廳忽然傳來一聲匡啷巨響，像是有人絆倒了桌椅。

直覺告訴我，是于珊。

于珊的房間就在我的隔壁，進出房的聲音一向聽得很清楚，側躺在床上，我等不到預期的腳步聲，整間屋子一點聲響也沒有。

那樣的安靜讓人很不安，心裡懸著，難以平靜，猶豫許久，還是決定走出房間察看。黑暗之中，只見餐椅撞倒在地，旁邊坐著一道人影，嗆鼻的酒味直撲而來。

于珊緩緩抬頭，殘妝遮掩不了紅腫的眼眶，見到是我，她很快撇過臉，清清冷冷地笑了聲。

「怎麼又是妳……我不是叫妳離我遠一點嗎？」

她醉了。

沒將她的氣話放在心上，深呼吸，我朝她走近，打算將她從冰冷的地板上拉起，「不要坐在地上，我扶妳回房間。」

拍開我伸出的手，于珊憤恨地瞪我一眼，吃力地撐著倒下的椅子站起身，我能理解她不想依賴我的心情，見她算是清醒，便默默地退到一旁。

本來，我以爲這段插曲會在此告一段落，就算她的肩膀用力撞向我，眉眼之間全是挑釁，這都不要緊，我可以忍、我可以當作沒看見，可一旦我的退讓被當成了默認，那我到底是爲了什麼要繼續忍耐？

「搶別人喜歡的人，很好玩吧？」

「……妳是這樣想的？」按捺住情緒，我問。

「妳都這麼做了，還要別人怎麼想？」

聞言，心涼了半截，我甚至不知該用什麼表情看她，「我說過了，我不知道他是妳喜歡的人，如果我——」我會怎麼做？止住，我沒辦法繼續說下去。

如果我知道陸以南是于珊喜歡的人，事情眞的會不一樣嗎？我會因爲于珊，就此遠離陸以南嗎？我眞的做得到嗎？

「說啊！如果妳知道的話會怎樣？把話說完啊！」她輕輕嗤笑，搖了搖頭，「宋青聆，別把妳自己想得那麼偉大。」

「我眞的沒有騙妳。」

「所以我就該相信妳嗎？」于珊看著我，彷彿我只是一個陌生人，「當我看見妳坐在吧台跟他靠得那麼近、態度親密的時候，妳又明白我的心情了嗎？」

抿緊唇，我的腦袋一片空白。

「不是欺騙是什麼？不是背叛那又是什麼？這樣對我的，居然是我的好朋友——妳又知道這是什麼心情了嗎？這眞的是妳一句『我不知道』就可以帶過的事情嗎？」

然而，那一句妳不想聽的『我不知道』，就是我唯一能解釋的眞相。

從于珊眼裡，我看見了她對我的失望，控訴著我對她的傷害，可是，我多麼希望她也能從我的眼神中看見我的抱歉、我的悲哀……但最終，我想，我是失敗了。

「爲什麼是妳？」于珊瞪著我，眼淚掉了下來，「爲什麼不是別人偏偏是妳？」

我不知道。

我眞的不知道。

站在原地，我近乎抽離地看著于珊不停抹掉落下的淚，一遍又一遍。她咬緊了唇，不願意哭出聲音，我只能動也不動，再也無法像以前那樣給她一個擁抱、一個安慰，因爲這次，傷害她的不是別人，是我。

我們，爲什麼會變成這樣？

幽暗的空間裡，沒了聲響，只有沉默，只剩下沉默。我們像被寂靜給綑綁，明明無話可說，卻還是待在同一個空間，彼此煎熬。

「那，妳想要我怎麼做？」許久，我聽見自己這麼問。

「……我想要妳怎麼做？」她一字一字地重複，抬眸看向我，眼裡毫無情緒，「我說了，妳就眞的做得到嗎？如果我說，我不想看到妳和陸以南在一起，妳也會照做？」

握緊身側的手，感覺指甲用力掐進了掌心，努力不去想他的身影，可是，驀然酸澀的眼眶卻毫不留情地告訴我，我做不到。

我沒辦法放下陸以南。

于珊比我先一步明白我的答案，即使在這種時候，她仍然是那個最了解我的于珊，只是，在她心裡，或許我早就不是原本的小蜻蜓了。

「不要承諾自己做不到的事。」

丟下話，她走回房間。另外兩道門卻也打開，房內流洩出溫暖的燈光，沛芸睡眼惺忪地望著于珊，家榕很快就發現站在客廳的我，她蹙起眉，不解的目光來回在我們之間流連。

怎麼了？她們兩個問道。

回應她們的，只有于珊關上房門的聲音。

那天，氣溫驟降，台北迎來了入冬的第一道寒流。

上午的必修課，人來得稀稀落落，老師難得發了一場脾氣，氣的是沒來的人，罵的是有來的人。除了于珊，我們三個並坐一列，沒人開口說話。

由於我對凌晨發生的事情絕口不提，問多了，沛芸和家榕也不再自討沒趣，奇怪的沉重就這麼蔓延開來，一堂課下來，話說不到十句。

儘管來上課的人不多，還是被其他同學發現了我們的不對勁，關心或是八卦的眼神沒斷過，尤其在于珊悶頭走進教室，沒半點猶豫地選擇了距離很遠的位子入座後，越演越烈。

沛芸坐立不安了一整節課，終於決定起身坐到于珊身旁。其他人見狀，跟著湧向于珊，每個人都在關心她的狀況，迴盪的嗡嗡話語聲填滿了下課時間，偶爾，我能聽見幾個人提及我的名字。

很煩。

這讓我覺得很煩。

「……還是不願意說嗎？」家榕問我。

手上的筆一頓，紙上不成形的圖案多了一個突兀的頓點，「我不知道該怎麼說。」

「妳知道嗎？不知道怎麼說跟不想說是兩件事，」她說得很輕，「可是，妳給我的感覺，一直都是不想說。」

「我沒那個意思。」

「每個人都會有不想說的事，我懂，所以很多事我也沒問妳。可現在妳和于珊擺明有事，甚至影響到我和沛芸……到底是什麼事嚴重到說不出口？」家榕的語氣很理性，她沒有生氣，純粹以一種講道理的心態與我對話。

只是，我聽不進去，只覺得煩躁，對於家榕的話，我一點也不認同。

「那妳就當我不想說好了。」

「什麼？」

「反正說了，妳們也不一定會相信我。」

家榕嘆氣，試著繼續跟我溝通，「蜻蜓，我沒有怪妳，只是妳不說，我們怎麼可能會懂？這樣悶著，妳真的好受嗎？」

教室後頭的交談聲漸大，我停下胡亂塗鴉的動作，長久的停頓，讓墨水幾乎染破了紙張，握緊手中的筆，努力不被干擾。

說到底，我根本沒有證據能證明我不知道陸以南是于珊喜歡的人。早在學期之初，她們就討論過他了，只是我當時不在意，甚至連他的長相都記不得……這種話，誰會相信？

我說什麼都沒有用。

閉上眼，聽見腦海中的嘈雜越來越大聲，大到快把我壓垮，我解釋不了發生的一切，也不想再解釋了，最該聽我解釋的人不願意相信，那麼，解釋還有什麼意義？

「蜻蜓？」家榕按住我收拾東西的手，「妳要去哪裡？」

「隨便。」總之不是這裡。

「可是……」

「去問于珊吧。」我給不了妳們想要的答案。

丟下話，我站起身，感覺到教室後方的視線齊齊投了過來，好像在等著看我有什麼舉動——我還能做什麼？當我看見于珊面無表情地看著我，我心裡一點想法也沒有。

算了，就這樣吧。

我就這麼離開教室。

我不知道該去哪裡，只是漫無目的地騎車遊蕩，不願意停下，也沒辦法停下，只要一停下來，腦海中又會浮現我不願去思考的那些。時間的流逝不再重要，無視虎口的疼痛，最後，就連自己也倍感驚訝——我來到了淡水。

平日的淡水，觀光客依舊熙攘。獨坐在河岸附近的星巴克，相較於室內滿座的熱鬧，戶外座位空無一人，只有手中的熱那堤給了我一點溫暖。

對於淡水，我唯一的印象是大一上學期的人文通識課，我們到紅毛城做校外教學，全班被一場突來的大雨淋得又濕又冷，最後只得躲到附近的阿給店吃點熱湯暖暖身子，讓老師無預警地花了一筆錢，如此而已。

明明不想繼續挖掘回憶，但，我阻止不了。

當時，我一個人坐在靠近門口的位子看雨發呆，沛芸拉著家榕跑來找我，嘴上吱吱喳喳地念著我怎麼都沒找她們一起，我有點嚇到，儘管在啦啦隊比賽期間密集相處過好幾個禮拜，我對她們依然保持著某種距離。

一種，似友非友的距離。

我不敢靠得太近，她們卻自然而然地朝我靠近。

尤其，是于珊。

她話也沒說就坐到我的旁邊，蹙著眉，只顧著用毛巾拍乾濕淋淋的長髮，一邊抱怨著糟糕的天氣，原本就強大的氣場更加讓人難以接近。我本來打算保持沉默，安靜地喝完熱湯，沒想到，一陣溫暖蓋上，轉頭一看，于珊正忙著擦乾我的頭髮。

不要感冒。她見我驚訝，只是像個媽媽一樣叨念。

那天之後，我字典裡的朋友一詞，代表的就是她們。我以爲我很堅強、不怕孤單、不怕寂寞，可我從沒想過那是因爲有她們的陪伴，還天眞地以爲這些都不會有改變的一天……直到現在，我才開始害怕。

如果有一天，她們不再是我的朋友，那我該怎麼辦？

如果有一天，我又變成了一個人，那我該怎麼辦？

我很害怕，所以我不敢跟家榕說明一切——我怕就算說了，也沒人相信我、沒人會站在我這邊……想起高中那個躲在體育館崩潰大哭的自己，那種令人窒息的茫然無助又突地襲來……

我不想哭，胸口卻悶得難以呼吸，揪著、痛著，壓抑許久的情緒忽然一湧而上，努力告訴自己別再想了，卻無法阻止眼眶的酸澀，望著河岸，視線越來越模糊，直到終於看不清眼前的世界，我才發現眼淚早已不斷跌落。

顧不得是不是人來人往，我大哭了一場。星巴克店員好心地遞給我一疊餐巾紙，我哭得連一句謝謝都說不出來。

許久過後，翻湧的心情好不容易稍微平復，一通手機來電又把我拉回慌亂。

怔怔地望著上頭顯示的名字，我沒有接起，一連好幾次，螢幕亮了又黑，等我終於滑開通話鍵，那端不等我出聲，直接響起一句質問。

「妳在哪裡？」

「陸以南……」

「我問妳在哪裡！」明明是一句很凶的大吼，我聽見的卻是他毫無修飾的著急，再次逼得我落下淚。

在他面前，我無處可逃。

「……妳在哭？」陸以南一愣，同樣的著急換了不同的隱含情緒，「我、我……妳別哭了，我不是故意——妳在哪裡？我去找妳，好不好？」

我不記得我是怎麼回答他的，也不記得他到底說了什麼，只覺得他的聲音莫名地安撫了我，眼淚停了，通話結束，我像走失的孩子茫然地待在原處，他說等他，我就等他。

一批批遊客走了又來，冷掉的咖啡還在手上。不知過了多久，遠遠的，一道人影從步道那端跑來，蔚藍色的圍巾在人群中特別顯眼，他蹙著眉，神情焦躁，不時停下腳步像在尋找什麼——和他對上眼的瞬間，我以爲是錯覺。

可是，是眞的。

陸以南來到我面前，站穩了步伐，微喘著氣，嘴裡呼出的霧氣消散在空氣中，我望著他，總覺得像是一場夢，不眞實，一點也不。

「怎麼待在外面，不冷嗎？」他解下圍巾，忙著將它一圈圈地往我脖子上圍繞，半張臉埋進了他的味道裡，很暖。

眨了眨腫脹的眼睛，不經意地撞見他眼裡的心疼，我不自覺撇開視線，沒有勇氣面對那樣的他。

陸以南沒注意到我的舉動，搗了搗我手上的咖啡，沒說什麼，只是走進店裡又買了兩杯，店員似乎問了他幾句話，出來的時候，他的耳朵微微泛紅。

他拉著我坐到另一處背風的長椅上，有好一陣子，我只是搓著溫暖的咖啡杯，隨意將視線焦距丟到某個地方，心裡一片空白。

「怎麼哭了？」半晌，他問。

搖搖頭，我掠過他的關心，「你找我很久嗎？」

「嗯。」他遲疑了一下，有點小心，「我……有到妳班上找妳，妳不在，而且妳朋友說不知道妳去哪裡了，所以……」所以他才會那麼著急。

至於朋友，指的大概是家榕。

「于珊她……」算了，我嚥下未完的話。

不管于珊有沒有看見陸以南來找我，那都已經不再重要了——頂多，只會讓她多討厭我一點而已，我想，我還可以承受。

感覺陸以南的目光停留在我身上，我裝作沒發現，抿了幾口咖啡，不想眞正飲下。他隨口聊起了些不相關的話題，好比淡水是全台北最冷的地方、他曾經以爲高雄沒有冬天……也不管我有沒有回應，他只是用很輕的語調說著簡單的小事。

我知道，他是想轉移我的心情，這是他表達溫柔的一種方式。只不過……不安地撫著塑膠杯蓋上的凹凸，我無法忽略心裡某部分的不踏實。

「以南，如果……」突然，我說，他放下就口的熱飲，轉頭看我。「如果我說，我現在想聽你的解釋，你會告訴我嗎？」

他停頓一會兒，「妳想知道的，我都會告訴妳。」

聽見他語氣裡的堅定，我一時說不出話，垂下視線，淺淺地吐息。有些事，不說我也能夠理解，而有些事，徘徊了太久，難以訴諸言語。

「學姊？」

「我……」試著發聲，卻說不出完整的句子。

我在怕什麼？閉上眼，忍受心底深處傳來的疼痛，我討厭自己老是這麼懦弱，明明是自己說想知道的，爲什麼還會害怕陸以南的答案？

心一橫，我終於開口。

「……啦啦隊比賽前一天，」當我說出這句話時，陸以南微微瞠大了眼，似是沒預料到我會問這件事，「于珊約會的對象是你，對吧？」

是疑問，也是肯定。

他的反應給了我答覆。

說不清是後悔、還是慶幸，我只知道我意外地冷靜，他眼底升起慌亂，皺起眉宇，好像正糾結著要怎麼說明。

「不想說？」

「不是！」陸以南驚慌地喊，急著想解釋，「事情不是妳想的那樣，我是有跟于珊學姊出去沒錯，可是——」

「可是？」

「……我不能說。」別過臉，他說。

不能說。

我默默重複了這三個字，嚐到無法言喻的複雜。

「這就是你能夠給我最好的解釋？」

「對不起。」

我不懂他道歉的意義，是因爲他沒辦法告訴我、還是因爲他做了什麼需要道歉的事？對上他充滿愧疚的目光，我眞的猜不透。

我很想保持所謂的豁達，不要因爲他的不能說而打亂了平靜，可是我做不到。看著他，我很不甘心地發現自己並不是想要一個眞相，這時候，不管他說什麼我都願意相信，但他給我的卻是一句對不起。

「……爲什麼不能？」我聽見自己不爭氣地想要一個更好的答案，或者，隨便找一個藉口騙我都好。

我想相信你。

「有些事，不該由我來說。」

是嗎？

這時候的我該說什麼呢？是用貼心的笑容告訴他：沒關係、我不在意，還是大吼大叫地要他現在給我一個交代……我不知道，我甚至不知道我有沒有資格追問。

所以，我只能對著他難言的苦衷保持沉默。

無法理解，也不想理解。

「學姊。」回到家樓下，他叫住我，欲言又止。

「……再見。」

最後，我只說了再見。

我沒有再和陸以南聯絡。

那天之後，我每天照常作息、照常上下課、照常繳交報告，餓了買飯回家配網路節目，無聊就窩在房間看小說漫畫……世界照常運轉，我的照常，則成了我一個人的事。

最後一堂課結束後，所有人不是擠向學餐、就是約好到校外的餐廳吃飯，歡鬧聲之外，我一個人站在講桌整理麥克風，刻意放慢速度，好像這樣就能假裝自己一點也不孤單。

其實還好。

我並沒有覺得寂寞。

耳邊聽見沛芸大叫的聲音，我不自覺轉頭看去，捕捉到她們三人相偕離開教室的身影，于珊側首甜甜地調侃，沛芸不知道講到什麼又蹦又跳，家榕還是那樣的淡然——

直到現在，我都不知道于珊有沒有跟她們說明關於陸以南的事情。有也好、沒有也好，她們三個人關係不變是顯而易見的事實……可能，真的是我的問題吧？

所以，還好。

真的還好。

收拾完用具，一個人到系辦登記繳回。不太餓，所以人潮洶湧的學生餐廳不在我的選項之內，事實上，除了圖書館，這陣子我也沒其他地方可去了，偌大的校園裡，好像只剩這個地方能讓我一個人待著而不顯得突兀。

「蜻蜓！」踏進圖書館前，尹璇開朗的嗓音喚住了我。

在她身後，跟著的依然是陳恩。

「好久不見。」他說。

我點了點頭，「好久不見。」

尹璇笑嘻嘻地和我聊了好一陣子，偶爾會和陳恩交換幾個眼神，那種交會，不是用好朋友就能帶過的默契，流轉之間盡是旁人看得出的甜蜜。不用多問，我想，他們已經得到了美好的結局。

「下次一起去吃……」

「簡尹璇小姐，不好意思，妳還剩下五分鐘。」陳恩敲敲腕上的錶，聞言，尹璇瞪大眼，丟下一句道歉，我來不及說沒關係，就見她衝進刷卡匣門。

如此風風火火，留下我和陳恩，一陣尷尬。

「待會兒還有事嗎？」他問。

沒多想，我搖了搖頭。

陳恩指了指一旁的花圃平台，「那，跟妳借這五分鐘。」

這大概是我和陳恩自相識以來最靠近對方的一次，我們並肩坐在一起。不曉得視線該放在哪裡，我有些僵硬，只敢望向前方的道路。五分鐘，說長不長、說短不短，我和陳恩除了偶爾一起吃飯，幾乎沒什麼交流，共同的話題只有尹璇和——

「聽說妳最近都不接陸的電話。」他說，肯定句。

「……他跟你說的？」

「不是，他最近有如行屍走肉，不太能和人溝通。」陳恩清冷地說著，我笑不出來，他也沒笑，「圖書館裡面那隻跟我說的。」

「嗯。」

「別擔心，我沒要說教，也沒有當和事佬的興趣。只是有些話我憋著不舒服，妳就當聽我自言自語就行，不用全往心裡放。」

我只是沉默，雙手不自覺捏緊了腿上的包包背帶。對於他即將要說的話，我沒有任何預期，陳恩如他自己所言，並不是個喜歡攙和閒事的人，可是……抿緊了唇，壓下那股打從心底深處泛起的恐慌。

老實說，我不想聽見有關陸以南的話題，不只是他，這陣子我什麼事情都不想聽、也不想多說……我隔絕了整個世界，只想換取一點呼吸的空間，如果回到一個人的生活，能讓事情變得容易一點，那，有何不可？

想著，陳恩的下一句話卻立刻讓我無所適從。

「蜻蜓，妳覺得幸福的條件是什麼？」

「……幸福的……條件？」怔住，從沒想過會從陳恩口中聽見這樣的問題，除了訝異，一時間也不曉得該如何解讀。

他倒是平靜，點了點頭。

「嗯，先說我認為的好了，幸福不可能平白無故降臨，不管是用時間、用心思，甚至是金錢，或者，也有人賠上了另一段感情去換取他所認為的幸福……代價或多或少，有些我們會察覺、有些不會，幸福從來就不是無償的。」

隱約察覺到他話裡的涵義，我有些退縮，「……我不懂你的意思。」

「我說了，就當我自言自語。」陳恩不願把話說明，他很快地繼續，「可是，什麼是幸福？每個人對幸福的定義並不相同，不一定是王子與公主的快樂結局才叫幸福，有時候，狠下心對舊戀情說再見，重新開始一段新的生活也是幸福。」

陳恩停頓了一會兒，留下一些空白。

「我們時常面臨選擇，每個選擇都有得失，我們必須選擇，同時也必須承擔，」他看向我，語調很輕，「逃避，永遠不是最好的方式。」

他的話說到這裡，我默默移開視線，假裝專注地望著腳尖。儘管故作淡然，可被看穿的滋味並不好受，以爲自己僞裝得很好，沒想到在別人眼中，我早已是隻可笑的鴕鳥。

「……我以爲你會爲他說好話。」半晌，我說。

「我向來很尊重每個人的選擇，況且，你們之間肯定發生了什麼我不知道的事。」陳恩挑眉，清冷的語調依舊，「對妳而言，重要的是什麼，只有妳自己才知道。」

五分鐘的最後，我們維持著某種默契般的沉默，沒人開口說話，直到抱著一疊書的尹璇重新出現在櫃台等待辦理借閱手續，瞧見我們坐在外頭，她開心地朝我們綻放笑容。

「我選擇了尹璇。」他說。

「……嗯。」

「但，陸似乎不會是妳的選擇。」

聞言，我沒有回應。

尹璇從圖書館走出來，懷裡的書讓她有點吃力，陳恩起身，快步迎去接過書本，雙手得空的尹璇朝我揮了揮手，而我亦同。

或許吧。

當我打開家門，遇上于珊看見我而不自覺閃避的眼神時，我想，陳恩或許是對的。於是，我經過她的身邊，簡單地丟下一句。

「我不會再見陸以南了。」

不，或許陳恩只說對了一半。

「……爲什麼？」

安靜的空間裡，于珊的聲音微弱得恍若未聞。

手搭在房間門把上，我輕聲回道：「這不是妳所希望的嗎？」

看不見她的表情，于珊背對著我，站在原處久久不動。儘管她的反應出乎我的意料，可我沒有心力再去面對一次可能的爭吵或拒絕，看了她一眼，我留下于珊，逕自走進房間。

關上門的瞬間，疲倦驟然侵襲，不想開燈，把自己徹底丟入了黑暗，朦朧間，房門外傳來細碎的聲響，像是交談、像是討論……閉上眼、蒙上耳朵，我不願再去揣測。

我想，我選擇了自己。

不是陸以南、也不是于珊，不管是捨棄了哪一邊，我都沒辦法承受來自心裡的愧疚、後悔、遺憾……所以，我選擇了自己，沒有任何冠冕堂皇的理由，或許，我只是想保護自己不被傷害。

不知何時睡去的，但也不覺得自己眞的有睡著，近日來的失眠已經變成一種習慣，恍惚醒來，疲憊未減，睜眼所見盡是凌晨時分的昏暗。茫然地望著天花板，冬天的冷空氣提醒了我臉上的冰涼，抬手，僵硬地抹掉頰邊的淚。

不哭了，別再哭了。

凌晨的寂靜刺骨，正打算重新試著入眠，手機忽然震動作響，打破了近乎無聲的黑暗，我嚇了一跳，這種時間……心口像是被用力擰住，我知道，只有他還醒著，我最不想、也不敢再見的他。

失神地望著桌上的一小角光亮，震動一次次響起，我不敢下床到桌邊證實我的臆測，螢幕不停在黑暗中刺眼地亮起，那端似乎不知放棄，每一次來電都像是一場煎熬的拉鋸，每一次我都暗自希望是最後一次——

接起，只爲了中止無止境的掙扎。

「我在妳家樓下。」

一怔，酸澀猛然嗆上鼻腔，我說不出話，緊握著手機，聽見同樣的行車聲從窗外與話筒中同時響起，他眞的來了，就在距離我很近、很近的地方……

「……我不想見你。」

「我等妳。」不給我拒絕的機會，他迅速切斷通訊。

我頹坐到床上，不曉得該怎麼辦，心底泛起了一片寒冷，無力地放下手機，雙手微微顫抖，深呼吸，冰冷的空氣竄入喉嚨，越發慌亂。

直到天際透出一線光芒，踏出大門的那一刻，陸以南站在微光之下，目不轉睛，直視著我——我忘了我有多久沒看到他的笑容了？他那有點壞、有點張揚，好像什麼都不在乎的笑容，消失了。

奪走他笑容的人，不就是我嗎？

「我以爲妳不會下來了。」

我揚起頭，逼迫自己與他對視，藏在口袋裡的手悄悄地握緊，唯有這樣，我才能假裝自己毫不在乎。

「你——」

「我很想妳。」

呼吸一滯，我沒辦法忽略他過於深切的目光，別過臉，他的腳步聲一步步向我靠近。陸以南在我身前止步，我僵硬地望著地上的影子，他離我很近，近到他一抬手就能碰得到我，近到我能感受到他的呼吸……想逃，卻動彈不得。

「妳真的打算不和我聯絡了嗎？」

「……陳恩告訴你的？」

「他就算什麼都沒說，我也能感受到妳的拒絕。」聽出他聲音裡的壓抑，我不敢看他的表情，指甲深深掐進掌心，耳邊響起他沉重的問句，「爲什麼？」

不過是一句爲什麼，我卻只能以長長的沉默作答。

從事情發生到現在，我何嘗沒問過自己爲什麼，又有多少人問過我這一句爲什麼，短短三個字，涵蓋太多太多我無法言喻的感受。

「剛開始，我並沒有想隱瞞我在酒吧工作的事。」陸以南緩緩開口，打破了停滯的寂靜，「朋友來找我，我一向都很歡迎。」

想起學期初的那則訊息，他確實曾經邀請過我去他打工的地方玩，我從沒多想。可是，後來的日子，只要一提到打工，他不是避重就輕、就是逃避不答……

想著，我不自覺地抬頭，迎向他的凝視。

「當我發現妳對我來說不再只是朋友，我才注意到我周遭習以爲常的一切，其實不若我所想像的安全，說來或許有點好笑，但我不想讓妳接近任何可能的危險，就算我在，也有保護不到妳的時候。」他的眉宇深深蹙起，「我知道現在說這些都太晚了，可我想讓妳知道，我不是故意要瞞妳。」

陸以南望著我，希望我會理解。

其實我明白的。

很多事情，最初的目的從來就不是欺騙，只是，我們不同的選擇往往會導致不同的結果。

如果我當初答應他的邀請，或許我就會在那裡碰見于珊；如果我一開始就知道陸以南的工作是什麼，或許我就會聯想到于珊喜歡的人就是他；如果我在陸以南閃避工作內容的時候多問幾句，或許——

我不知道。

如果我在任何一個時間點做出了不同的選擇，那麼這段日子以來，我和陸以南之間的種種，是否都將不復存在？想到這裡，我知道自己終究是會走到一樣的結局。

我不願失去那段有他陪伴的日子。

可是，也僅止於此了。

「那都不重要了。」

「……不重要？」他遲疑地重複，眼神一縮，似是忽然想起了什麼，急著說：「因爲于珊學姊？我跟她眞的沒有什麼，我——」

陸以南乍然止住，停在他堅持的界線上，我不能多問，也沒辦法介入。我懂，所以我保持沉默，儘管那是我曾經想要知道的解釋。

曾經。

當我決定走出房門的時候，我告訴自己，這是最後一次見他，既然如此，那些我尚未獲得的解釋便不再重要。

即使，我在乎。

目光停在他外套的第二顆鈕扣，盯著盯著，視線變得迷濛，慢慢地鬆開口袋裡緊握的手，一吋吋放開，一吋吋疼痛，呼吸伴著心跳，幾乎感覺不到空氣裡的冰涼。

「陸以南，我們不要再見面了。」淡淡地，我說。

說出口的瞬間，世界像是被誰關上了聲音，我以為我會感受到撕心的疼痛，沒想到什麼感覺也沒有，什麼都沒有，我只是平靜地望著他霎時瞠大的雙眼，眸底的情緒從不敢置信，轉換成難以諒解。

「這就是妳的答案？」

「……嗯。」

「沒有別的，只要我們不要再見？」難掩情緒上的起伏，陸以南一向沉穩的語氣裡出現了一絲裂痕。

見我點頭，陸以南眼神一黯，繃緊了下頷，難受的目光在我臉上逡巡，我以為他會說點什麼，可是沒有。他深深望了我一眼，別過臉，我們之間只剩下他試圖克制情緒的呼吸聲……站在他的身前，我什麼都做不了。

不到半步的距離，比陌生還要遙遠。

我終究得習慣這樣的寂寞。

我比誰都清楚，就算我發誓從此不再見陸以南，也換不回于珊對我的信任，但另一股似曾相識的恐懼卻始終縈繞不去。過去我也曾誤以為邵宇學長的溫柔是專屬於我的，到頭來卻不過是一場自以為的美夢，腦海浮現許多畫面，一幕又一幕，過去與現在不斷重疊……

我害怕的，或許從來就不是陸以南和于珊之間的關係。

可是……閉上眼，我用盡全力去忽視心底眞正的恐懼，不願再深究。抬眸，無預警地對上陸以南複雜的神色，他的眼中透出了不可錯認的失望。

「我不懂，妳到底在怕什麼？」

他突然的問句直擊我的心防，太過強烈的目光不知何時看穿了我的心虛，我再度緊握發冷的雙手，感覺自己快要呼吸不到空氣。

「……我沒有。」我搖頭，不自覺地後退。

彷彿預知我下一秒就會轉身逃跑，陸以南捉住我的手腕，不似以往的溫暖，在室外待了太久，他的掌心比冬天的冷空氣還要凍人，下意識想甩開，卻被更強的力道緊緊握牢。

半晌，他才開口。

「有時候，我眞的覺得妳很自私。」他低語，語調宛如繃緊的弦，「不顧我的想法，擅自下了結論，甚至不讓我有上訴的空間……可是，妳知道嗎？我更討厭妳的無私。」

我僵直了身體，一句話也說不出來。

「拚了命往死胡同裡鑽，自以爲這樣對誰都好，拒絕別人的關心，以爲這樣就可以保護所有人不受傷害……妳以爲妳是誰？妳不需要假裝自己有多堅強。」

「你根本就不懂……」

「對，我是不懂，可妳給過我機會懂嗎？」陸以南的手微微顫抖，他拉過我，正視我的眼睛，不讓我有一絲迴避的可能，「妳能不能把事情想得簡單一點？就這麼一次、一次就好，只有我和妳，只有陸以南喜歡宋青聆，妳呢？妳到底喜不喜歡我？」

他的眼眶逐漸泛紅，那一刻，我跟著模糊了眼前。

他告訴我，他只要這個答案就好。只不過……我咬緊了唇，我就連這個小到近乎卑微的要求，也沒辦法爲他實現。

寂靜恆久，身旁的一切彷彿捲入了無盡的黑暗，直到他輕攬住我的肩膀，將我拉進他的懷抱，我才重新恢復了知覺，聽見他穩健的心跳聲在耳畔響起，止不住的淚水掉得更凶。

「學姊，我不是英雄。」他的語氣溫柔得宛如哄騙，「我喜歡妳，可我沒辦法總是追著妳的逃避，也沒辦法不求回報地愛一個人……我累了，眞的累了。」

我說不出話，只是無聲地哭泣。

他嘆息，伸手抹去我不停滑落的淚，「別哭了，想哭的人不是我嗎？」

「對不起……」

看不清他的表情，隱約看見他嘴角微微揚起。

「嘿，我不要妳的對不起，因爲我不想說那一句沒關係，」陸以南輕輕一笑，我聽見的卻是他無法訴說的哀傷，「反正，妳就是吃定我沒辦法拒絕妳，不是嗎？」

或許吧。

我總是揮霍你的溫柔、逃避你對我好的事實，所以得到報應了吧？這是第一次，陸以南先一步推開了我，他的拇指在我的臉上摩娑，小小的梨渦在光下映出了陰影——

「學姊，再見。」

直到他的背影消失在路的盡頭，我蹲下身，崩潰大哭。

就連自己是怎麼回到房間都沒了記憶，睡夢恍惚之間，似乎有誰走到我的身邊，輕輕地問了我幾句話，我聽不清，依稀記得話裡的擔憂……會是誰？還有誰會關心我呢？還沒想到答案，意識在下一秒鐘模糊。

再次睜開眼睛，時間已經推進至下午。

像是做了一場很長、很長的夢，身體變得好沉，深呼吸，我坐到床沿，就這樣，所有的動作停在這裡。茫然地望著腳尖，空氣好重，壓得我沒辦法站起身，有那麼一瞬間，我甚至不知道該怎麼走出這個房間。

可是，還好。

我發覺自己還算冷靜，儘管有點昏沉，但我很慶幸戲劇主角常見的那種無時無刻都想哭泣的情節並沒有發生在我身上……閉了閉眼，假裝沒感覺到眼周微熱的疼痛。

拉開門，無人的空間湧來無聲的寂寞，說不清是為了散心，抑或是想逃離那樣的孤獨，離開了租屋處，街邊車流快速駛過、行人步伐忙碌，唯獨我的時間慢了運轉，任憑自己漫無目的地遊走。

走出巷口，沛芸每天都會吵著要吃的鹽酥雞攤正準備營業。

再往前幾步路，家榕推薦的書店已經點亮螢白色的光亮。

過了路口，于珊最愛的藥妝店就在不遠處的轉角，在那之前，天橋下那家我喜歡和她們一起分享的咖哩簡餐店今天依然高朋滿座——

放眼所及，盡是我們生活的痕跡。

我知道，我的世界很小，小到像一顆聖誕水晶球，所有的快樂都聚集在手掌大的玻璃球體內，有她們、有我、有一切令我感到安心的事物，我並不覺得這樣有什麼不好，至少，我很滿足。

然而，我從沒想過如果有一天水晶球裂了、破了，那些美好消失不見，只剩下傷人的玻璃碎片散落在眼前，那我該怎麼辦？原以爲不會改變的那些堅定，崩壞得那般徹底，彷彿不曾存在。

直到現在我才明瞭，回憶最痛苦的不是想起當初決斷的畫面，而是忽然明白曾有過的快樂不會回來——

回過神，我在不知不覺間來到那家有著寬敞座位的小七，僅僅只是站在對街而已，腦海不聽使喚地湧出了許多畫面……耳邊驀然響起他的那聲再見，心狠狠地抽緊，像是想逃避什麼，我掉頭走回來時路。

不急。

對於忘記他這件事，我並不著急。

停下腳步，轉身看向已經小到無法認清的店面，明白自己再也找不回他笑裡的壞、他的無賴，我們之間擁有的曾經都已經不再……要過多久，我才能眞正戒掉想你的習慣？

我不知道，也不想知道。

冬天的傍晚來得特別早，回到家樓下，橘紅早已渲染整片天空，抬頭望著彷彿沒有盡頭的樓梯，一步、一步，拾階而上，旋開門鎖，如同預料的一樣，空無一人的客廳尚未點燈，我直接就想邁步回房。

突地，我在走廊上頓住步伐。

半掩的房門內傳來些許動靜，下意識地，我想到也許是其他三人在我的房內。可就算是以前，我們也很少會擅自進入別人的房內，而且，這時間她們應該都還在學校……

第一次遇到這樣的狀況，我不免有些慌亂，帶著困惑，小心翼翼地走近，還沒碰著門把，那人忽然拉開房門走了出來——

「于珊？」

于珊瞠大雙眼，驚慌地看著我，「小蜻蜓！」

當下，我沒注意到她喊了我什麼，只是直覺地質問：「妳怎麼會在我房間？」

「我——」她頓住，慌張地想要解釋，「妳先不要生氣，我……」

見到是她，其實我心裡鬆了口氣。但無奈的情緒卻也油然而生，疲憊地嘆氣，不管她在我房裡做了什麼，我無所謂，我只想一個人好好靜一靜。

「算了。」我斂下目光，輕聲道：「我想休息了，借過。」

繞過她呆立的身子，正準備關上房門，下一刻，她突然拉住門把，使勁地推開、跟著進到我的房間。我嚇了一跳，蹙起眉，還沒來得及問她到底想幹麼，于珊搶先出聲——

「他拒絕我了。」

「什麼？」我一愣，沒頭沒腦的……

「陸以南，他早就拒絕我了。」于珊又說：「就是……我和他一起出去的那天，妳記得嗎？」

我怔愣地望著她，腦袋一片空白。

于珊快步走近我的書桌，拿起一個信封，她拉著我到床邊坐下，自己則搬了張椅子坐到我身前，顫抖著手，她花了好一陣子才拆開信。

「這是——」于珊揚起手上的信紙，透著光，我看見上頭滿滿的字，「我來妳房間的目的，抱歉，沒經過妳同意擅自就進來。」

我無力地搖了搖頭，表示無所謂。于珊剛才的話還殘留著衝擊，此時的道歉對我來說完全聽不進耳、也不重要，我只想知道她說的拒絕究竟是什麼意思？

「我……我就照著上面的字唸吧。」她抿了抿唇，緊張地捏緊手中的信紙，「小蜻蜓，我是于珊。突然看見這封信，妳一定很驚訝吧——」

于珊抬眸看向我，眼裡有明顯的歉疚。

「首先，我必須跟妳說對不起，這陣子以來，因爲我的關係讓妳受苦了，眞的很抱歉，我不能說我不是故意的，錯了就是錯了，我很清楚，……對不起。」

對不起，我默默地在心裡重複了一次。

不知爲何，當我聽見她的道歉，有種難以釐清的複雜情緒，或許是因爲我從不覺得她對不起我什麼，難掩恍惚，說不出任何話語，木然地坐在床上，聽她繼續唸下去。

「我承認，當我看見妳出現在陸以南身邊時，我很驚訝、很生氣，失去了理智，一心認爲妳瞞著我、欺騙我，只在乎自己的難堪，不願意傾聽妳的解釋，當下，我只想用言語傷害妳，不管怎樣，就是要讓妳感受到和我一樣的痛苦……」

彷彿重新回到那天，我的錯愕、我的不知所措，隨著于珊微微發顫的聲音浮現眼前，看著她手中的紙張因爲太過用力而緊皺，我別過臉，不曉得該用什麼樣的表情面對。

半晌，聽見她呼出一口長氣。

「直到我冷靜下來，我才發覺自己對妳做了什麼……我想道歉，無時無刻都想，可是，我拉不下臉。我不知道自己的自尊心到底價值多少，我只知道我很可笑、也很可惡。每當我看見妳，我想說的話全成了一片空白，我總是告訴自己，明天、明天我就要跟妳說對不起，明天我就要跟妳解釋這一切，明天……好多好多的明天，我卻忘了妳一個人過了好多天……」

聽見于珊聲音中的哽咽，想起那段努力假裝不寂寞的日子，原本強壓下的情緒忽地翻湧，我不想哭，只是嚥了嚥緊縮的喉嚨，試圖控制難忍的酸澀。

「所以，聽見妳決定不再見他的時候，我慌了，我不知道陸以南居然貫徹了他對我的承諾，我以爲他會告訴妳……我早就被他拒絕。」

于珊簡單地描述了那天他們出去的經過。她說，陸以南很明確地告訴她，他已經有了喜歡的人，對他來說，她只是普通朋友，甚至，只是客人的關係……

「我很難接受，可我不想在他面前大哭大鬧，我必須假裝自己無所謂，半開玩笑地要他不准告訴任何人……他想也不想地同意了。」

幾乎能夠想像當時的場景，我最熟悉的兩個人，不管是她、還是他，會有這樣的反應都是我預料得到的……尤其，是陸以南。

對上于珊泛紅的眼睛，呼吸一滯，我忽然發現心裡那股莫名的不安，不是因爲我害怕聽見我不想聽的事實，而是因爲我根本就知道，我其實早就知道了——

我知道的，不是嗎？

我並沒有眞正懷疑過他和于珊的關係，我只是……

「我想，他肯定以爲事情到此爲止。畢竟，我也是這麼覺得，一如以往，爽快地吞下這場敗仗，不再留戀，我一直以來都是這樣的啊……可是，我不曉得自己是怎麼了，當有人告訴我，他們班在酒吧舉行慶功宴的時候，我滿腦子只想爲自己賭上最後一把——」

接下來發生了什麼，不需要她再多做說明，我們都很清楚，一陣昏沉，我閉上眼，原來……事情，就這樣發生了。

之後好長一段時間，我陷入沉默，腦中交錯的思緒混亂，我不知道該怎麼反應，於是我只能盡量保持平靜，盡量——

假裝沒發現心底缺失的那一塊。

「小蜻蜓，對不……」

搖頭，我阻止于珊的道歉，「別再說對不起了。」

其實，我並不值得那麼多抱歉。

因爲害怕受傷，所以選擇關在自己的世界，不允許任何人接近，就算覺得孤單，也不願接受別人的陪伴，明知這樣的態度會傷害關心我的人，我也堅決當隻傷人的刺蝟……

對她們，我同樣該說聲對不起。

「可是，妳和陸以南——」

望著于珊欲言又止的眼神，我垂下目光，看著膝上握緊的雙手，感覺心底某個角落依然隱隱作痛。就算再怎麼想要掩飾，可我明白，我終究必須承認自己失去了什麼……

或許，他是我永遠找不回的那塊碎片。

Chapter 9.

當天晚上，沛芸和家榕一起爲了這段時間的冷落向我道歉，我沒辦法坦然接受，畢竟，是我先將她們的關心置之於外。而且，後來我才知道，那天凌晨來我房間關心我的人是家榕——對於我的逃避，她們從來就沒有停止過關心。

儘管曾有過一段尷尬期，我們的關係恢復得比我想像中還要快上許多。

剛開始，我能夠感受到于珊她們刻意的關照，任何一點小事都要問過我的意見，那讓我有好一陣子感到不甚自在，可不知從何時開始，在我沒注意到的時候，熟悉的相處模式漸漸回到我們之間，那道尷尬的藩籬彷彿不曾存在。

就連陸以南這個名字，也是。

我不知道她們私下有沒有聊過，至少，在我面前，再也沒有人提起他。以前頻繁的巧遇似乎成了只有我知道的幻想，我們沒有再見面，回到了最初，他就此消失在我的生活中。

回想起來，就像是一場不眞實的夢境。

「——小蜻蜓？」

「蛤？」聽見叫喚，我嚇了一跳，轉頭看見于珊拿著兩顆高麗菜，才想起我們正在採買今天晚上煮火鍋的食材，「……左邊。」

她若有所思地看了我一眼，沒說什麼，默默地將其中那顆比較翠綠的高麗菜放進推車。

耳邊響起歡快的聖誕歌曲，望向四周，大片的落地玻璃噴上雪花裝飾，店員頭上還戴著紅色的小帽子，賣場洋溢著一股很聖誕的氣息，小雪人、聖誕紅、聖誕老公公……或許全台灣都是這樣吧？每個人似乎都很期待聖誕節的到來。

只有我還好。

「說到聖誕節，」于珊端詳著冰櫃裡的肉片，狀似不經意地說：「妳的生日不就是二十四號嗎？這次也像之前一樣回高雄？」

我搖頭，無聊地撫過塑膠製的槲寄生，「不回去吧。」

「嗯——」

「怎麼了嗎？」聽她拉長了音，我問。

她沒有回答，畢竟不是什麼重要的事，我也不以爲意。結完帳，我們提著兩大袋食物走向停車場，自動門一開，冷冽的空氣凍得我們對看一眼，轉頭又往隔壁的咖啡廳外帶兩杯咖啡回家。

雙手捧著溫熱的咖啡，才覺得自己重新活了過來。

「……我可以問妳一個問題嗎？」

坐在客廳的沙發上，于珊放下手中的咖啡，歛起笑容，看起來有點嚴肅。我跟著將杯子放到桌上，輕應了聲，沒什麼不能問的，我想。

于珊仔細地觀察我的表情，半晌，才終於開口：「妳和陸以南，眞的不再見面了嗎？」

或許早知她的問題會是這個，我沒有驚慌。

「嗯，大概吧。」不然，還能怎樣呢？

她望著我，好一會兒沒有說話。

客廳很靜，靜到光是側耳傾聽，就能聽見空氣裡出現不知從何而來的雜音的那種靜，又或是說，靜到我能聽見于珊的眼神問我「爲什麼」的那種安靜。我拿起咖啡，明明沒有想逃避的意思，卻爲了這樣的膠著而感到焦躁。

「爲什麼？」她還是出聲問了。

「什麼爲什麼？」我反問，回想不起剛才那一口咖啡的滋味。

「爲什麼不見他？爲什麼要對自己說謊？」

緩過氣，我只回答了前一個問題，「……沒有再見面的理由了。」

「見面就見面，需要什麼理由？」她瞪著我，表情是全然的不解，「如果眞要個理由，隨便找一個就好了啊，根本沒人在乎！」

我在乎。

我和于珊之間或許是誤會一場，可我和陸以南並不是……他告訴我他累了，因爲我，他累了，他沒辦法繼續喜歡這樣的我，是我逼他說出了再見，是我的懦弱傷害了他，是我讓他就連痛苦也必須笑著面對……

這樣的我，該拿什麼理由去見他？

「小蜻蜓，妳知不知道妳最近常常失神？原因妳自己清楚，爲什麼要把自己搞得失魂落魄，還假裝自己一切都好，就是不肯承認自己想見他？」

對於于珊這個問題，我心裡其實沒有答案。事實上，每天、每天，我都會想起他，睡前最後一個出現在腦海中的人是他、早晨第一個想到的人也是他，上課的時候、發呆的時候、騎車的時候……

我想他，我承認，可是——

「我不想見他。」

聞言，她不信，嗤了聲：「說謊。」

「妳不懂……」

「妳不說有誰會懂？」于珊打斷我的話，沒有繞彎，把話攤白了說：「妳總是把心事藏在心底，如果僞裝得很好，也就罷了，偏偏妳的演技很差、很彆腳，別人看了都覺得難受，沒錯，我不懂，我不懂妳到底是在折磨自己還是折磨關心妳的人？」

嚥下堵在喉頭的硬塊，試著想開口，卻發現自己沒有一處能夠反駁，我只能搖了搖頭。

見我陷入沉默，于珊嘆口氣，輕聲問了一句：

「妳到底在怕什麼？」

我一僵，心幾乎凍結。

于珊不會知道她無心的問題早在我心底重複不下百次，無時無刻，只要我一停下忙碌、一個分心，甚至只是一個小小的休息空檔，陸以南的聲音就會在我腦海中響起——

我到底在怕什麼？

「……我和陸以南的事情已經過去，我不該是妳裹足不前的藉口，對吧？」于珊撇撇嘴，充滿無奈，「小蜻蜓，妳的逃避究竟是爲了別人、還是自己？妳好好想想，別再拿別人當作理由。」

說完，她起身走向廚房，留下我獨自坐在客廳。

咖啡冷了，我還是緊緊握著杯子，哪怕一點溫暖都無法汲取。于珊說的我都明白，我怎麼可能不理解她話裡的用意？可是，我不曉得自己該怎麼做才好……

門鈴響起，劃破了停滯的安靜。于珊正忙著整理買回來的食材，我撐起沉重的身子，走向玄關，大概是沛芸沒帶鑰匙吧，我沒多想，直接開了門。

沒想到，一旋下門把，門外忽然傳來東西掉落的聲響。

「簡尹璇！」

「我不是故意的啦——」

推開門，只見陳恩不耐煩地瞪著一臉無辜的尹璇，她愧疚的視線落在下方，我跟著低頭，發現地上摔開的是一個蛋糕盒，奶油沾得到處都是。

不過就是一個摔爛的蛋糕而已，沒有比我看見他們還來得驚訝。

自從陸以南退出我的生活之後，我有意無意地也避開了他們，以往聚會的老家自然不敢再去，就算是在校園裡遇見，也總不自覺地迴避，直到他們並肩的身影遠去，才又覺得自己何必如此。

「你們……」我出聲，打斷陳恩碎念的節奏。

他停下，冷冷地瞥來一眼，我知道他現在肯定沒心情說話，因爲他很明顯地使了眼色要尹璇來解釋，逕自往後退出奶油攻占的範圍，低頭檢視褲子上的「戰果」。

「蜻蜓，那個——」尹璇尷尬地笑了幾聲，緊接著，幾乎是瞬間，她換上欲哭的癟嘴，「蛋糕爛掉了啦！對不起……」

面對突如其來的發展，我嚇了一跳，眼看陳恩一副打算撒手不管的樣子，我急忙上前安撫方寸大亂的尹璇，交談聲大概傳進了屋裡，于珊循聲來到玄關，見著我們、又看見地上的髒亂，她倒抽了一口氣。

「搞什麼東西……」

一片慌亂之中，原本以爲再次碰面會有的尷尬、不自在，全都消失無蹤。好不容易整理完奶油地板，于珊帶著尹璇到家中清理衣服，陳恩婉拒了進屋坐坐的邀請，我只好陪他站在門外。

一樣是我和他，讓我想起了那天在圖書館外的情景。

我猜得出來，他們兩個的出現並不是臨時起意，那盒慘遭地板親吻的蛋糕也不是，是誰托他們來，不用想也知道。

陸以南。

「他還好嗎？」

陳恩看我一眼，「還好，死不了。」

「嗯。」

「生日快樂。」

「還有好幾天呢……不過，謝謝。」

幾句簡短的交談後，玄關恢復了寂靜，屋內細碎地傳來于珊和尹璇的聲音，除了笑聲，甚至還能聽見尹璇控訴我身旁這位男生的壞話，句句血淚，聞言，當事人無奈地翻了翻白眼。

「改天還妳一塊蛋糕。」

「嗯，沒關係。」

「抱歉，只能買現成的。」他又補上。

「沒關……」我頓住，目光不自覺移到他身上，「那是陸以南做的？」

「嗯，」陳恩面無表情地應了聲，「雖然我很想再叫他做一個，但他最近很忙，我也不想再討罵，所以……只好請妳多包涵，我會叫簡尹璇買高級一點的補償妳。」

知道自己錯過的是他親手烘焙的蛋糕，失望在所難免，可是，能怎麼辦呢？沒糾結太久，我的心思一下全集中在陳恩提到的另一個關鍵字上頭，明明可以假裝沒聽見，可當我意識到的時候，話已經脫口而出。

「他……在忙什麼？」

反正，只是問問而已。我連忙安撫自己頓時揪緊的心。

陳恩沒有回答，深沉的目光藏著我猜不出的思緒，正當我覺得自己果然不該問的時候，他話鋒一轉，果斷地問了一句：

「蜻蜓，妳會後悔嗎？」

「……對於什麼？」我故意反問，佯裝不懂。不想讓他如此直接卻又沒碰著一點痛處的問句，成了我們彼此的心知肚明——

抑或是，不想讓別人發現我的後悔。

彷彿看穿了我的意圖，他略沉下臉，尹璇和于珊恰好走出家門，打斷了他正欲出口的話語，她們似乎一見如故，聊得很開心，沒人發現我和陳恩之間隱約的對峙，不得不承認，我鬆了口氣。

「下次一起吃飯！」尹璇笑容燦爛地向于珊道別，轉頭，對上陳恩的沉默，「……你幹麼？還在生氣哦？」

他賞了她一記白眼，「沒有。」

「那你臉那麼臭幹麼？不要嚇到我們蜻蜓，陸他——」

「尹璇，妳要不要告訴蜻蜓，陸最近在忙什麼？」忽然，陳恩挑釁般的目光朝我看來，來不及防備，尹璇的下一句話直接震撼了我。

「他？他忙著搬家啊！」她毫不猶豫地回答，無奈地搖了搖頭，「我眞搞不懂台灣哪裡不好，怎麼大家統統想往國外跑，還說什麼一輩子都不回來——」

……她說什麼？

我慌張地望向陳恩，祈求他告訴我是尹璇搞錯了，沒想到，他只是頷首，兩手一攤，彷彿對這一切無能爲力，甚至，我能看見他眼神中的暗示——

是我逼他走的。

是我……

「他在哪裡？」我抓住尹璇，急著問。

「蛤？他、他——」被我突如其來的舉動給嚇著，尹璇一時慌了、不知道該怎麼回答我，下一刻，陳恩的大手拉開我和她的距離。

「咖啡廳。順便提醒妳，他過幾天就走。」

得到了答案，匆匆地對上陳恩的視線，裡頭似乎多了些什麼，無心猜測，我轉身便往樓下跑去，不顧身後尹璇的驚呼，我滿腦子只有一個想法，一個我極力逃避、始終不願意承認的想法——

我害怕的，是失去。

我害怕失去陸以南。

他就像是一場夢，一場不知何時會醒來的美夢。

打從他不問我的意願，闖進我平凡無奇的生命中開始，在他身邊，我始終戰戰兢兢，試圖保持一絲清醒，我抗拒、猶豫、糾結、我沒辦法不顧一切……因爲我比誰都明白，自以爲擁有過後的失去，最令人難受。

是他帶我走出了那樣的傷痛、是他陪著我重新找回了自己、是他讓我明白什麼叫做喜歡……當我眞正承認了這份感情，伴隨而來的，卻又是失去這份感情的可能。

我沒有自信，一直都沒有。

我不像甄真學姊、不像于珊，不像任何一個勇敢的女生，面對眼前如此美好的幸福，比起不問理由地接受，我更多的是質疑、是畏懼，在他身邊，我永遠覺得自己配不上他。

可是，他告訴我，這一切都不是理由。

他喜歡我。

就是喜歡而已。

當我望入他真摯的眼底，想起他爲我所做過的一切，不求回報，他從不曾要求過什麼，除了一個理由，一個不再愛我的理由——

那一瞬間，我屈服了。

忘了心底深處的恐懼、忘了我還是原本的我，不可能因爲他無條件的包容而改變什麼，所有不安定的因素依然存在，我只是視而不見……天真地以爲這樣就能得到幸福快樂的結局。

於是，夢醒了。

醒得突然，醒得徹底。

于珊的出現從來就不是破壞。

或許，我必須承認，我曾經責怪過她、或是他，認爲我所不知道的、他們的關係傷害了我，一味地認爲自己受了傷。面對眾人的疑問，我不發一語，因爲我固執地堅守著自以爲的清高，以爲沒人願意相信我的解釋、以爲這樣做對大家都好……

我不過是想要藉此推開我想要而不敢要的他。

坐上計程車，我的手不停地發抖，舒適溫暖的空調反而讓我呼吸不到空氣，不顧司機透過後視鏡投來的關注眼神，我搖下車窗，冷風拂過，吹不緩激烈跳動的心臟，我只能不斷地吞嚥堵在喉頭的酸澀，暗自祈求車速能再快一點。

流逝的街景不停歇地劃過，眼前浮現的卻是這段日子以來，陸以南爲我所做的一切。

你說過，你不是英雄，因爲你沒辦法爲了喜歡的人放棄自己的喜歡——可是，你卻將猶豫的我推向學長，要我學會爭取。

陸以南，你知道嗎？當你出現在機場門口的時候、當你帶著我翹課回高雄的時候……不，或許早在你爲我接下第一包掉落的餅乾的時候，你就已經是我的英雄了。

所以，當你第二次告訴我這句話，我知道自己眞的讓你好累、好累了。我想告訴你，對不起，無數個對不起……

你的溫柔寵壞了我的自私，明知道你痛、你傷心，我還是仗著你對我的好，假裝這樣對你我都好，任性地做出了傷害你的決定——所以，就算我再怎麼後悔，我也不敢回頭……

如果你早就釋懷了怎麼辦？如果你已經不在乎我了怎麼辦？如果你不再等我了，那我該怎麼辦？而我，又憑什麼裝作若無其事地回到你身邊……

爲什麼我總是學不會教訓呢？明明只要少顧慮一些、明明只要跨出那一步就好、明明只要勇敢一點……爲什麼總是想著、卻什麼也不做？爲什麼總是要等到來不及了才想挽回？

我不知道。

我總是放任自己的不勇敢……我害怕，因爲我怯懦地不願意相信，不相信你會永遠待在我身邊——

如果總有一天我會失去你，那我寧願從來不曾擁有過你。

計程車停在咖啡廳的巷口，一下車，刺骨的空氣從鼻腔竄入身體，恐懼、卻步、懷疑、猶豫等不勇敢的情緒再次襲捲，站在原地，望進街燈點亮的小路，動彈不得。

有那麼一瞬間，我差點掉頭離開。

可是，我只是往前奔去。

什麼都來不及想，我只聽見自己不算規律的腳步聲在安靜的巷內響起，思緒、心跳全都亂成一團，每一口急促的呼吸不斷地壓迫著肺部，很痛，痛到我發現我根本不在乎，我只是拼命地跑。

不要走。

我還有好多話沒跟你說、還有好多事想跟你一起完成，是你說過要帶我去遊樂園、是你說過要帶我去環遊世界、是你……眨去模糊視線的淚，我用力跨出步伐，一步、一步、一步……

我以爲事情會因爲我好不容易鼓起的勇氣而改變。

我以爲。

當我停下腳步，佇立在店門外時，沒有，什麼都沒有，咖啡廳空無一人，店內一片漆黑，只剩下玻璃上倒映著茫然無措的自己……

他走了。

意識到這件事，我只是怔愣地想著，他眞的走了……情緒不再起伏，心跳漸漸恢復正常，只是胸口彷彿有什麼東西正一點點地消失——

原來，這才是失去的感覺。

不痛，一點也不痛。

就算我發現我再也找不回你的笑容、找不回你那些從未明說的溫柔，我的心還是一點感覺也沒有……除了眼淚不停落下。

不准哭。

我咬著唇，不讓自己哭出聲音。

這不就是我要的嗎？

我們什麼都還沒開始，沒有擁有、沒有失去，所有的一切都照著我的期望，我甚至爲此慶幸過，不是嗎？既然如此，我憑什麼覺得心痛、覺得傷心？

不准。

感覺指甲硬生生地掐進掌心，我這麼告訴自己，不停、不停地——直到，所有的壓抑在聽見他聲音的那一刻，徹底瓦解。

「——學姊？」

眼前模糊的世界，我只看得見清晰的他。

陸以南雙手環抱著搬家用的大箱子，臉上的表情有些訝異，或許是因爲我的淚水，他瞠大眼，連忙放下手上的沉重紙箱，砰地一聲，揚起了地上的微塵。

我以爲我會不顧一切地向他奔去，然而，一股不真實的感覺一下子在心底泛開……我忽然分不清這是現實、或是夢境？我僵在原地，不知如何是好，甚至，當他朝我走來時，我竟不自覺地往後退了一步。

陸以南頓住腳步，臉上閃過一絲不可錯認的受傷，很快地，他收拾起情緒，好像什麼事都沒有發生。

「我……」

「我知道，妳不是故意的。」佇立在原地，他揚起一抹淺笑，不再靠近，「……陳恩他們去找妳了，是嗎？」

「他說，你要出國……」

「過幾天就走。」

對於我的知情，他沒有感到驚訝，反倒是我，明明是早就知道的事，卻還是在聽見他親口證實的瞬間覺得一陣茫然，不過幾步之遙的距離，我似乎再也碰觸不到他。

「……去哪？」

他沒有馬上回答。

他的目光停在我身上，帶著深沉的審視，我不敢對上他的眼神，不知爲何，我忽然覺得來見他或許是錯誤的決定、更不懂自己爲何不轉身離開……

最後，我聽見他嘆了口氣。

「爲什麼？」

「什麼爲什——」

「爲什麼想問？爲什麼來這裡？」不若剛才的沉靜，陸以南直視著我的眼睛，不給我任何逃避的機會，「我的離開，對妳來說究竟代表什麼？」

一怔，我知道我該說些什麼，可是……

冷風刺痛了我忘了眨動的眼睛，無助地望著他，看見他眸底因我而起伏的痛苦，無法克制心口的難受，好不容易平復的情緒再度翻湧，我幾乎沒辦法呼吸。

我不知道這場沉默持續了多久，終究，我終究是失去了他的等待。

「……學姊，這樣下去是沒有結果的。」他搖頭，勉強地勾起了唇角，「既然如此，或許就像妳說的，不要再見面比較好。」

說完，他轉身拿起地上的箱子，沒再多看我一眼，只剩下拉長的影子留在身後，逕自往巷子口走去。

沒有留戀。

不是臆測、不是旁人轉述的消息、也不是我自以爲的想像……看著他的身影越來越小，我終於認清這不是一場夢……

他走了，就在我的面前。

我明白，這會是我們最後一次見面。

——如果什麼也不做的話。

「陸以南！」

用盡力氣，我朝著他的背影喊著。我知道我在發抖，喊出的每一個音節也跟著顫抖，儘管如此、儘管如此……咬住唇，忍住幾乎溢出的哽咽。

「不要走……」

他沒有聽見。

不敢再看向他遠離的背影，無力地蹲縮在黑暗冰冷的街道上，他眞的走了……

他走了。

走了……

直到一股溫厚的力道撫上我的背，每一下都是我所熟悉的溫柔，一下、一下……不知過了多久，我終於哭出聲音。

「你太過分了……」

「對不起，可是，我也很害怕啊……」他放緩了語調，「妳不知道，要我對妳狠心有多困難？我還在想，要是我走到大馬路了妳還不喊我，那我該怎麼辦？」

他說，他差點以爲自己眞的要搭計程車走了。

明明是半開玩笑的語氣，我聽見的卻是我從未從他口中聽見的恐懼。一直以來，我以爲只有我會害怕，沒想過一向好整以暇的他，也有害怕的時候……好不容易緩和了情緒，深吸口氣，我開口說道：

「陸以南，我不夠好。」

背上的大手僵直一頓，「才沒——」

「噓，聽我說完。」我搖頭，只見陸以南乖乖地閉上嘴巴。「……對我來說，你太耀眼，如果可以的話，我眞的想離你離得越遠越好。」

他看著我，不語。

對上陸以南的目光，不小心撞見他眼底的不認同，我破涕爲笑，他沒好氣地揮揮手，要我趕快把話說完。

「可是……」我再次紅了眼眶，「可是，所謂的喜歡是不是就是這樣？總是在發現的時候，才明白自己早已深深陷入，就像你說的，我們永遠不知道自己會喜歡上誰……你問我，你的離開代表什麼，我說不出來，可我很清楚，我不要你離開。」

因爲害怕失去，所以不想擁有，我以爲這樣才能保護自己不被傷害……直到我眞正面臨你的離去，我才驚覺，我失去的不只是你，還有我們未來的可能。

好不容易明白，也終於願意承認，我想要的，是有你存在的未來。

陸以南的手握住了我的，溫暖的大手包覆著我，就像以往的任何一個時刻，他勾起笑容，彎著眼睛，梨渦淺淺地張揚。

很壞。

就算他的眼眶跟著泛紅。

忘了時間的流逝，我們窩在咖啡廳外，吹著冷風、聊著不著邊際的話題，幾日不見，想說的話竟然說也說不完，忍不住嘴角上揚，看著他玩著我的手指，明知這個舉動無聊到不行，但是，又怎麼樣呢？

心，很暖。

「那個，妳好像漏講一句很重要的話。」他狀似不經意地問。

臉上一熱，我轉開了目光，「……什麼？」

「提示，我開頭，你結尾。」

「……我不告訴你。」

「錯了，答案是，我喜歡妳。」他直接揭曉，懶得跟我玩什麼猜來猜去的遊戲，扯唇一笑，「嗳，怎麼又是我跟妳告白呢？我都說幾百次了。」

「怎樣？不甘願嗎？」

「怎麼會不甘願？」他將我納入他的懷抱，輕輕地，溫柔地，在我耳邊說道：「除非，給我一個理由不愛妳。」

❧

後來，陸以南依照原訂計畫出國了，就在我們正式交往後的第三天，目的地是他早已夢想多年的歐洲大陸……這並不是遠距離戀愛的開端，因爲，搬家到國外去的，不是他。

陸以南根本只是去玩而已。

「你眞的很愛記仇，」捧著溫熱的咖啡，想來還是有氣，轉頭對隔壁的始作俑者叨念：「搬去國外的明明就是大叔，居然騙我是陸以南……」

「仔細想想，我可沒說是他要搬家。」陳恩攪拌著冷飲，語調一貫地清冷，「就算退一萬步說，我的確是有誤導妳的企圖，但眞正說出那些謊言的，可不是我。」

他頭一偏，把錯全推給那個正在窗邊陪孩子笑得東倒西歪的女孩。

我沒好氣地賞他一記白眼。

難怪尹璇老是嚷嚷陳恩這人有多毒、多腹黑，老實說，我一向對那些話不怎麼上心，結果，就因爲陳恩先前陪陸以南喝了次悶酒，陳恩被陸以南大罵沒有朋友道義整整三個小時之後，他一口氣挾怨報復到我身上。

所謂的池魚之殃，莫過於此。

「怎麼會？應該是有難同當吧？」陸以南從廚房出來，一邊用圍裙擦手，不顧旁人在場，傾身在我頰上輕輕啄吻，「……妳好香。」

沒有多餘的話語，我們相視一笑。

服完兵役之後，陸以南用極其優惠的價格頂下小馬尾大叔的咖啡廳，憑著多年打工的經驗、大叔傾囊相授的經營門道，以及老顧客的支持、宣傳，一切順利地上了軌道，營業至今，已經五年有餘。

不只是陳恩、尹璇，畢業後成爲上班族的于珊、沛芸、家榕也經常到店裡光顧，彼此交換近況、聊聊職場苦水，不知不覺間，這裡竟成了我們聚會的固定場所。

我的小世界，逐漸串連在一起。

「什麼時候結婚？」陸以南坐上吧台，單手支著下巴，側過頭，欣賞一聽見婚期就會立刻面容扭曲的陳恩變臉秀，臉上的笑容擺明了幸災樂禍。

我走進櫃台清洗杯盤，看著陸以南爽朗大笑的側臉，目光不自覺移到他笑容下方小小的凹陷，我喜歡用手指戳著他的梨渦，那是專屬於我的特區，不給任何人碰觸。

睡前，想起相遇之初，我從未想過會與陸以南產生任何交集……人與人之間，或許就是這麼奇妙吧？一天、一天，小事情、大事情，從陌生到熟悉，不管是爭吵過後的眼淚、或是一點小小的感動，感情就這麼一點點地累積。

我喜歡他、他喜歡我，能夠一起笑、一起哭，彼此陪伴、彼此依賴，成為彼此的依靠、尋找對生活的共鳴。

我想，這就是我能夠想到最美好的幸福。

「在想什麼？」熟悉的溫暖襲來，他環抱住我，陪我一起看著窗外的夜景。

「想……」

不等我回答，他垂首埋進我的肩窩，「嗯？」

「嗳，我喜歡你。」

陸以南只是輕笑，「這麼多年後才跟我告白嗎？太遲了吧，不覺得挺沒誠意的嗎？而且……」

而且什麼？

我疑惑地推了推他，催促他趕快說下去。

「比起喜歡，我是愛妳。」他說著，咬了我的肩膀一下，「妳的喜歡怎麼都沒增值啊？

看來我買到賠錢貨了。」

「我學不來你的油嘴滑舌，」我笑，沒對他的玩笑話認真，推開他爬到床上，準備就寢，「我只能祈禱你這支績優股不要一下子跌股掉價，我呢，至少保值。」

「是嗎？」他跟了上來，順手關上燈。

我覷過一眼，「懷疑？」

「不敢。」

熟悉的對話再次出現，我們噗哧一聲笑了出來。有些回憶，不管經過多久都不會忘卻，尤其，是與他共同經歷過的一切。

「妳說，妳的感情保值，意思是……」他擁我入懷，我緩緩地閉上眼睛，像往常一樣，準備聽著他的心跳聲入睡，「妳會愛我一輩子，是嗎？」

儘管習慣了他的甜言蜜語，不免還是會覺得害羞，臉上一熱，我捏了他的腰側一記，突然覺得耳邊的心跳似乎變快了些，「……以南，你沒事吧？」

我有點嚇到，連忙坐起身，摸索床邊的電燈開關，打算查看他的狀況，沒想到，燈光一亮，當我看見他手上拿著的閃爍，腦袋頓時化作一片空白。

他燦爛地笑著，帶著說不出的壞。

「親愛的學姊，我們結婚吧？」

除了我願意，我想不到更好的回答。

（全文完）

番外
幸福的理由

陸以南並不覺得自己有什麼特別的。

他看著成績單最後一欄的教師評語，黑色的鉛體字印著幾句短評——為人熱心善良，具領袖風範，實屬難得之典範。

將才！

三太子的喊聲再度在他的腦海中響起。想起那時，不過四、五歲的他被那位啃著棒棒糖的大叔嚇得半死，身旁的奶奶完全不顧他的慌張，面對宮廟內其他信徒的道賀笑得合不攏嘴……

不知道。

他眞的不知道自己哪裡難得。

「幹麼想這麼多啊？」父親笑了，拿起萬寶龍鋼筆在成績單上簽名，「不過，思考自身存在的意義也不錯，以後可以讀哲學系。」

拿回成績單，陸以南無語地望著父親。

「我才小學五年級。」

「所以呢？」

「我還沒想好未來要做什麼。」光是說出未來這兩個字，都覺得遙遠了些，陸以南稚嫩的臉龐有些迷惘，「爸，你是怎麼決定要念中文系的？」

「因爲我以爲每個念中文系的女生都是王祖賢。」

呃，誰啊？

他臉色一僵，父親很沒良心地哈哈大笑。

「好啦，不鬧你了。」父親手撐著頭想了一下，「爲什麼啊……我以前很喜歡歷史、喜歡看金庸小說，可能因爲這樣，國文成績一向特別好——然後，大概就這樣吧。」

當時的師範大學是公費制度，擁有就業保證，在以前那個年代是很熱門的選擇，根據父親的說法，他就這麼考了、念了、畢業了，分發到國中擔任國文老師，遇見了從另一所師範大學分發來的數學老師……

「一、見、鍾、情。」

「死、纏、爛、打！」母親端著水果走來，無奈地翻了翻白眼，「小南，你爸說的話統統要打八折……不，五折好了，不要太相信他，嗯？」

世事難料，母親爲自己的戀情下了如此註解。

母親一邊招呼陸以南吃蘋果，一邊道出懵懂無知的理科少女遭到油嘴滑舌的文學男子欺騙的過往，想當初每天早晨辦公桌上都會擺著一封情書、情詩，或是一首情歌……

「眞是濫情。」母親咬下蘋果，對上父親笑得瞇起的眼睛，明明語氣怨懟，臉上的表情卻不是那麼回事。

陸以南第一次知道這叫口是心非。

好的那種。

他剝著香蕉，看著父母你來我往的鬥嘴，沒有誰讓誰，卻也沒有故意去踩誰的地雷，雖然不想輸，可是也不想贏過對方。這在陸家是很平常的一景，陸以南聽見母親又揶揄了父親一句，忍不住笑了。

「小南。」

「嗯？」他看向父親，他們不知何時結束了對話，雙雙看向他。

「不用去想何謂特別，更不需要刻意維持別人口中的好。」父親說，他和母親對看了一眼，「在我們心中，你是獨一無二的孩子，你只要了解這點就夠了，知道嗎？」

他想了一下，點頭。

這是他的家。

一個不管他是不是別人口中的資優生、好榜樣，甚至是神明口中難得一見的大將之才……都會無條件支持他、愛他的家。

他深深明白這一點。因此，儘管過了幾年，來到了人稱白目國中生、叛逆期屁孩、中二病好發期的青春階段，他都不曾因為無聊的小事和父母爭執、頂嘴——

見多了叛逆青少年的父母，甚至擔憂地問兒子是不是太壓抑情緒了，怎麼都不跟他們吵架呢？

聞言，陸以南只是大笑。

有這樣的父母，怎麼吵得起來？

他啊，真的知道自己是幸福的……所以，他很珍惜、很珍惜，比起任何一個人都還要珍惜……可是，為什麼呢？

爲什麼幸福不能長久呢？

一場車禍，帶走了父親不過四十餘年的生命，他還沒來得及等到兒子國中畢業、也來不及認識兒子未來的女朋友、更不曉得兒子未來將要從事什麼樣的職業……他就這麼走了。

告別式的會場擠滿了父親生前結交的朋友、教過的學生，不大的場地、肅穆的氣氛，陸以南看著父親的照片圍繞在花海之中，他說不清是什麼感覺……

再也見不到父親了。

眼淚不停地滑落，他無法阻止，誰可以告訴他該怎麼停止悲傷？然而，悲傷眞的有消失的一天嗎？

他不知道。

想不起來那天是怎麼結束的，記憶是空白的，只記得回到家裡，熟悉的空間被從未感受過的寂寞給貫穿了，他甚至有股衝動想要轉身逃開，逃得遠遠的、越遠越好，他不曉得該怎麼面對只剩下兩個人的家。

可是，當他看見同樣呆站在門口、無聲落淚的母親，那一瞬間，他茫然的情緒回歸了現實，他的世界改變了，他不能逃，現在只有他能保護這個家。

時間依舊流轉，帶走了傷痛，也帶來新的生活。

陸以南考上理想的高中，開始打工，儘管家裡不需要這份薪水，但他就是覺得應該這麼做，曾經有人說這是因爲父親的提早離開讓他被迫成長，陸以南自己倒不這麼認爲。

「有些事，只是因爲想做才做的，根本沒有什麼多偉大的原因。」他擦著杯子，眉頭不皺一下地回應小馬尾大叔的關心，「與其在這裡煲心靈雞湯，不如多教我幾道菜吧，嗯？」

他喜歡烹煮料理，是從某次母親吃到他親手下廚的晚餐後開始的。平心而論，那並不是什麼好吃的餐點，事實上還有點隨便，只不過，看母親吃得開心，陸以南心裡湧上的滿足比考了校排前五名還要鼓漲。

從此以後，他纏著大叔、纏著廚師，硬是要他們在下班後多留一個小時教他煮菜、煮咖啡……反正可以學的他都要學。

或許是因爲長時間待在店裡的緣故，陸以南的長相引來了許多顧客的關注，他的照片逐漸在網路上流傳，當時有個以尋找素人帥哥爲題的熱門電視節目來過邀請，還有一些經紀公司派了星探特地過來遞名片。

面對這些，真要問陸以南是什麼感覺，他還眞的沒什麼特別的感受。

他一向知道自己長得好看，從小到大，情書收了不少，告白也遇過很多次，女朋友交過兩個……只是，好像差了一點什麼。

就像是一道料理，明明品嘗起來很美味，色、香、味樣樣不缺，挑不出缺點，可是就是少了一點說不上來的感覺。

這份消失的感覺，直到他上了大學、和朋友鬧著打賭、臨時幫他代了便利商店的班後，才漸漸有了輪廓。

她很倔強。

陸以南看著她紅著耳根匆匆走出店門外，這麼想著。

沒人知道命運是怎麼安排的，接下來的日子，他們一次次地碰在一起……算巧合嗎？說不定他們原本的生活就很相近，只是不認識彼此，擦身而過無數次也不曾注意過對方。

學姊。

宋青聆。

他躺在床上看著手機裡的照片，默念她的名字，沒來由地覺得愉悅，想起她無奈的神色，他忽然發現自己就像惹人厭的孩子，好想一直惹她生氣，只為了吸引她的關注。

這算什麼？遲來的青春期？

翻過身，陸以南笑了。

第一次意識到自己好像喜歡上她，是接到她的電話、趕到簡餐店的那天，毫無預警地聽她說起自己的過往，整個過程裡，他總是在意她眉間的糾結、不希望她露出那令人心疼的悲傷。

他帶著她往高雄去，陪著她回到母校歸還那一把鑰匙……他想要她快樂，所以，在她告訴他，那個人的戀情出現空隙的時候，他推了她一把。

陸以南很清楚，喜歡不一定要在一起，就算看著喜歡的人跟別人在一起的感覺很痛苦，他也無所謂——

才怪。

開車前往機場的高速公路上，他拼命罵自己白痴。

裝什麼灑脫。

裝什麼寬容。

裝什麼英雄。

——他想要她。

他喜歡她無意間流露的笑容、眼角微微上勾的弧度、聊天時專注看他的目光、喝咖啡時臉上的滿足、走在路上會自然撿起垃圾的舉動、總是在紅燈前三秒停下腳步的小正經……其實她光是坐在那裡，就可以牽動他的心。

喜歡是不需要理由的。

告白後的日子很美好……不對，好像還是有點緊張。他喜歡逗她，明知她不習慣聽甜言蜜語，他就是忍不住說出口，滿溢的情感在看見她泛紅的耳朵、漸漸不再閃躲的表現裡得到了一些安慰。

他有預感，他們很快就會在一起。

「你幹嘛不讓蜻蜓知道你在這裡打工？」陳恩接過他調製的長島冰茶，不是很能理解地問：「該不會哪個客人是你的……」

「少亂講。」陸以南沒好氣地應聲。

環顧四周，說來這其實是一間很有氣氛的酒吧，客人多數是爲了有個地方聊天才來，過量的酒精向來不是重點，只是……之前有個客人差點被酒醉的男人拉走，要不是他及時發現，後果不堪設想。

陳恩涼涼地說他是隻想太多的沙豬，陸以南才不在乎，與其擔心她出了什麼事，不如讓她什麼都不知道要來得好。

思及此，他才發現那個差點被酒醉男人帶走的女生今天沒來。

沒來也好，他對她的邀約已經不曉得該怎麼拒絕……她沒有強迫他給聯絡方式、也沒有纏著他不讓他工作，她總是坐在吧台等他有空、聊個幾句，手邊永遠握著一杯喝不到底的紅粉佳人。

正因爲如此，他找不到理由阻止她的前來，而且……不知爲何，他老是在她身上看見了自己，那種爲了喜歡的人一往直前的衝勁——

站在火車站大廳，陸以南覺得自己肯定做了最壞的決定。

他不該答應她的。

於是他說出了拒絕，看著她亮麗的笑容漸漸黯淡，陸以南有點不忍，但他明白，不管是對她、或是他來說，這才是正確的選擇。

她要他保密，他想也不想地同意。

只不過，他沒想到，他眞的沒想到……當他以爲他終於能和喜歡的人在一起、他明明看見了她的在乎，她會因爲他的離去而慌張、會因爲他和同學的相處而吃醋、他……

事情發生得太快，他瞬間被排除在她的世界以外。

「陸以南，你還眞以爲自己是英雄啊？」陳恩嗤笑，冷眼旁觀一旁看起來活像是靈魂出竅的他，「我最聽不慣你們這種不希望別人受傷的蠢話了。」

自淡水那日過後，他就沒再見過她了，對比之前頻繁的巧遇次數，他幾乎懷疑她是刻意躲他……那他呢？爲什麼不去找她？

這不是他以前常做的事嗎？不管學姊多麼想要推開他，他不都死皮賴臉地湊上去，一次又一次，臉皮彷彿厚得打不穿的城牆，憑什麼這次忽然拿出了自尊擋在她與他之間——

「……她不相信我。」

說到底，他只是希望她相信他。

難道是他太有自信了嗎？還是……抹去臉上僵硬的表情，陸以南知道自己是在賭氣，事情還沒發生時沒感覺，可是一旦仔細去想，他忽然覺得不平衡了，為什麼每次都要他拉下臉……

「我今天有遇到蜻蜓。」

動作一頓，他遲疑地問：「……然後？」

「我告訴她，如果要甩掉你就給你一個痛快。」陳恩無視陸以南瞠大的雙眼，很快地補上下一句：「還有你，拖越久、人跑得越遠。」

可能吧。

當陸以南來到她的住處樓下，等了幾個小時，換來的卻是一句「不要再見面」的告別，他沒辦法說明當下的絕望，嚥不下心中的那口氣，第一次沖著她說出了嚴厲的話語，明明不想傷害她的，可為什麼是他要被捨棄呢？陸以南覺得很可笑，很想、很想大笑出聲，然而，眼眶酸得模糊了視線。

懷中的她因為哭泣微微顫抖，明知這會是最後一次擁抱，輕靠在她背上的手臂卻怎樣也無法將她摟緊，或許、或許是因為他也同樣明白，要他放手比什麼都還要痛苦……

他嘆息，用盡全身的力氣把她拉遠。

「學姊，再見。」

結束了。

確確實實地結束了。

荒廢了幾天的課業、工作，徹底演出一個失戀人士會有的樣子，陸以南看著手機裡一長排的未接來電，拒絕外界的關心，他只是想靜一靜，什麼也不想。

他還不想忘記她。

僅此，而已。

他知道，兩個人的感情，只有一個人努力是不夠的，所以，他不會再試著挽回什麼，再多，不過都是強求罷了。

他想要的，不是這樣的感情。

時間依然在走，他恢復正常的生活，照常上課、下課、打工、遊玩，故意塞滿的行程足以讓全世界的人都知道他沒事了、他過得很好……至少，他以為他藏得很好。

看不下去的大叔邀他一起去歐洲，當作散心。

「誰生日啊？」

尹璇忽然從背後冒出來，嚇得他手中的奶油擠花差點歪掉。

「……沒有人。」他只是想做蛋糕而已，才不是因為聖誕節快到了，所以才……就算是好了，他也沒有打算要送出去。

「是喔。」她根本不想追問，看著他的動作，馬上換了下個話題，「沒想到咖啡廳要關了，總覺得有點寂寞呢。」

「嗯。」

尹璇環顧店內打包好的大箱子，「東西整理好了嗎？」

「差不多了。」

「所以你蛋糕是要帶回家嗎？」她思緒跳得很快，一下又回到蛋糕上。

「妳要？」

「不是，蜻蜓生日不是快要到了嗎？我想送給她。」尹璇沒注意到他微微沉下的表情，「……好不好？」

他忘記他是怎麼回答的，是同意嗎？還是只說了隨便？不曉得有沒有囑咐尹璇不要跟學姊說是他做的……忍不住想像她的表情，她會開心嗎？還是會覺得很煩？

他不想困擾她。

……不對。

陸以南放下手中的物品，呼出的長氣在冷風中形成白煙，或許……他想，或許他就是想困擾她吧？

他承認，他很生氣。

氣她不肯面對自己的感情、氣她不願意來找他、氣她好像錯過他也無所謂……也氣自己直到現在還在等她。

栽了。

眞的栽了。

陸以南很不甘心地承認，他就是喜歡她，喜歡到無可救藥的地步……只要一步就好，只要她願意跨出一步，剩下的步伐都由他來走也沒關係。

不過，那是不可能的事——

下個瞬間，咖啡廳前的身影熟悉到讓他腦海一片空白。

「學姊？」

「爸，我帶老婆來看你啦——」

「你少亂講！」

陸以南癟起嘴，無辜地看著身旁的學姊——不，現在該說是女朋友了，眨著可憐兮兮的目光企圖博取一點同情，看得她雞皮疙瘩全都立正站好。

「……隨便你。」她耳朵又紅，轉頭看向另一邊，「我去幫阿姨。」

他的視線追隨著她和母親有說有笑的畫面，心裡湧上的滿足無可取代，曾經缺少的空白已經被填滿，與她在一起的這段日子，是他從未想像過的美好——不只一步，她朝著自己不只走了一步，他們牽著彼此的手一起走向未來……

陸以南蹲下身，對上照片裡父親的笑容。

爸，你過得好嗎？

我很幸福。

後記

因爲喜歡，所以更加小心翼翼

哈囉，大家好，我是兔子說。

很開心能夠以《給我一個理由不愛妳》做爲第一部出版作品跟大家見面，它帶給我很多、很多意想不到的驚喜，感謝用心閱讀故事的讀者朋友們，眞的，非常謝謝你們。

這是一篇始於突發奇想的作品，沒有太多的設定，一開始我只是簡單訂了幾個想寫的情節，輕鬆地下了筆。然而，在寫作的途中，我忽然發現自己似乎是在聽蜻蜓說她的故事。

角色是有生命的，在他們身上，我深深地體會到這點。

幾乎可以想像那樣的場景，坐在小馬尾大叔的咖啡廳裡，我的對面是捧著熱咖啡的蜻蜓，她用著清冷的語氣，告訴我她和以南認識的過程、期間發生了什麼事、她心裡在想什麼……那一刻，我不是創作故事的作者，我只是負責記錄故事的人。

有點玄，對吧？

「如果是妳，妳會怎麼做？」每每寫到蜻蜓遇到的困難、或是內心的糾結，我都會這麼想，問問自己，也想問問讀者。

感情沒有所謂的正確答案，旁人給的意見永遠是意見，有時候，就連我也很想跳進故事裡搖晃蜻蜓的肩膀，告訴她別再苦惱了、衝一次吧！大不了就是哭個幾天，妳會沒事的！

可是，如果是我呢？

別人說得容易，眞正承受痛苦的是自己呀，換作是我，眞的有辦法像給別人建議那般，說得輕鬆、做得容易嗎？

或許，每個人心中都有一隻小蜻蜓。面對感情，我們永遠都會害怕受傷、害怕結局的不完美，就算遇上了心目中的理想情人，還是會在給予眞心之前往後退一步……因爲喜歡，所以更加小心翼翼。

只不過，該勇敢的時候還是要勇敢！

如果是對的人、値得的人，跟隨自己的心，相信自己、同時相信對方，彼此攜手往前，儘管世上沒有永遠幸福快樂的戀愛保證，可是幸福快樂的機會必須靠自己爭取，不是嗎？

再苦惱下去，就換我去搖晃妳的肩膀啦！

網路連載期間，收到很多讀者對以南的告白，說是在預料之內嘛……倒也不是，畢竟很多人問我，以南是不是我的理想型？我每次的反應都一樣，哈哈大笑地否認，接著說他很煩。

煩，可是很可愛。

以南在我心中不是夢幻般的存在，他比較像是住在隔壁的大哥哥，樂觀開朗、功課不錯、放暑假會帶一票孩子出門探險的孩子王……怎麼樣？腦海有沒有浮現幾個人選？至於帥不帥嘛，呃，我們就別苛求了吧。

透過蜻蜓的角度，我們看見了她眼中的以南，他的好，是因爲蜻蜓才更加凸顯。就像是故事裡提到的，以南不是英雄，他有自己的個性、情緒，不可能時時刻刻完美，但是，對蜻蜓來說，經歷了這麼多事，英雄，捨他其誰？

總有一天，我們也會找到屬於自己的英雄。

結束這段長達十個多月的旅途，真心感謝每一位陪伴我度過連載時期的讀者朋友，你們每一則留言都是莫大的鼓舞、是支持著我完成這部作品的小小力量，當然，同時感謝購買這部作品的朋友，希望它能夠帶給你一點溫暖、一點感動，還有我最期待的，一點共鳴。

謝謝大家，我們下段旅途再見。

兔子說

城邦原創 長期徵稿

題材

(1) 愛情：校園愛情、都會愛情、古代言情等，非羅曼史，八萬字以上，需完結。
(2) 奇幻/玄幻：八萬字以上，單本或系列作皆可；若是系列作，請至少完稿一集以上，並附上分集大綱。

如何投稿

電子檔格式投稿（請盡量選擇此形式投稿）

(1) 請寄至客服信箱service@popo.tw，信件標題寫明：【投稿城邦原創實體書出版／作品名稱／真實姓名】（例：投稿城邦原創實體書出版／愛情這件事／徐大仁）
(2) 稿件存成word檔，其他格式（網址連結、PDF檔、txt檔、直接貼文於信件中等）恕不受理；並請使用正確全形標點符號。
(3) 請附上真實姓名、性別、聯絡電話、email、POPO原創網會員帳號、作者簡介與出版經歷。
(4) 請加入POPO原創市集(www.popo.tw/index)申請成為作家會員，並將投稿作品公開放上該網站至少4萬字，若想全文公開也可以。

紙本投稿

(1) 投稿地址：10483台北市民生東路二段149號6樓A室
城邦原創實體出版部收
(2) 請以A4紙列印稿件，不收手寫稿件。
(3) 請附上真實姓名、性別、聯絡電話、email、POPO原創網會員帳號、作者簡介與出版經歷。
(4) 請自行留存底稿，恕不退稿。
(5) 請加入POPO原創市集(www.popo.tw/index)申請成為作家會員，並將投稿作品公開放上該網站至少4萬字，若想全文公開也可以。

審稿與回覆

(1) 收到稿件後，約需2-3個月審稿時間，請耐心等候通知。若通過審稿，編輯部將以email回覆並洽談合作事宜，如未過稿，恕不另行通知。
(2) 由於來稿眾多，若投稿未過，請恕無法一一說明原因或給予寫作建議。
(3) 若欲詢問審稿進度，請來信至投稿信箱，請勿透過電話、部落格、粉絲團詢問。

其他注意事項

(1) 請勿抄襲他人作品。
(2) 請確認投稿作品的實體與電子版權都在您的手上。
(3) 如果您的作品在敝公司的徵稿類型之外，仍然可以投稿，只是過稿機率相對較低。

國家圖書館出版品預行編目資料

給我一個理由不愛妳／兔子說著. -- 初版. -- 臺北市；城邦原創出版：家庭傳媒城邦分公司發行, 民103.11
320面；14.8×21公分. --（戀小說；32）

ISBN 978-986-91055-3-8（平裝）

857.7　　103021422

給我一個理由不愛妳

作　　者／兔子說
企畫選書／楊馥蔓
責任編輯／楊馥蔓

行銷業務／林政杰
總 編 輯／楊馥蔓
總 經 理／伍文翠
發 行 人／何飛鵬
法律顧問／元禾法律事務所　王子文律師
出　　版／城邦原創股份有限公司
台北市中山區民生東路二段 141 號 6 樓
電話：(02) 2509-5506　傳真：(02) 2500-1933
E-mail：service@popo.tw
發　　行／英屬蓋曼群島商家庭傳媒股份有限公司城邦分公司
聯絡地址：台北市中山區民生東路二段 141 號 11 樓
書虫客服服務專線：(02) 25007718．(02) 25007719
24小時傳眞服務：(02) 25001990．(02) 25001991
服務時間：週一至週五09:30-12:00．13:30-17:00
郵撥帳號：19863813　戶名：書虫股份有限公司
讀者服務信箱 email：service@readingclub.com.tw
城邦讀書花園網址：www.cite.com.tw
香港發行所／城邦（香港）出版集團有限公司
地址：香港灣仔駱克道 193 號東超商業中心 1 樓
email：hkcite@biznetvigator.com
電話：(852)25086231　傳眞：(852) 25789337
馬新發行所／城邦（馬新）出版集團 Cité(M)Sdn. Bhd.
41, Jalan Radin Anum, Bandar Baru Sri Petaling,
57000 Kuala Lumpur, Malaysia.
電話：(603) 90578822　傳眞：(603) 90576622
email:cite@cite.com.my

封面設計／黃聖文
電腦排版／浩瀚電腦排版股份有限公司
印　　刷／漾格科技股份有限公司
經 銷 商／聯合發行股份有限公司
電話：(02)2917-8022　傳眞：(02)2911-0053

■ 2014 年（民 103）11月初版
■ 2020 年（民 109）11月初版 16.5 刷
Printed in Taiwan

定價／240元

ISBN　978-986-91055-3-8

POPO城邦原創 www.popo.tw　城邦讀書花園 www.cite.com.tw

本書如有缺頁、倒裝，請來信至service@popo.tw，會有專人協助換書事宜，謝謝！

廣　告　回　函
北區郵政管理登記證
台北廣字第000791號
郵資已付，免貼郵票

104台北市民生東路二段141號2樓

英屬蓋曼群島商家庭傳媒股份有限公司

城邦分公司

請沿虛線對摺，謝謝！

填完本回函後請撕下對折，並在下方張貼膠帶或膠水，不必用釘書機或貼郵票，直接投入郵筒即可，感謝！

自由創作，追逐夢想，實現寫作所有可能

城邦原創：http://www.popo.tw

POPO原創FB分享團：https://www.facebook.com/wwwpopotw

書號：3PL032　**書名**：給我一個理由不愛妳　**作者**：兔子說

請於此處用膠水黏貼

POPO城邦原創
www.popo.tw

讀者回函卡

謝謝您購買我們出版的書籍！
請費心填寫此回函卡，我們將不定期寄上城邦集團最新的出版訊息。

姓名：＿＿＿＿＿＿ 性別：□男 □女 聯絡電話：＿＿＿＿＿＿

生日：西元＿＿＿年＿＿＿月＿＿＿日 傳真：＿＿＿＿＿＿

地址：＿＿＿＿＿＿＿＿＿＿＿＿＿＿＿＿＿＿

E-mail：＿＿＿＿＿＿＿＿＿＿＿＿＿＿＿＿＿＿

學歷：□小學 □國中 □高中 □大學 □碩士 □博士

職業：□學生 □上班族 □服務業 □自由業 □退休 □其它＿＿＿＿

年齡：□12歲以下 □12～18歲 □18歲～25歲 □25歲～35歲
□35歲～45歲 □45歲～55歲 □55歲以上

您從何種方式得知本書消息：□POPO網 □書店 □網路 □報章媒體
□廣播電視 □親友推薦 □其它＿＿＿＿

您喜歡本書的什麼地方：□封面 □整體設計 □作者 □內容
□宣傳文案 □贈品 □其它＿＿＿＿

您常透過哪些管道購書：□書店 □網路 □便利商店 □量販店
□劃撥郵購 □其它＿＿＿＿

一個月花費多少錢購書：□1000元以下 □1000～1500元 □1500元以上

一個月平均看多少小說：□三本以下 □三～五本 □五本以上＿＿＿＿本

最喜歡哪位作家：＿＿＿＿＿＿＿＿＿＿＿＿

喜歡的作品類型：□校園純愛小說 □都會愛情小說 □奇幻冒險小說
□恐怖驚悚小說 □懸疑小說 □大陸原創小說
□圖文書 □生活風格 □休閒旅遊 □其它＿＿＿＿

每天上網閱讀小說的時間：□無 □一小時內 □一～三小時
□三小時～五小時 □五小時以上

對我們的建議：＿＿＿＿＿＿＿＿＿＿＿＿＿＿＿＿＿＿

＿＿＿＿＿＿＿＿＿＿＿＿＿＿＿＿＿＿＿＿＿＿＿＿

＿＿＿＿＿＿＿＿＿＿＿＿＿＿＿＿＿＿＿＿＿＿＿＿

請於此處用膠水黏貼